기이한 골동품 상점

기이한
골동품 상점

허아른 장편소설

팩토리나인

"사랑은, 질병처럼 옮겨갑니다.
그런 식으로 증식하는 것이지요."

차 례

1장 끝없이 업을 감는 항아리 · 009

2장 축복을 빌수록 저주하는 그릇 · 037

3장 거짓으로 승천하는 돈저냐 · 055

4장 모든 곳을 가리키는 방울 · 083

5장 사지를 버리며 나아가는 제웅 · 137

6장 불신자를 우롱하는 신 · 199

7장 홀로 기다리는 먹 · 239

8장 왕을 피우는 씨앗 · 257

9장 끝없이 사랑하는 비녀 · 289

에필로그 · 324

참고문헌 · 326

1장
끝없이
업을 감는 항아리

"알처럼 보였나 봅니다.
웅크린 그 모습이."

허허벌판에 홀로 당당하게 서 있는 나무 표지판, 거기에다 진짜 붓으로 휘갈겨 쓴 글씨.

나는 나무 표지판 앞에서 그대로 굳어버렸다. 세상에 붓글씨를 흉내 낸 간판 따위는 얼마든지 있다. 하지만 진짜 붓으로 쓰는 경우는 거의 볼 수 없다. 하물며 나무 표지판이라니. 게다가 그 표지판에 쓰여 있는 글자라는 게 어이없기 짝이 없다.

골동품점

딱 네 글자뿐이다. 표지판 반대편이나 가장자리 등, 이곳저곳을 살펴봐도 어떤 골동품을 사고판다는 건지는 전혀 쓰여 있지 않다. 불친절한 걸 넘어서 불쾌감이 들 정도다. 물론 그렇다고 해서 표지판으로서 제 역할을 못 할 정도는 아니다. 무엇보다, 이 표지판마저 없었다면 나는 틀림없이 길을 잘못 들었다고 생각했을 테니까.

울퉁불퉁한 비포장도로를 차로 두 시간 반 남짓. 그렇게 달려서 겨우 도착한 곳에는 예상과 전혀 다른 풍경이 기다리고 있었다. 폐허가 된 공사장과 비슷하달까. 바닥 여기저기에 녹슨 펜스가 널브러져 있었고, 한구석에서 포클레인이 흙먼지를 잔뜩 뒤집어쓴 채 멍하니 서 있었다. 흙과 모래와 먼지가 뒤섞여 날리는 넓은 공터. 아마도 오래전에 어떤 이유로 공사가 중지되어 버려진 땅이 아닐까. 여기저기 푹 파인 구덩이들은 아마도 건물 토대를 만들기 위한 것이리라, 그렇게 추측했다. 어디까지나 머리로는.

하지만, 마음 한편에서는 어째서인지 사막의 한가운데 툭 떨어진 것 같은 기분이었다. 발치에서 날리는 모래들, 하염없이 펼쳐진 노란 땅. 그리고 그 한가운데에, 흩날리는 모래바람 사이로 뜬금없이 놓여 있는 커다란 컨테이너. 나는 스마트폰을 꺼내 들어 지도를 보았다.

저곳이 그곳인가. 수상쩍은 골동품을 파는 가게.

나는 발밑의 모래를 차내며 컨테이너를 향해 걸어갔다. 땅에 발자국이 남는다. 신기하게도, 발자국은 내 것밖에 없었다. 이전에 방문한 사람이 없었던 것일까? 아니면, 그저 모래가 발자국을 수시로 덮을 뿐인가. 컨테이너까지 가는 길에도 구덩이가 여럿 보였다. 안에는 아무것도 없다. 마치 무언가를 묻기 위해 판 구덩이라기보다는, 묻혀 있는 것을 파낸 발굴 현장 같은 느낌이다.

컨테이너 앞에 도착해보니, 문 옆에 기묘한 것이 매달려 있었다. 목탁. 이미 들어서 알고는 있었지만 그래도 컨테이너와 목탁이라는 조합이 영 부조리하게 느껴졌다. 물론 여기까지 와서 멀쩡한 것이 나온다면 오히려 그쪽이 부조리할지도 모르지만. 목탁채를 들어서 세 번 부딪히며 두드린다. 탁, 탁, 타르륵…… 그리고 기다린다. 잠시 후 문이 열리고, 노인의 목소리가 들려온다.

"들어오십시오."

목소리로 보아 나이는 예순에서 일흔쯤 되었으려나. 어쨌든 나보다는 훨씬 많이 먹었을 것 같다. 그렇게 생각하며 컨테이너 안에 발을 들여놓았다. 한 발 들어서자마자 짙은 향이 풍겨온다. 목탁에 향이라. 안에 스님이라도 있으면 그럴싸하겠네.

하지만 안에서 날 반겨준 이는 스님이 아니었다. 가사와 비슷하지만 가사는 아닌 회색 도포를 몸에 걸치고 있었고, 목에는 염주 대신 옥 장식을 매단 가죽 목걸이를 걸고 있었다. 저 옥 장식은…… 비녀인가? 도포 아래에는 빨강과 보라가 어지러이 얽힌 꽃무늬 바지가 헐렁하게 늘어져 있다. 방금 김장하다 왔다고 해도 결코 의심하지 않을, 그런 차림이다. 굉장하다고 해야 할까, 아니면 괴상하다고 해야 할까.

남자의 얼굴은 목소리보다 훨씬 늙어 보였다. 등허리까지 늘어진 하얀 백발과 주름진 갈색 얼굴의 대비 때문에 더 그렇게 보이는 건지도 모르지만, 생각한 것보다 늙은 외모인 건 확실하다.

하지만 나무껍질처럼 딱딱해 보이는 얼굴 안에서도 사백안의 눈빛만은 청년처럼 초롱초롱하게 빛났다. 그 부조화가 어쩐지 불길하게 느껴졌다.

"전화 주신 분이로군요." 남자는 합장을 하며 고개를 숙였다.

어딘가 불교도 같기도 하고 아닌 것 같기도 한 인상이다.

나는 겸연쩍게 고개를 꾸벅 숙이며 말했다. "예, 저기……."

"길한 물건을 찾으신다고요?" 남자가 히죽 웃으며 물었다.

어쩐지 눈동자가 데굴데굴 굴러가고 있는 것처럼 느껴진다. 나는 눈을 피하며 슬쩍 가게의 풍경을 둘러보았다. 파는 것인지 아닌지는 모르지만 기괴한 물건들이 여기저기에 있다. 빨간색과 흰색의 찢어진 천이 묶인 불그스름한 새끼줄, 금으로 만든 두개골, 사람의 얼굴 같은 자국이 찍힌 항아리…… 하나같이 불경하다. 길한 물건이라는 것이 이 집에 정말 있기나 한지 의심스러울 지경이다. 머릿속에 그 여자의 목소리가 울렸다.

> "거기서 파는 건 죄다 수상쩍은 것들뿐이야. 특히 길한 물건일수록 불길하기 짝이 없지."

이 가게를 소개해준 사람은 오컬트 커뮤니티에서 만난 50대 여자였다. 커뮤니티 내에서도 평판이 좋은 사람은 아니었다. 위험한 약물에 손을 댄다는 소문도 있었다. 하지만 골동품 수집이라는 공통된 취미가 있었기에 나와는 죽이 잘 맞았다. 물론, 그 여자가 위험한 인물이라는 건 나도 공감하고 있다. 그런 여자가 수상쩍다고 말하는 가게에 발을 들이는 게 위험하다는 것도.

"저, 있습니까? 그런 물건이."

남자는 대답 대신 턱을 긁더니 물었다. "……길해야 합니까?"

"예?"

"아뇨, 그러니까…… 목적이 있어서 길한 것을 찾으시는 건가 해서요."

말투는 예의 바르지만 눈길은 매섭게 쏘아보고 있다. 속을 들여다보려는 것처럼. 예, 라고 대답해야 할까? 사실은 그런 의심도 했다. 그 여자가 말하는 길한 물건이라는 건 사실은 약물이 아닐까. 길한 물건이라는 말은 마약을 달라는 암호인 게 아닐까. 호기심이 전혀 없는 건 아니다. 하지만…….

나는 침을 꿀꺽 삼킨 후 입을 열었다. "아, 아닙니다. 그저 기왕이면……."

기왕이면. 그 말 그대로다. 사실은 그저 뭐가 되었든 상관없으니, 기이한 것이 갖고 싶었을 뿐이다.

오컬트에 빠진 것도, 골동품을 모으기 시작한 것도 마흔이 넘어가면서부터였다. 아니지, 아내와 헤어지면서부터……였다고 하는 것이 솔직할 것이다. 아내가 집을 나가고, 아내의 물건들이 집에서 빠져나가고, 그러고 나니 집이 참을 수 없을 정도로 넓어졌다. 사랑……이라는 것이 아내와 나 사이에 있었는지는 여전히 잘 모르겠다. 하지만 아내가 사라진 자리가 너무나 컸다. 그렇게 표현할 수는 있을 것이다. 감정적이 아니라, 물리적으로. 그래서 나는 그 자리를 골동품으로 채우기 시작했다. 모으다 보니 점점 더 희귀한 것, 신기한 것들의 세계가 있다는 것을 알게 되었다. 수집의 대상이 '사연이 있는 물건'으로 고정되는 데는 그리 오래 걸리지 않았다.

"사연이 있는 정도가 아니야. 그 집의 물건들은. 사연이 없는 사람도 사연이 생겨서 나오게 될걸?"

머릿속에서 여자의 목소리가 또다시 들려왔다. 그러고 보니 그 여자는 어떻게 된 걸까. 그날 이후로 연락이 없다.
"길한지 아닌지 잘 모르겠는 것도 괜찮으시겠습니까?"
"예? 그게 무슨."
"음, 일종의 부적이나 수호 성물과 비슷한 것들이 있긴 합니다만…… 길하다고 하기에는…….'
남자는 말을 흐렸다. 뭔가 숨기는 구석이 있다기보다는, 마땅히 표현할 만한 말이 떠오르지 않아서 못마땅하다는 듯한 표정이다.
"수호 성물이라면 당연히 길한 것 아닙니까?"
"그거야 그래야 하지요. 뭐, 어쨌든 저는 물건의 과거는 믿지만 미래는 믿지 않는 편이라 길하다 아니다를 말하기가 좀 그렇군요."

"아, 예……."

남자는 히죽 웃으며 말을 이었다. "물론 남들이 길하다고 하는 물건이기는 합니다."

"그렇군요."

일단 대답을 하긴 했지만, 솔직히 어안이 벙벙해졌다. 이 남자의 말을 풀어보면, 그러니까 자기는 미신은 믿지 않는다는 이야기 아닌가. 그런데 이런 오컬트스러운 가게의 주인이 그런 말을 해도 되는 것일까?

남자는 나에게 등을 지고 반대편 벽으로 걸어갔다. 그곳에는 뚫린 문 하나가 있고, 문발이 드리워져 있었다. 이 컨테이너에는 겉으로 보기보다 더 많은 공간이 있는 모양이다. 남자는 문발을 걷어내고 뭐라뭐라 소리쳤다. 안쪽에서 대답하는 앳된 여자 목소리가 아련하게 들린다. 아주 멀리서 소리치는 듯한……. 뭐지, 정말로 안쪽이 그렇게 넓은가? 밖에서 보기엔 컨테이너가 그렇게 커 보이지 않았는데.

남자는 돌아와서 다시 합장을 했다.

"조금만 기다려주시지요. 곧 가지고 올 겁니다."

남자의 말대로, 조금 기다리자 누군가가 문발을 걷어내고 나왔다. 이제 갓 스물이 되었을까 싶은 여자아이다. 방금 씻은 참인지 머리에서 물방울이 뚝뚝 떨어지고 있었다. 예쁘장하지만 어딘가 이질감이 느껴지는 얼굴. 그 얼굴에서 목까지 드러난 하얀 피부는 옥색이라기보다는 불투명한 비닐 같다는 말이 더 어울릴 것 같았다. 주인의 사백안과 반대로 꽉 찰 만큼 커다란 검은자 위에 홀린 나머지, 정작 그 아이가 뭘 들고 나오는지는 미처 보지 못했다. 나는 멍하니 그 아이가 뒤돌아 문발 너머로 사라지는 모습을 바라보고 있었다. 남자가 헛기침으로 내 정신을 깨울 때까지.

"이것입니다."

나는 정신을 차리고, 남자가 테이블 위에 가지런히 올려놓은 것들을 살펴보았다.

"도자기……로군요."

하얗고 작은, 도자기들이었다. 눈앞이 확 밝아지는 느낌이다. 도자기는 수집해본 적도 없고 잘 모른다. 하지만 나름대로 여러 가지 물건을 보아온 만큼, 한눈에도 보통 귀한 것들이 아님을 알 수 있었다. 점토의 질감이 느껴지지만 모순적이게도 한없이 매끄러운 표면, 그 깨끗함의 행간에 서린 보이지 않는 세월의 빛.

"전부 조선백자입니다. 최소 700년은 된 귀한 집안의 도자기들이지요."

확실히 수수함 가운데 기품이 서려 있다. 그런 느낌이 든다. 생명도 없는 흙덩어리 주제에 앞에 있는 사람을 압도하는 품격이 있다. 하지만, 이것은 길한 물건이라기보다는 그냥 보물이 아닌가.

"저, 이것은……."

"어떻게 보이십니까? 감상을 들려주시지요."

뭔가 물어보려 했지만, 말을 끊고 들어오는 남자의 질문에 선수를 빼앗겼다. 나는 눈을 찌푸리고 도자기의 겉면들을 자세히 들여다보았다. 잘 보니 상당히 묘하게 생겼다. 부드러운 곡선과 다수의 둔탁한 선이 미묘하게 어우러진 가운데, 둥그런 뚜껑이 덮여 있다. 그 어정쩡한 크기가 마치 유골함 같기도 하고, 도자기 밑단에 삼발이와 뿔 사이의 형태로 튀어나온 돌기가 어쩐지 찻주전자나 향로 같기도 하다. 아니, 사실 반쯤은…… 요강처럼 보이기도 한다. 그런데 생각해보니, 그런 외형적인 부분은 둘째치고, 상당히 기묘한 점이 하나 있다.

"굉장히 깨끗하게 보존되어 있군요. 아니, 뭐랄까. 한 번도 사용한 적이 없는 게 아닌가 싶을 정도로."

남자는 흡족해하며 고개를 끄덕였다.

"그야 그럴 수밖에요. 만들고 나서 바로 땅에 묻은 것들이니까요." 남자는 잠시 침묵을 지키다 다시 말을 이었다. "이것들은 태항아리라고 부르는 것들입니다."

"태항아리요?"

"예. 장태를 한 것이지요."

장태. 탯줄을 땅에 묻는 풍습이다. 왕실과 귀한 집안에서 주로 하던 풍속으로, 석함이나 나무 궤에 넣어 묻기도 했지만 조선시대에 이르러 도자기에 넣어 묻는 방식으로 정착되었다.

남자는 계속 이어서 말했다. "장태라는 것이 참 기묘하지 않습니까? 탯줄이라는 건 생명을 상징하는 것인데, 그걸 매장하는 것은 장례와 같지요. 장태를 할 때도 묘를 만들 때와 같아서, 옛날 사람들은 되도록이면 명당을 찾아 묻었다고 합니다. 그렇다 보니 비슷한 곳에서 여러 개의 태항아리가 출토되는 경우가 있습니다."

"그렇군요."

갑자기 컨테이너 밖 여기저기에 파헤쳐진 구덩이들이 생각났다. 설마 거기에서 파냈다는 소리를 하는 건 아니겠지.

"특히 정종의 탯줄이 묻힌 장소가 유명하지요. 사두혈이라고 불리는 곳입니다만, 거기가 대단한 명당으로 알려져 있습니다. 이 태항아리들도 모두 그 근방에서 나온 것들입니다."

"사두혈이라고요?"

"예. 뱀이 머리를 쳐들고 있는 형세라 하여 사두혈이라 부릅니다."

순간 똬리를 튼 코브라 같은 이미지가 머리에 떠올랐다. 완전히 같은 모습은 아니겠지만, 길하게 느껴지는 그림은 아니다.

"뱀이 머리를 쳐들고 있으면 명당은커녕 오히려 불길한 곳 아닌가요?"

"그렇지도 않습니다. 뱀이라는 것은 때때로 불길한 동물로 여겨졌지만, 오히려 길한 것일 때가 많았지요. 혹시 업구렁이라는 것을 아십니까?"

"글쎄요."

"일종의 가택신입니다. 업가리라고 하여 항아리에 쌀을 넣고 뚜껑을 덮어 모시는 풍습이 있습니다만, 이것이 실은 뱀을 모시는 것입니다."

업구렁이, 업단지, 업신, 업동가리 등등 지역에 따라 온갖 이름으로 불린다. 이 업이라고 불리는 뱀이 하는 일은 보통 그 집안 사람들의 수호, 특히 가문의 부를 수호하는 것이다.

"그래서 집 안에서 뱀이 나오면 업이 나왔다고 하여 다른 곳으로 나가지 못하게 했고, 집 주변에 뱀이 있으면 길하게 여겼다고 합니다. 반대로 뱀이 집 안에서 죽어 있으면 집안이 망할 징조라고 보았고요."

"네, 그렇군요. 그것참……."

"크기와 부는 비례한다고 믿었던 모양입니다. 그래서 뱀은 크면 클수록 좋게 보았습니다. 그러니 큰 뱀이 머리를 쳐들고 있는 형세의 자리가 명당이 아니고 무엇이겠습니까?"

그의 말에 나는 일단 고개를 끄덕거렸다. 실제로는 어떤지 모르겠지만, 말 자체는 그럴싸하다. 하지만 그렇다면 이상한 점이 하나 있다.

"그렇군요. 그런데 그렇게 명당에 묻은 태항아리라면 보통 대단한 집안이 아닐 텐데, 그런 집안의 자리는 종가의 관리를 받지 않나요? 이런 가게에 흘러들어올 리가……."

나는 말끝을 흐리며 가게를 슬쩍 눈으로 훑었다. 꽤나 그럴싸하게 꾸며놓기는 했지만, 분명 수상쩍은 냄새가 나는 곳이다. 물론 그렇다고 해도 이 도자기들은 분명 보통 물건이 아니긴 하다.

도자기에 대해 아무것도 모르는 사람이 보아도, 별다른 설명을 듣지 않아도 압도될 만큼 기품이 흘러나온다.

그는 내 물음에 가당치도 않다는 듯 코웃음을 치고는 대답했다. "종가의 관리라뇨, 어림도 없지요. 전부 몰래 묻은 것들일 텐데요."

"몰래 묻었다고요? 도둑 매장인가요?"

"그렇지요. 어디 임금의 태항아리 근처에 왕족도 아닌 집안의 다른 태항아리를 대놓고 묻겠습니까. 자칫하면 혈을 끊었다고 하여 온 가족이 능지를 당할 텐데요."

"그래서 기록엔 남지 않았다는 거군요."

"예. 기록을 할 수가 없지요. 그러니 귀한 집안의 물건이라는 건 알아도, 어느 집안의 물건인지는 모를 수밖에요. 정작 주인이 되는 종가에서조차 말입니다."

나는 새삼스럽게 다시 도자기들을 훑어보았다. 어쩐지 그런 이야기를 듣고 나니, 태항아리의 자태가 더욱 신비하게 보인다. 도자기 하나하나가 태의 무덤. 그것도 기록에 남지 않은 숨겨진 무덤. 〈인디애나 존스〉 같은 영화 따위에 나올 법한 이야기 같기도, 민담 설화에서 나올 법한 이야기 같기도 하다. 어쨌든 그런, 사연을 가진 물건들.

하지만 그 신비함의 등 뒤에서 차갑고 요사스러운 분위기도 함께 흘러나오는 느낌이다. 사두혈, 업구렁이, 탯줄, 생명을 묻는다 따위의 말을 연달아 들었기 때문일까. 어쩐지 땅 밑에서 뱀처럼 기어다니는 탯줄들의 이미지가 연상된다. 목덜미가 근질거릴 정도로, 정말로 요사스러운 느낌이다.

요사스럽다……라고 하니, 여자아이의 모습이 뇌리에 떠올랐다. 아까 전에 도자기를 꺼내오느라 잠깐 얼굴을 드러냈던 그 여자아이. 손동작 하나하나에서 뿜어나오던 요염한 분위기, 사람을 홀리듯 이끄는 발걸음…… 한순간 보았을 뿐인데, 마치 빨려드는 듯한 눈빛…… 밟은 자리마다 그림자처럼 남겨진 옅은 물 자국…… 아니, 아니아니, 이런 생각은 관두자. 어쩐지 머리가 지끈거린다.

다시 도자기를 둘러본다. 요사스러움과 성스러운 기품이 서로의 몸을 꼬아 똬리를 틀었달까. 하나이지만 둘인 듯 서로 얽히고 풀려가며 사람의 눈을 홀린다. ……아니다. 그렇다 한들 아까 그 아이에 비할 바는 못 된다. 남자는 고요히 요동치는 내 눈동자를 보며 흐물거리는 웃음을 흘렸다.

"실은 이보다 굉장한 것이 있습니다만, 한번 보시겠습니까?"

"굉장하다면, 그것도 태항아리입니까?"

"예. 하지만 보통 태항아리가 아니지요."

남자는 다시 안쪽 방으로 통하는 문발을 열고 안쪽으로 뭐라 뭐라 소리를 쳤다. 이상하다. 그리 멀리서 소리치는 것도 아닌데, 대체 왜 말하는 내용이 뭔지는 들리지 않는 걸까.

"잠깐만 기다리시지요. 금방 가지고 나올 겁니다."

나는 시계를 힐끗 보았다. 어느새 이 가게에 들어온 지 30분이

나 지났다. 너무 오래 있는 것이 아닌가 싶기도 했지만, 어차피 오늘은 하루를 통으로 빼놓았으니까 별로 상관없을 것 같다. 게다가, 주책이라고 생각하긴 하지만 그래도…… 한 번 더 그 아이의 얼굴이 보고 싶다. 조금 기다리니 문발이 걷히고, 그 아이가 30분 전과 똑같은 모습으로 커다란 도자기를 안고 나왔다.

   하얗고 뽀얀 도자기.

   크다. 그것을 안고 있는 여자아이의 상반신보다도 조금 넘치게 큰 크기. 아까 보았던 도자기들과는 비교도 안 되는 크기다. 저게 정말 태항아리라고? 여자아이의 길고 가느다란 팔이 테이블 위에 도자기를 사뿐히 내려놓고, 마치 어루만지듯 미끄러지며 스르륵 빠져나간다. 그 잔상이 머리에 남아서, 도자기에 한줄기 물기가 묻은 것 같은 착각마저 느껴졌다. 여자아이는 젖은 머리를 흩날리며, 요사스러운 웃음을 지어 보이고는 뒤로 돌아 들어갔다. 각이라고 부를 것이 하나도 없어 보일 만큼 매끄러운 뒷모습. 지나치게 매끄러운 모습. 마치 한붓그리기로 그려낸 듯한 선이 잠시 눈앞에 아른거렸다. 분명 아름답다고 해야 마땅할 텐데, 보아서는 안 될 것을 본 것만 같은 기분이 든다. 마치 물컹한 포도 껍질을 씹었을 때처럼 미묘하게 불쾌감이 남는다.

   여자아이가 완전히 사라지고 나서야 나는 내 앞에 놓인 도자기를 내려다보았다. 위에는 하얀 뚜껑이 덮여 있다. 부푼 윗부분에서 잘록한 바닥으로 부드럽게 뻗은 유선. 모나거나 들어간 곳 없이 매끈하게, 젤리처럼 완벽한 표면. 순백의 도자기. 아무리 보고 있어도 질리지 않을 것 같은 자태.

"크흠!"

정신을 차리고 앞을 보니, 남자가 히죽히죽 웃고 있다. 뭘 생각하는지 잘 알겠다는 표정이었다. 나는 겸연쩍음에 눈을 피하고는, 괜한 시비를 걸었다.

"이게 정말 태항아리라고요? 안에 무슨 코끼리 탯줄이라도 들어 있습니까?"

남자는 히죽 웃으며 대답했다. "코끼리는 무슨, 당연히 사람 태가 들어 있지요. 안쪽을 한번 구경해보시겠습니까?"

남자의 말에 반신반의하며 도자기의 뚜껑을 열었다. 고개를 숙여 안을 들여다본 순간, 어찔해져 고개를 번쩍 들었다. 눈이 어지럽다. 무엇을 본 거지? 빙글빙글 돌아가는 뭔가가, 도자기 안에 깊이를 알 수 없는 나선이 있었다. 나는 눈을 한 번 비비고 다시 도자기 안쪽을 천천히 들여다보았다.

"이건……."

"흥미롭지요?"

자세히 보니 그것은 나선이 아니었다. 도자기 안에 작은 도자기, 그 안에 또 작은 도자기. 그 안에 또 작은…… 빽빽하게 들어찬 도자기. 마치 새끼줄을 꼬아 만든 바구니처럼 층층이 촘촘하게 이어져 내려간다. 위에서 내려다본 그것은 끝없이 지하로 내려가는 나선계단과 같은 풍경이었다.

"이것도 태항아리란 말인가요? 뭔가 다른……."

"네, 뭐, 그야…… 보통 태항아리가 아니니까요. 앞의 것들과는 다르죠. 이건 한 가문의 태를 모신 태항아리입니다."

한 가문의 태를 모신 항아리.

그 말을 곧바로 이해하지는 못했다. 잠시 '가문'이라는 말의 여운에 잠겨 있다가, 퍼뜩 깨달았다.

"그러니까, 태가 여러 개 들어 있다는 뜻입니까?"

"예. 물론 처음에는 하나만 들어 있었겠지요. 아마 제일 안쪽의 아주 작은 항아리로 시작했을 겁니다."

처음에는 평범한, 아까 본 것들과 마찬가지의 태항아리였다. 하지만 다음 후손이 태어났을 때부터 달라지기 시작했다. 전대의 태항아리에 후대의 탯줄을 감아, 더 큰 새 항아리에 넣었다. 그리고 다음 후손이 태어나면 조금 더 큰 항아리를 만들어 같은 방식으로 겹장을 하고, 그다음에는 더 큰 항아리를 만들었다.

"그렇게 매장과 발굴을 반복하면서 태가 점점 늘어나는 태항아리가 된 것이지요."

"왜, 왜 그랬을까요?"

남자는 머리를 톡톡 두드리며 은근한 어조로 대답했다. "태가 들어 있는 모양을 생각해보세요. 선대의 태를 후대가, 후대의 태를 다음 대가 품에 껴안고 있는 모양 아닙니까?"

"그렇지요."

물론, 다르게 해석할 수도 있다. 예를 들어 뱀이 똬리를 튼 형태라든가. 애초에 탯줄이 탯줄을 감싸고 있다는 것 자체가 흉측

한 일이지 않은가.

"짐작하기로는 아마도 다른 종류의 가택신 성격을 태항아리에 부여한 것이 아닐까 싶습니다. 업구렁이처럼 말이죠. 조상의 태를 모으고 모아 선조들의 혼백이 가택에 서리도록 하는, 일종의 혼백 항아리라고도 할 수 있겠군요." 남자는 거기서 잠시 말을 끊더니, 다시 고쳐 말했다. "음, 아니지요. 혼백보다는 사랑의 항아리라는 말이 어울리겠군요."

"사랑이라고요?"

이런 뜬금없는 단어가 튀어나올 줄이야. 탯줄로 탯줄을 감은 것에서 어찌 사랑을 연상할 수 있단 말인가?

남자는 히죽 웃으며 내 반문에 대꾸했다. "훌륭한 사랑이지요. 후대는 선대를 감싸안아 보호하고, 선대는 후대를 업신으로서 지켜주니 이것이 사랑이 아니고 무엇이겠습니까? 결국 이 항아리는 과거와 미래를 순환하는 사랑의 결실 같은 것입니다."

나는 잠깐 멍해져서 생각하다가 피식 웃음을 터뜨렸다.

"사랑의 결실이라니, 마치 아기라도 되는 것처럼 말씀하시는군요."

남자는 안쓰럽다는 듯이 나를 잠시 바라보더니, 한숨을 쉬며 고개를 저었다.

"아이가 사랑의 결실이라는 건 그저 비유에 불과하지요. 사랑의 진정한 결실은 그 사랑으로부터 태어나는 또 다른 사랑입니다. 사랑이 사랑을 낳는 것이야말로 진정한 결실이 아닐까요."

사랑, 사랑, 사랑.

괴이하다. 어질어질하다. 이런 대화라니, 이런 기묘한 것을 두고, 이런 사람을 홀리는 것 같은…… 사랑…… 아래로 아래로…… 깊이…… 눈이 점점 똬리에 끌려 들어가는 기분이다. 나는 고개를 숙여서 점점…… 그 안으로…… 사랑…….

"크흠!"

나는 정신을 차리고 고개를 번쩍 들었다. 남자가 히죽 웃으며 나를 보고 있었다. 어느새 내 두 팔이 항아리를 껴안고 있었다. 나는 괜히 민망해져, 팔을 스르륵 풀었다.

"너무 오래 보시면 안 됩니다. 사랑에 홀려버리니까요."

"홀린다……."

사랑에 홀린다니, 사랑에 빠진다는 표현은 들어봤어도. 하지만 이 항아리에게는 꽤 어울리는 표현일지도 모르겠다. 사랑은 몰라도 홀린다는 말 자체는.

"약 같은 건 비교도 안 돼. 그 집의 물건들은."

그 여자의 말이 떠올랐다. 그 당시에는 과장이 심하다고 생각했지만, 지금은 이해가 간다.

"예. 그리고 뚜껑을 너무 오래 열지 않는 게 좋을 겁니다. 항아리가 열려 있으면 혼백이 날아가버린다고 하니까요. 게다가 산 사람의 혼백이 죽은 사람의 혼백과 너무 깊이 접해도 안 되고요."

"그런 미신 같은 이야기를……."

분명 자기 입으로 그런 것은 믿지 않는다고 하지 않았던가.

"그렇지요? 정말 미신 같은 허황된 이야기입니다. 하지만 생각해보세요. 결국 그런 걸 믿는 사람들이 이런 항아리를 사는 것 아니겠습니까?"

지나치게 솔직한 말에 잠시 어안이 벙벙해졌다. 그런데 생각해보니 묘한 말이다.

"판 적이 있단 말씀입니까?"

"예. 하나 팔았지요. 작년쯤에."

"하나만 있는 게 아니군요."

"예. 몇 개가 있습니다. 전부 그 사두혈 근처에서 나왔지요."

이런 묘한 태항아리가 몇 개씩 있단 말인가. 아니, 그보다.

"그…… 혹시 어떤 사람이 사 갔습니까?"

"아주 강한 가택신이 필요한 사람이 사 갔지요. 한 가문의 조상신들이 다 모여 있으니, 그 영험함도 그만큼 클 거라고 생각했던 모양입니다."

항아리를 사 간 사람은 고3 수험생 딸을 둔 학부모였다고 한다. 딸이 공부를 못하는 것은 아니었지만, 그래도 딸의 대학 진학을 기원한답시고 온갖 이상한 주술거리를 모으다가 여기까지 흘러든 모양이다. 꽤 비싼 값을 불렀는데도 그녀는 옳거니 하며 도자기를 집어갔다.

"그래서 대학은 합격했답니까?"

"아뇨. 시험도 안 친 모양이더군요."

"그건 또 어찌 된 일이랍니까?"

남자는 문발 쪽을 흘깃 곁눈질하더니, 턱을 긁으며 대답했다. "그게 말이죠. 또 재미있는 사연이 있습니다."

여자는 도자기를 딸의 공부방에 두었다. 딸에겐 별다른 설명을 하지 않았지만, 그 딸도 마침 공예품 따위를 좋아하는 고풍스러운 취미를 가졌던지라 특별히 이상하게 생각하진 않았다고 한다. 딸은 그 도자기가 꽤 마음에 들었는지, 자주 들여다보고 틈틈이 먼지를 닦기도 했더란다.

"아까도 말씀드리지 않았습니까? 너무 들여다보면 홀린다고. 점점 그 아이는 공부하는 시간보다 도자기를 만지는 시간이 늘어나게 되었지요."

"그래서야 성적이 떨어질 만도 하군요."

"성적이 떨어지는 정도가 아니었습니다. 그러다가 결국엔 방에 틀어박혀서, 하루 종일 도자기만 들여다보게 되었답니다."

딸이 방에 틀어박히자 엄마는 걱정이 태산 같았다. 하지만 평소에도 도통 대화가 없었기에, 대화가 완전히 끊기고 나자 더욱더 어찌할 바를 몰랐다. 가끔씩 딸의 방을 들여다보는 정도가 할 수 있는 전부였다. 무얼 하고 있나 슬쩍 들여다보면, 딸은 도자기의 겉면을 정성스럽게 닦고 있었다. 아주 조심스럽게, 마치.

"마치, 도자기를 보살피는 것 같았다고나 할까요. 그 태도가 꼭, 노인의 등을 닦아주는 것처럼 보였다고 합니다."

노인의 등을 닦는다. 조상을 보살핀다. 평소라면 이런 표현에서 느꼈을 법한 감정은 긍정적인 것이었으리라. 하지만 지금은 이처럼 끔찍한 표현이 있나 싶을 정도다.

딸이 도자기를 대하는 태도는 점점 기이해져갔다. 도자기를 소중하게 껴안은 채로 겉면을 닦다가, 때로는 도자기 겉면에 뺨을 비비기도 했다. 어느 날인가는 딸이 바닥에 앉아 도자기를 껴안고 귀를 도자기 주둥이에 댄 채 잠들어 있는 모습을 보았다. 그 모양이 그렇게 불길할 수가 없었다.

"상상해보세요. 마치 알을 품고 있는 동물의 모습 같지 않습니까?"

남자의 말을 듣자마자 머릿속에 선명한 이미지가 떠올라 몸을 부르르 떨었다. 하얗고 커다란 알을 품은 여자아이. 그 알 속에는 수백 년간 쌓인 탯줄이 뱀처럼 똬리를 틀고 우글거린다.

남자는 질려버린 내 표정을 만족스러운 듯한 눈으로 쳐다보며 이야기를 계속했다.

"그러니 그 광경을 직접 마주한 엄마는 얼마나 무서웠겠습니까? 그래도 어머니는 어머니지요."

엄마는 무서웠지만 걱정이 되기도 하여 슬금슬금 방 안에 들어갔다. 도자기를 품에서 떼어내고 딸을 침대에 눕혀줄 생각이었다. 하지만 도자기에 손을 댄 순간, 손이 미끄러졌다. 아니, 마치 도자기가 스르륵 손안에서 빠져나간 듯한, 도망친 듯한……

놀라서 고개를 들었더니, 눈이 마주쳤다. 경계하는 기색을 담은 딸의 눈과. 그 눈빛은 사람의 것이라기보다 어떤 짐승의 것처럼 느껴졌다. 홍채와 동공이 구분이 가지 않을 정도로 온통 까만, 감정을 읽을 수 없는 눈. 한기가 서린 그 눈이 엄마의 눈을 뚫어지게 쳐다보고 있었다. 엄마는 순간적으로 기겁하여 방에서 도망나왔다. 쿵쿵거리는 가슴을 진정시키며, 부엌으로 가 물을 찾았다. 물병을 들고 컵에 물을 따르려는 순간.

미끌.

물병이 바닥에 떨어졌다. 엄마는 손바닥을 들여다보았다. 거기에는 마치 체액 같은, 투명하고 끈적한 액체 상태의 무언가가 묻어 있었다.

"아무래도 그 후로는 방을 들여다보는 횟수가 줄어들었다고 합니다. 들여다보는 행위 자체에 본능적인 공포를 느끼게 되었으니까요. 표현하자면, 하나의 동물로서 천적을 알아본 느낌이랄까……."

그래도 가끔은 없는 용기를 힘껏 끌어내어 몰래 문틈으로 들여다보았다. 그때마다 역시나 기괴하고 불길한 광경이 눈앞에 펼쳐졌다. 한번은 딸이 도자기를 바닥에 내려놓고는, 방바닥을 배로 기며 도자기 주변을 뱅뱅 도는 모습도 보았다. 한번은 딸이 도자기의 겉면을 혀로 핥는 모습도 보았다. 착각인지 몰라도 딸의 혀가 길어진 것처럼 느껴졌다. 아주, 길게.

엄마는 점점 공포에 휩싸였다. 환시라고 해도 좋으리라. 그 하얀 도자기가 어쩐지 점점 알처럼 보였다. 불길하고 혐오스러운 무언가를 품은 커다란 알. 그 알에서 곧 무언가가 태어난다. 태어날 것 같았다. 공포가 목을 옥죄었다. 공포가 등을 떠밀었다. 엄마는 결국 행동했다. 알을…….

"도자기를 깨버린 겁니다."

"그럼 그 도자기는…….."

"뭐 그야, 산산조각이 났지요."

"그러면 딸은 정신을 차렸습니까?"

"글쎄요, 처음에는 원망스러운 눈으로 엄마를 노려볼 뿐이었다고 합니다. 하지만 그 후에도 방에서 나오지는 않았죠. 기행을 하거나 하진 않았습니다. 방 안에서 움츠리고, 꼼짝 않고 있었다는군요."

딸은 마치 돌이 된 것 같았다. 거의 굳어 있는 것처럼. 밥도 먹지 않고, 화장실에도 가지 않았다. 엄마는 그런 딸의 모습을 두려워하며 엿보다가, 점점…….

"알처럼 보였나 봅니다. 웅크린 딸의 모습이."

"……!"

엄마는 깨버린 도자기 알보다, 그 딸의 모습이 더욱 무서웠다. 딸의 겉면이 석화되어 부서지고, 그 안에서 뭔가가 태어날 것만 같았다. 뭔가 터무니없는, 뭔가 끔찍한 것이.

"결국 어느 날 밤, 엄마는 쇠망치를 들고 딸의 방으로 들어갔습니다."

"설마 딸을 내리친 겁니까?"

남자는 고개를 저었다. "아뇨, 그럴 생각이었지만 그러지 못했습니다. 이미 거기엔 딸이 없었으니까요. 어찌 된 것인지 그 방에는 딸의 모습은 보이지 않고, 시커먼 각질 같은 것만 수북하게 쌓여 있었다고 합니다. 그리고 방 안이 온통 미끌거렸다더군요."

딸은 사라졌다. 어딘가로. 찐득한 발자국만 남긴 채.

나는 침을 꿀꺽 삼키며 물었다. "그래서, 그 딸은 대체 어디로."

남자는 작게 뜬 눈으로 문발 쪽을 흘깃 보면서 옥비녀를 매만졌다.

"아마도 새로운 보살핌 대상을 찾아 떠났겠지요."

새로운 보살핌 대상을 찾아 떠났다. 업이 되기 위하여, 보살필 것이 사라져도 대를 이어 길게 길게 이어지는 기나긴 업. 혀끝에서 떫은맛이 느껴진다.

"설마, 아까의 그 아이가……."

남자는 싱글거리는 표정으로 되물었다. "누구 말입니까?"

"아뇨, 아까 항아리를 안고 온 아이 말입니다."

"손님, 여긴 우리밖에 없습니다."

여전히 싱글거리는 표정이었지만, 사백안에는 엄한 분위기가 서려 있다. 나는 입을 닫고 침을 삼켰다.

"어쨌든 사랑이라는 것은, 중독되거든요. 사랑할 것이 사라져도 사랑하고 싶은 마음은 더 강하게 남지요. 말 그대로 금단현상 때문에 견딜 수 없는 법입니다. 마약 따위는 비교도 되지 않지요."

순간 흠칫 놀랐다. 마약 따위는 비교도 되지 않는다고? 그 여자의 말과 똑같다. 문득 그런 의문이 들었다. 그 여자는 여기서 무엇을 사 갔을까? 그 여자가 여기에서 만난 물건도, 지금 눈앞에 있는 물건처럼 사랑이라는 말로 설명할 수 있는 물건일까?

한편으로는 그런 생각도 들었다. 얼토당토않은 소리이긴 하지만, 이 남자가 말하는 것처럼 사랑이 그런 것이라면, 나는 사랑을 모르는 채 결혼을 하고, 사랑을 모르는 채 살아왔단 말인가. 그렇다면 나에겐 지금 이 항아리가 첫사랑…… 아니아니, 무슨 미친 생각을 하고 앉았담.

나는 고개를 저어 잡생각을 떨쳐내고는 조심스레 물었다. "그 후로, 그 엄마는 어떻게 되었습니까?"

"어떻게라고 할 게 없습니다. 어찌 된 일인지 자기에게 딸이 있다는 사실조차 까맣게 잊어버린 모양입니다. 무의식적으로 딸의 기억을 차단해버린 건지도 모르죠. 그만큼 무서웠던 겁니다."

"그러면, 그 이야기는 어디서 들으신 겁니까?"

남자는 히죽 웃으며 답했다. "손님의 일은 듣지 않아도 다 압니다. 아는 수가 있지요."

뭐야, 허튼소리일 뿐인가.

나는 남자에게서 눈을 떼어 항아리를 들여다보았다. 이야기야 어찌 되었든, 확실히 요사스러운 항아리다. 이 미끈한 모습. 손을 대면 착 감겨서 떨어지지 않을 것 같은 느낌, 아름답다. 남자의 말은 지어낸 헛소리라고 치더라도, 어쩌면 그 이야기에 나온 딸처럼 하루 종일 항아리만 바라보는 일이 그리 어렵진 않을 것 같다.

사랑…… 그렇다. 이것이 사랑인가. 사랑은 빠져드는 것. 사랑은 보살피는 것. 사랑은 사랑을 낳는 것.

항아리의 뚜껑을 다시 열고 안쪽을 들여다보았다. 나선처럼 안쪽으로 작아지는 풍경. 점점 작아지는 원을 따라 시선이 안쪽 깊숙한 곳으로 들어간다. 시선이 미끌거리며 안으로 기어 들어간다. 안쪽의 나선을 타고, 정신과 숨결이 아래로 미끄러져 내려간다. 그것은 나선이라기보다 뱀이 똬리를 튼 모습. 아니, 그보다 더 요사스러운 색기가 흘러넘친다.

흐릿하게, 묘한 광경이 떠오른다. 아까의 그 여자아이. 그 아이가 구불구불하게 똬리를 틀고 머리를 들어 나를 올려다보는 상상. 머리가 저릴 정도로 그 광경이 점점 선명해진다. 나는 눈도 깜빡이지 않고 그 광경을 들여다보았다. 이윽고 주변이 허물어지고, 녹아내리고, 하얀 것이 투명해지고, 온몸이 미끌거려 도자기 속으로 빨려 들어갈 것 같은 초현실적인 감각만 남았다. 현실을 부여잡는 것은 어느새 멀찌감치서 들려오는 남자의 낄낄거리는 웃음소리와, 흐릿하게 멀어져가는 말소리뿐이다.

"거봐요, 너무 들여다보면 홀린다니까요? 사랑이라는 게 참 무섭지요. 그러다 목소리라도 들리기 시작하면 그땐……."

2장
축복을 빌수록 저주하는 그릇

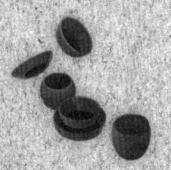

"아무래도 살아남을 방법은
그것밖에 없는 것 같더라 이 말입니다."

"오랜만에 오셨군요. 사모님."

"아, 예에."

어정쩡하게 대답하고 말았지만, 좀 어처구니없다. 애당초 오랜만에 온 것은 그쪽이 연락을 주지 않아서인데. 물건을 부탁하고 한 달이 넘도록 연락이 없어서 안절부절못하던 차다. 그러다 뜬금없이, 새로운 물건이 많이 들어왔으니 보러 오라는 문자를 이 남자가 보내온 것이 어제의 일이다. 문자에는 주소가 첨부되어 있었다. 주소를 따라 두 시간 반을 달리니, 모래 가득한 공사장 한복판에 컨테이너가 나왔다. 언제나 그렇듯이, 처음 이 가게에 왔을 때와 똑같은 풍경의. 문제는 그때와는 주소가 달랐다는 점이다. 완전히 다른 장소라는 것은 차를 몰고 올 때 지나친 풍경으로 확실히 알 수 있었다. 하지만 도착한 곳의 풍경만은 지난번과 같았다. 지난번보다 길에 구덩이가 훨씬 많아졌다는 점만 빼면.

"염색하셨나 보네요."

남자가 인자한 표정으로 아는 체를 하기에, 나도 모르게 힐끗 앞머리를 잡아당겨보았다. 말 그대로 염색을 하긴 했다. 기분 전환 삼아, 라는 이유였지만 중요한 일을 앞두고 흰머리가 신경 쓰였던 것도 사실이다.

"선생님은 염색 안 하세요?"

전보다 훨씬 희끗해진 남자의 머리를 보며 그렇게 받아쳤다. 백발이라고 할 것까지는 아니지만, 이젠 검은 머리보다 흰머리가 훨씬 많아 보인다. 속도로 봐서는 곧 백발이 될 것 같다. 남자는 살짝 민망한 표정을 짓더니, 나를 따라하듯 자기 앞머리를 당겨보는 시늉을 했다.

"예, 뭐. 어지간하면 머리카락에 약을 바르고 싶지는 않아서요. 기왕에 키우는 것이니……."

키운다? 머리카락이 자라는 걸 그런 식으로 표현하는 건 처음 들었다. 이 남자, 머리카락을 기르는 게 아니라 키우고 있는 것인가. 하긴, 이 사람이라면 뭐든 키울 수 있을 것 같다만.

"이쪽으로 오시지요."

남자가 가리킨 곳에는 다섯 칸짜리 철제 진열장이 있었다. 진열장에는 놋그릇이 대량으로 쌓여 있었다. 그 모양이 대단해 보이지는 않았지만, 그렇다고 범상한 물건처럼 보이지도 않았다. 그릇마다 하나같이 표면에 윤기가 흐르고, 신비할 정도로 고아한

빛을 뿜어내고 있었기 때문이다. 내가 부탁한 물건인지 아닌지는 몰라도, 귀한 물건임엔 틀림없다. 나는 고개를 들어 내 앞에 서 있는 남자를 바라보았다. 여전히 히죽거리고 있다.

나는 조심스레 물었다. "그래서, 흉한 물건인가요?"

남자는 인상을 찌푸리며 대답했다. "물건에 길하고 흉하고는 없지요. 과거는 알아도 미래는 모르는 것이니까요. 물건에는 그저 역사와 사연이 담길 뿐입니다. 그 사연이 때로는 길한 것이 되고, 때로는 흉한 것이 되기도 할 뿐이지요."

모르겠다. 도통 모르겠다. 그러니까 이 남자는 물건이 가져오는 길흉을 믿는다는 것인가, 아니면 믿지 않는다는 것인가. 아니면, 그런 것이 있긴 하되 인간이 그것을 알 수는 없다는 뜻인가. 그날 이후로 몇 차례 더 이 가게를 들락거렸지만, 그것만큼은 모르겠다.

내 생각을 아는지 모르는지, 남자는 괜히 허리를 쭉 펴며 자랑하듯이 입을 열었다.

"어쨌거나 마음에 드실 만한 물건인 건 틀림없습니다."

"그래요."

그렇게 대답하긴 했지만 미심쩍은 기분은 어쩔 수 없다. 놋그릇이라니, 평범하지 않은가. 물론 이 가게를 믿지 않는 건 아니지만, 여태까지 보았던 것과는 좀 뭔가 다르다. 고개를 갸웃거리는 내 모습을 힐긋 쳐다보고, 헛기침을 두 번 하더니 남자는 이야기를 시작했다.

"장산 한씨라고, 조선시대에 잘 나가던 집안이 하나 있습니다. 이름 높은 선비가 나온 집안은 아니지만 어쨌든 재산만큼은 대단했다더군요. 궁궐에서나 쓰는 청기와를 얹은 집이었으니까요."

"청기와요? 그게 그렇게 대단한 건가요?"

남자는 내 반문에 못마땅한 표정을 지어 보였다.

"거 괜히 대통령 공관을 청와대라고 불렀던 게 아닙니다. 다 사연이 있지요. 지금이야 별것 아닐지 몰라도, 그 시절의 청기와는 보통 귀한 물건이 아니었습니다."

"그런가요."

남자는 씩 한번 웃어 보이더니, 내게 얼굴을 가까이 들이밀고 마치 비밀 이야기라도 하는 것처럼 속삭였다.

"그 파란 색깔을 만드는 공정에 염초라는 것을 쓰거든요. 요즘 말로 하면 질산칼륨입니다. 지금이야 질산칼륨을 구하려고 하면 얼마든지 구할 수 있지만, 그 시대에는 귀한 것이었거든요. 아마 그때는 대부분 수입산을 썼을 겁니다. 오죽하면 궁궐에 청기와를 처음 얹기로 결정했을 때도 중신들의 반대가 심했다고 합니다. 사치도 그런 사치가 어디 있느냐고 말이죠. 궁궐에서도 사치라고 하는 청기와를 태연하게 얹은 집안이니, 세도는 몰라도 부는 확실하지요."

"그렇군요. 하지만 장산 한씨라는 가문은 좀 생소하네요."

"그렇겠지요. 대단한 업적을 이룬 것도 아니고, 그나마 일제 강점기에 사라져버린 가문이니까요. 멸문을 당한 건 아닙니다만, 음…… 망문이라고나 할까요? 쫄딱 망해 대가 끊겨버렸습니다."

"관에서 탄압이라도 받았던 건가요?"

남자는 허리를 펴고 턱을 검지 손가락으로 잠시 긁더니, 다시 내 쪽으로 얼굴을 쑥 들이밀며 말했다. "그런 건 아니고, 그 시기에 재산이 확 줄어든 영향이 클 겁니다. 망하기 전전대부터 일가의 사람들이 어째 다들 건강이 나빠져 픽픽 쓰러져나간 데다가, 그 대에서는 흉흉한 소문마저 도는 바람에 말이죠. 결국엔 그 집으로 딸을 보내려는 사람도 없었으니까요. 대가 끊긴 것은 자연스러운 일이지요."

흉흉한 소문이라는 말에 귀가 솔깃해진다.

"흉흉한 소문이라니, 그게 뭐죠?"

남자는 히죽하고 음흉한 웃음을 지었다.

"그게 말이죠, 그 집안 사람들이 사람을 먹는다는 소문이 돌았던 모양입니다."

"세상에. 그래서, 여기 있는 것들이 그 집의 놋그릇이라는 이야기인가요? 설마하니 사람을 잡아서 여기에 담아 먹었다던가 그런 얘긴 아니겠죠?"

나도 모르게 침을 꿀꺽 삼켰다. 평범해 보이던 놋그릇이 갑자기 탐나게 요염해 보였다. 충분히 흉하다. 흉흉하다.

하지만 남자는 한심하다는 듯이 나를 곁눈으로 흘겨보고는, 뱉어내듯이 말했다. "밥그릇엔 밥을 담아야지, 그게 무슨 흉악한 소리랍니까."

 남자의 손이 놋그릇을 가리키며 부채꼴 모양으로 휘 반 바퀴 돌았다. 어서 살펴보라는 시늉이다.

 나는 길게 늘어선 놋그릇들을 다시 한번 찬찬히 둘러보았다. 말 그대로 그릇이다. 생활용품. 밥그릇부터 각종 식기, 수저나 용도를 알 수 없는 모양의 그릇까지. 그중에서도 밥그릇이 유독 많았다. 득시글거린다고 표현해야 할 정도로 많은 식솔을 거느린 가족의 밥상, 같은 이미지가 떠올랐다. 어찌 보면 참 허망하다. 저 놋그릇처럼 반짝이던 부귀의 집안이 흉한 소문에 무너졌다……. 무심코 탄식이 나왔다.

 남자는 탄식의 이유를 착각했는지 이렇게 말했다. "참 고귀한 빛깔이지요? 관리가 잘된 겁니다. 유서 깊은 엄한 집안에서는 놋그릇을 그냥 물로만 씻지 않습니다."

 "그 시대에도 세제 같은 걸 썼나요?"

 "뭐 비슷할 수도 있지요. 일단 깨진 기왓장을 가루로 빻아서, 그것으로 놋그릇을 문대죠. 그러면 그 기왓장 가루가 연마제 역할을 해서 광택을 내게 되는 겁니다. 놋그릇의 광택이 그 집안의 세도를 말해주는 셈이지요."

 놋그릇의 광택으로 집안의 세도를 알 수 있다, 하긴 모든 것이 그렇다. 세간살이가 잘 관리가 되었는가 같은 것들이 그 집안의 분위기를 말해주는 법이니까. 그렇다고는 해도, 기왓장을 빻아서 연마할 정도로 공을 들인다는 이야기에 이르면 확실히 범접할 수 없는 고급스러운 이미지가 느껴진다.

남자는 이야기를 계속했다. "애초에 놋그릇이라는 것도 지금 우리가 생각하는 것처럼 아무나 쓰던 물건이 아니었습니다. 금도 아닌데 뭐가 그렇게 대단하느냐고 할 수 있겠지만, 그 시대에는 광석 채굴을 제도적으로 제한했거든요. 그러니 돈 좀 있다고 아무나 살 수 있는 물건은 아니었지요. 그런 놋그릇을 쓰고 지붕엔 청기와를 얹었다, 이건 그야말로 부유함 그 자체였다고 할 수 있습니다."

"그것참 대단하군요. 그런데 어떻게 그리 돈을 많이 벌었답니까?"

"운이 좋았다고밖에 할 수 없습니다. 그 집안에 대해 그나마 남아 있는 기록에도, 뭘 가지고 돈을 벌었는지는 남아 있지 않아요. 그저 용이 재물을 물어다준다, 그런 소문만 있었던 것 같더군요."

"용이라고요?"

"예."

침을 꿀꺽 삼키고는 다시 물었다. "드래곤?"

"다른 용이 또 있습니까?"

뭔가 더 물어보려 했지만 남자는 손을 내저어 팔랑거리며 내 말을 막고는, 긴 이야기를 시작했다.

정화수라는 말은 들어보셨지요? 정한수라고도 합니다만, 새

벽에 일찍 우물에서 물을 길어오는 풍습 말입니다. 보통은 드라마 따위에서 나오는 것처럼 그 물을 담장이나 높은 데 올려놓고 손으로 싹싹 빌며 뭔가를 기원하는 이미지이긴 합니다만, 정화수 중에도 특별한 것이 있습니다.

그게, 용알뜨기라는 풍습이 있지요. 그게 왜 용알인고 하니, 십이간지 아시죠? 자축인묘진사오미 어쩌고 하는. 쥐, 소, 호랑이…… 이런 식으로 순서가 매겨지지요. 예를 들어 갑진년이라고 하면, 용의 해라고 하지 않습니까? 태어난 해에 따라서 용띠니 말띠니 하고 띠가 붙으니, 갑진년에 태어난 아이들은 용띠가 되겠지요.

요즘은 아는 사람이 많지 않지만 이 띠라는 게 해에만 붙는 것이 아닙니다. 날에도 붙어요. 십이지일이라는 게 있거든요. 음력 1월 1일은 상자일이라 해서 쥐의 날, 1월 2일은 상축일이라 해서 소의 날, 이런 식으로 쭉 이어집니다. 그런데 말이죠, 다섯 번째 날이 상진일이라고 해서 용의 날이란 말입니다. 상진일에는 용이 우물에 알을 낳는데, 이날 우물의 첫물을 뜨면 용알을 가지게 된다고 해서 용알뜨기라고 합니다. 당연히 실제로 물에 용알이 둥둥 떠 있다거나 그런 건 아니지만, 보이지 않아도 어쨌든 그 첫물엔 용알이 들어 있다고 치는 겁니다. 뭐, 원래 옛날 민간신앙이라는 게 대체로 어딘가 좀 어설픈 데가 있게 마련이에요.

이 한씨 집안은 대대로 용알뜨기를 엄청나게 열심히 했던 모양입니다. 사실 이 용알뜨기라는 게 동네 아낙들의 달리기 경주 같은 거거든요. 온 동네 아낙들이 집에서 대기하고 있다가, 새벽 닭이 우는 순간 우물을 향해 달리기를 시작했던 겁니다. 왜냐하면 첫물이잖습니까? 용알은 딱 한 명밖에 못 뜨니까요. 한씨 집안에서는 주로 맏며느리가 그 역할을 맡았는데, 워낙에 엄한 집안이었던지라 며느리들이 거의 목숨을 걸고 용알뜨기를 완수했다고 합니다.

용알을 떠서 뭘 하느냐고요? 그야 평범하게 밥 짓는 데 씁니다. 용알을 떠서 그걸로 밥을 지어 먹으면 풍년이든 로또든 뭐든 간에 하여간 그 집안에 재물과 관련한 큰 복이 온다는 건 어느 지역에서나 믿던 이야기거든요. 그런데 사실, 재미있는 이야기를 갖다 붙이긴 했지만, 사람들이 믿는 원리는 그냥 치성을 드리면 어떻게든 된다 같은 그런 거였을 겁니다.

신이든 하늘이든 뭐든 간에 대단한 무언가를 상대로 시간을 들여 힘든 것을 해내거나 바치면, 하늘이 감동해서 복을 내려줄 것이다. 사실 형태만 다를 뿐이지, 어느 민족, 어느 종교, 어느 대륙에서나 이런 믿음은 비슷했습니다. 유대 신화의 번제 같은 거나, 인도 신화의 라마야나 마하바라타 같은 이야기에서 나오는 신에게 소원 빌기 같은 거나, 전부 다 형태는 다르지만 바라는 건 똑같지요. 신이나 절대적 힘을 가진 무언가와 가치를 교환한다. 신 입장에서는 '내가 왜?' 할 이야기지만요. 어라? 이야기가 좀 벗어났나요?

하여간 이 집안에서는 대대로 용알뜨기를 완수해왔는데, 아까

엄한 집안이라고 말씀드렸잖습니까? 대부분이 어린 나이에 뭣도 모르고 시집을 오는데, 며느리를 보통으로 괴롭혀서야 매년 동네 아낙 달리기 대회 1등이라는 성과를 낼 수 있을 리 없지요. 그러다 보니 며느리가 시어머니에게 나쁜 마음을 먹는 경우도 종종 있긴 했었나 봅니다. 집안의 영화를 기원하는 것과 별개로 시어머니의 빠른 사망을 기원하는 며느리가요. 뭐, 원래 시어머니와 며느리 간에 감정이 안 좋은 것은 흔한 일이긴 합니다만.

옛날 사람들의 믿음이라는 것이 참 단순한 것이라, 축복을 뒤집으면 저주가 되는 법이지요. 어떤 며느리가 어린 머리로 기발한 상상을 했던 모양입니다. 상진일 다음 날은 상사일이라고, 뱀의 날이거든요. 이날은 뱀이 알을 낳을 것 아닙니까? 물론 지역에 따라서 구렁이를 길하게 보거나 뱀 신앙이 있는 경우들도 있지만, 보통 용 다음으로 나오는 뱀은 최고로 불길하게 여깁니다. 게다가 뱀은 독을 상징하기도 하고요. 그래서 옳거니, 용알뜨기 다음 날엔 뱀알뜨기를 해서 시어머니에게 저주를 씌어버리자. 이런 생각을 해버린 것이지요. 그렇게 이 며느리가 상사일마다 첫물을 떠서는 시어머니의 밥만 그 물로 지어 올린 겁니다. 몇 년을 그렇게 지극정성으로 뱀알뜨기를 했더니 효과가 슬슬 나타나기 시작했어요. 언젠가부터 시어머니가 자꾸만 토혈을 하더니, 그만 덜컥 죽어버렸답니다.

영원한 비밀이 어디 있겠습니까. 티가 안 날 만큼 대단히 치밀한 음모도 아니었고요. 결국엔 나중에 이 며느리가 무슨 짓을 했는지 밝혀졌고, 그 며느리는 집안 사람들에게 맞아 죽어버렸지요. 그리고 시어머니가 썼던 밥그릇은 뱀이 깃들었다고 해서, 시어머니를 매장할 때 함께 묻어버렸다고 합니다.

그러고 나서 그 가문에는 묘한 편견이 생겨버리고 말았습니다. 어느 날 갑자기 시어머니가 원인 모를 병에 시달리거나 괴이하게 아프거나 하면, 혹시 며느리가 저주를 건 것이 아닌지, 뱀알 뜨기를 한 것이 아닌지 의심부터 하게 된 것이지요. 심지어는 어느 해에는 시어머니가 덜컥 죽자, 시어머니의 밥그릇은 물론이고 며느리까지 함께 생매장해버리는 일도 있었습니다. 뱀이 들어섰다, 하면서요.

이런 경향이 심해지자 며느리들은 두 배로 힘들어졌습니다. 살아서 무사히 시어머니가 되느냐, 아니면 생매장을 당하느냐는 시어머니를 얼마나 건강하게 보살피느냐에 달렸으니까요. 시어머니가 행여나 아프면 어쩌나 해서 지극정성으로 돌보고, 시어머니의 밥그릇도 아주 상전을 대하듯이 소중하게 대했습니다. 시어머니가 병이라도 들면, 정말 제 살을 베어 먹일 정도로 극진하게 간호했다고 합니다. 그러니 동네에서 효부 집안이라고 칭찬이 자자했다지요.

그런데 그렇게 정성을 기울이면 기울일수록, 지성이면 감천은 개뿔, 오히려 대를 이어갈수록 단명하더란 말입니다. 그것도 며느리였을 때는 팔팔하던 사람이 시어머니가 되자마자 바로 병든 닭처럼 되어버리는지라, 맏며느리가 저주를 씌웠다는 혐의를 받지 않고 버티겠습니까?

 집안에 자꾸 시어머니의 흉사가 연이어지던 탓인지, 조선 후기에 이르러서는 가세가 기울기 시작했습니다. 이 시기에는 광석 채굴 제한도 풀려서 놋그릇이 더 이상 그렇게 귀한 물건이 아니게 되었지만, 일제 강점기에 이르러서는 놋그릇을 하나 더 살 형편도 안 되었죠. 그런데 그 와중에, 집안에 열 살짜리 며느리가 하나 들어왔더랍니다. 이번에도 역시나, 며느리가 들어오자마자 시어머니가 덜컥 몸져누운 겁니다.

 난리가 났지요. 열 살짜리가 뭘 알겠습니까. 그래도 열심히 시어머니를 보살폈어요. 시어머니가 죽으면 자기도 죽을 테니까. 그런데 이놈의 시어머니가, 물을 가져다줘도 밥을 가져다줘도, 도통 먹지를 않는 겁니다. 심지어는 며느리가 독을 탔다며 울고불고하기까지 했죠. 거 개구리 올챙이 시절 기억 못 한다는 말이 있지요? 딱 그 꼴입니다. 자기도 며느리 때에 그 고생을 해놓고는, 시어머니라는 명함을 달자마자 바로 그 모양이 되어버리더란 말입니다. 사람이란 것이 참 묘하지요?

 자, 그런데 며느리가 잘 살펴보니, 시어머니 밥그릇 안에서 퍼렇고 거뭇거뭇한 것들이 피어오르더랍니다. 사실은 그릇에서 산화가 시작된 거지요. 독이 들었다고 의심할 만도 했던 거예요. 며느리는 밥그릇을 깨끗하게 만들어서 어떻게든 시어머니가 밥을 먹게 만들려고, 아주 열심히 그릇을 닦아댔습니다. 하지만 턱도 없었죠. 그렇게 잘 지워질 리 있나요. 그렇다고 새 그릇을 살 여유

따윈 없었고요. 이러다가 꼼짝없이 죽겠구나 하던 터에, 묘안이 떠오릅니다.

예, 새것은 아니라도 놋그릇을 구할 방도는 있었지요.

"아! 무덤이군요!"
남자는 히죽 웃었다. "그렇죠. 바로 그겁니다."

시어머니가 죽을 때마다 놋그릇이니 며느리니 이것저것 묻었으니, 이 집안의 가묘에는 뱀이 서린 놋그릇들이 묻혀 있는 곳도 꽤 있을 테니까요. 멀쩡한 걸 찾아내면, 그걸로 시어머니의 낡은 놋그릇을 바꿀 수 있지 않을까…… 생각할수록 아무래도 살아남을 방법은 도굴뿐인 것 같더라 이 말입니다. 그래서 결국 며느리는 그날부터 밤마다 가묘를 파헤쳤습니다.

열 살짜리의 발굴 실력이야 뻔하지요, 뭐. 게다가 단박에 그런 괜찮은 물건이 발견될 리 있겠습니까? 하루, 이틀, 한 달, 한철이 이어졌죠. 그러니 동네 사람들이 그 꼴을 몰랐을 리 없지요. 뻔히 보이는데. 저 집 며느리가 밤마다 묘지를 파헤친다, 저것들이 시체를 꺼내다가 먹는 모양이다. 그런 소문이 점차 퍼지다가는, 급기야 한씨 집안이 대대로 잘 살았던 것은 사람을 잡아먹고 제물로 바치는 사술을 써왔기 때문이라는 험한 소문까지 번지게 되었습니다. 집안에서 뒤늦게 그 사실을 깨닫고 며느리를 단매에 때려죽였습니다만, 그땐 이미 돌이킬 수 없게 되었지요.

"그러면, 이 놋그릇들은……." 나는 진열장을 다시 훑어보며 물었다.

남자는 히죽 웃으며 대답했다. "그래요. 그 가묘에 매장되었던 것들이 나온 겁니다."

뱀이 서린 놋그릇.

나는 몸을 부르르 떨었다. 남자는 그런 나를 보며 손을 내저었다.

"에이, 에이, 설마 그런 걸 믿으시는 건 아니겠지요?"

"하지만 대대로 단명했다고."

"그건 아마 그런 걸 겁니다. 며느리들이 시어머니를 극진히 보살피겠답시고 매일 놋그릇을 열심히 닦았겠죠. 치성도 드려야 하고 어디서 불길한 것이 묻었을지 모르는데 폐가에 굴러다니는 깨진 기왓장을 썼겠습니까? 아마 남는 청기와를 빻아서 썼을 겁니다. 소량이라면 괜찮았을지 몰라도 매일 그렇게 했으면, 그러니까 그건 그걸 겁니다. 질산칼륨 중독."

남자는 시큰둥한 표정으로 한마디를 덧붙였다.

"뭐, 대대로 열심히 치성을 드린 결과 뭔가가 이루어지긴 한 셈이지요. 길이든, 흉이든."

놋그릇의 표면에 손가락을 살짝 갖다 대보았다. 묘한 한기가 손가락을 파고들어, 혈관을 따라 흐르는 것 같은 느낌이었다. 부탁한 것과는 다른 것이지만, 어쩐지 애초부터 이것을 원했다는 생각이 든다. 남자는 질산칼륨 중독이라고 가볍게 설명했지만,

어째 그것이 전부라는 생각은 들지 않는다. 대를 이어 내려온 놋그릇, 그 안에는 분명 질산칼륨이니 용알이니 정한수니보다 훨씬 더 듬뿍, 어떤 복잡한 감정들이 담겨 있다.

시어머니가 된 며느리와, 시어머니가 될 며느리의 상호 저주. 시어머니가 되고 나면 며느리에게 살해당할까 봐 공포에 시달린다. 며느리는 시어머니 때문에 살해당할까 봐 공포에 시달린다. 공포와 저주가 새끼줄처럼 꼬여서, 시어머니가 며느리에게, 며느리가 며느리에게 물려주는 끝없이 중첩된 저주의 역사. 어디서부터 시작되었는지 모를 흉흉하고 끈끈한 그것.

고개를 번쩍 들고 물었다. "얼마죠?"

"언제나와 같습니다."

이 문답도 언제나와 같다. 더 안 받아도 되겠느냐는 눈짓을 이해했는지, 남자는 묘한 미소를 지었다.

"물건에는 가야 할 곳이 있고, 저는 그저 소개료를 받을 뿐이니까요."

부동산 중개인이라도 되는 것 같은 소리를…… 됐다. 어쨌거나 나에겐 이것이 필요하다. 틀림없이 그럴 것이다. 값을 치르고 돌아갈 채비를 하려는데, 문득 남자가 말을 걸었다.

"사모님."

"네."

"따님의 결혼, 축하드립니다."

아, 고마워요……라고 말하고 돌아서려다, 잠깐 발을 멈칫했다.

"제가 이야기했던가요?"

남자는 목에 걸린 옥비녀를 매만지며 씩 웃었다.

"아니요."

3장
거짓으로 승천하는 돈저냐

"패배한 신앙만이
해피 엔딩으로 끝나는 법이지요."

컨테이너 한참 앞에서, 전에는 없던 간판을 발견했다. 서툰 붓글씨로 '골동품점'이라고 쓰여 있는 간판이. 먹을 갈다 말다 하며 고민하던 남자의 모습이 떠올라 쓴웃음을 짓고 말았다.

결국, 그럴싸한 이름은 떠올리지 못했나 보다. 이해는 간다. 기물이라거나 요물 같은 이름을 붙이기는 싫었을 것이다. 그 남자의 입장에서, 여기 있는 물건들은 기물도 요물도 아니다. 흉한 것도 길한 것도 없다. 묘한 이야기를 품은 물건들이긴 하지만, 이야기를 품지 않은 물건이라는 게 세상에 있는 것도 아니다. 그런 마음일 테니. 까까머리가 단발에 가깝게 자랄 만큼의 시간 동안 그런 물건들을 모아놓고는 여태까지 아무것도 팔지 않았다는 사실이 그런 고집을 증명한다. 뭐 애초에 여길 드나드는 손님이라고는 나 하나뿐이었긴 하지만.

아니, 고집이라고 해도 괜찮은 걸까. 그 남자의 경우에는, 망설임이라고 해야 하지 않을까. 그렇다 해도 간판이 생겼다는 것은 결심했다는 뜻이리라. 결심했다는 것은, 뭔가를 버리기로 마음먹었다는 뜻이기도 하다.

컨테이너 앞에 도착하니 예의 그 목탁이 매달려 있었다. 매번 올 때마다 목탁을 두드리고 들어오라는 잔소리를 들었지만, 지금까지는 무시해왔다. 그런 바보 같은 짓을 할까 보냐, 하고. 하지만 오늘은, 두드려야 할 것 같다. 그래야 마음이 편할 것 같다.

탁, 탁, 타르륵.

역시 조금 부끄럽다. 민망한 마음을 감추려 헛기침을 두어 번 하고, 컨테이너 안으로 들어갔다. 들어서자마자 살짝 눈부신 느낌이 들어 눈을 감았다가 다시 떴다. 창가에서 빛이 들어온다.

이곳의 주인인 남자는 창가에 서서 뭔가 구슬 같은 형체의 것을 흰 천으로 열심히 닦고 있었다. 꼭 바텐더가 잔을 닦고 있는 것만 같은 포즈다. 그 모습이 어쩐지 신비로워서 나는 멍하니 그 자리에 멈춰 섰다. 꽤 오랫동안 이 집을 드나들었지만, 처음으로 느끼는 묘한 감정. 어쩐지 울컥하고 추억 같은 것이 밀려 올라온다.

나도 모르게 머릿속으로 중얼거렸다. '이 집에 드나든 지 얼마나 되었더라?'

"열 달쨉니다."

마음속을 읽기라도 한 듯, 남자가 불쑥 대답하는 바람에 가슴이 철렁했다. 그는 마치 네 속은 다 안다는 듯한 표정으로 웃으며 말을 덧붙였다.

"그리고 오늘이 마지막 날이지요."

오늘이 마지막이라, 더 이상 오지 말라는 뜻일까? 아마도 그렇겠지. 초입 길에 서 있는 간판을 발견한 순간, 아마도 그렇지 않을까 생각했다.

열 달이라. 벌써 그렇게 되었나. 이곳에 다니기 시작한 지도.

처음엔 우연이었다. 아니, 우연이었을 것이다. 달이 커다랗게 빛나던 밤에, 목적도 없이 배회하다가 마치 달빛에 이끌리듯 여기에 도달했다. 여기에서 푸르스름하게 깎은 머리의 남자를 만났고, 남자는 나에게 물건을 보여주었다. 그게 뭐였더라. 옥비녀였던가? 남자는 물건을 보여주며 나에게 신기한 이야기를 들려주었지만, 묘하게도 그게 어떤 이야기였는지는 기억에 남지 않는다. 그 후로도 이곳에 드나들며 여러 가지 물건을 구경했다. 내가 찾아왔다고 하기보다는, 어째서인지 이 컨테이너는 불쑥불쑥 내 앞에 나타나곤 했다. 마치 날 찾아오는 것처럼.

그렇군. 이제 오지 말라는 것이 아니다. 이제는 찾아오지 않겠다는 뜻이다. 왠지 울컥하는 기분이 들어, 엉뚱한 소리를 내뱉고 말았다.

"그동안 머리가 많이 자라셨네요."

남자는 민망한 표정이 되어 머리카락 끝을 괜히 툭툭 건드리더니 변명하듯 말했다. "깎기가 아까워서 말이지요. 머리를 길러

본 적이 없으니…….”

속으로 피식 웃고 말았다. 이 남자에게 그런 애 같은 면도 있었나.

"면도는 꼬박꼬박하시면서."

"아뇨, 수염은 원래 나지 않습니다." 남자는 탁, 하고 천에 감싸인 구슬을 테이블에 내려놓고는, 웃음 띤 얼굴로 내 눈을 보며 말했다. "마지막으로, 뭐라도 사 가시겠습니까?"

역시 첫 손님은 나로 정했던 것인가. 뭐라고 대답하기도 전에, 천이 치워지며 반짝거리는 물건이 드러났다.

기묘하다. 동그랗지만 납작하고, 미묘하게 울퉁불퉁한 것이 마치 못난 돌 같기도 하고 무슨 운석 같기도 하다. 운석이라니, 뭐 이 가게 정도라면 그런 물건이 없으라는 법도 없지만, 어쩐지 운석 같은 걸 다루지는 않을 것 같다. 게다가 문제는 이것이 금색인 데다가 분명 사람 손으로 세공된 것이라는 점이다.

이 남자는 대체 어디서 이런 것을 또 구해온 것인가.

나는 고개를 들어 남자를 바라보았다. 여전히 묘하게 히죽거리는 표정이다.

분명히 뭔가 또 사연이 있는 물건이구먼. 애초에 이 가게에는 제대로 돼먹은 물건이 없다. 사람을 녹여서 만들었다는 먹이 있지를 않나, 우담바라니 이교의 부처상이니 온갖 괴이쩍은 물건들뿐이다. 그럼에도 이 가게에 자꾸 찾아와 새 물건을 구경하게 되는 이유는, 그 괴이쩍음에 홀렸기 때문이려나. 나는 다시 그 괴상한 금돌을 노려보며 머리를 짜냈다. 한참 그러고 있자니 남자가 말을 붙인다.

"알아내셨습니까?"

"……아뇨."

이게 무슨 퀴즈 프로그램도 아니고. 몇 가지 후보를 말해볼까 생각하다가, 그냥 정직하게 항복을 선언하기로 했다. 뒤에 구차한 변명을 덧붙이긴 했지만.

"일부러 이런 모양으로 만든 것 같은데, 대체 무엇을 표현한 것인지 그걸 모르겠네요."

"동그랑땡입니다."

"예?"

"동그랑땡. 그 먹는 것 말입니다. 돈저냐라고도 부르지요."

"예?"

어안이 벙벙해졌다. 황급히 다시 금돌을 들여다보았다. 듣고 보니 그렇다. 동그랑땡이라고 하면 그럴싸하다. 하지만 굳이 금으로? 도대체 왜 이런 걸 만들었단 말인가?

"도대체 어디다 쓰는 물건입니까?"

"장신구지요. 목걸이로 쓰던 물건입니다."

동그랑땡 목걸이. 이게 진담인가? 정체를 듣고 나니 더욱 이해할 수 없는 물건이다.

"또 무슨 저주받은 물건은 아니겠지요?"

"에이, 에이, 저희는 그런 건 취급하지 않습니다. 세상에 저주가 어디 있겠습니까. 그저 오래된 물건에는 사연이 있게 마련일 뿐이지요."

100퍼센트, 100퍼센트 저주받은 물건이다! 나는 다시 금돌을 이리저리 돌려보았다.

"순금인가요?"

"순금이랄까…… 순금을 사용하기는 했겠지만, 결국엔 도금이지요."

"안에 든 내용물은 주석입니까?"

"아니요, 아닙니다."

남자는 의뭉스러운 표정을 짓고 있다. 뭐, 평범한 게 들어 있지는 않겠지. 그렇다고 해도 설마.

"설마 진짜로 동그랑땡에다 도금을 했다는 이야기는……."

부정하길 바랐건만, 남자는 히죽 웃으며 고개를 끄덕였다.

"지금은 썩어서 형체도 없을지 모르지만요."

맙소사. 괴이한 이야기다. 음식에 금가루를 뿌리는 가게가 있다는 이야기는 들어봤어도, 아예 도금을 한다는 이야기는 들어본 적이 없다. 그래서야 먹지를 못하지 않는가. 대체 왜? 도금이라는 것은 애초에 안에 있는 것이 부식되지 않게 하거나 파손되지 않도록 보호하기 위해 하는 것이다. 금은 강도가 높아서 잘 파괴되지 않기 때문이다. 하지만 음식을 도금으로 보존한다 한들, 파괴하기 힘들면 먹을 수가…… 아, 한 가지 가능성이 떠올랐다.

"혹시, 부장품인가요?"

"비슷한 겁니다."

그렇다면 이해하지 못할 것도 없다. 어디까지나 이해하지 못할 것도 없다는 것뿐이지 깔끔하게 이해가 간다는 건 아니지만.

부장품이라는 것은 고인의 무덤에 함께 넣는 물건이다. 한반도가 아니더라도, 저승에서 필요할 것 같은 물건을 함께 넣어 고인의 여행 짐을 챙겨주는 풍습은 어디에나 있다. 왕족을 비롯해 고관대작들의 경우에는 무덤의 크기가 크니만큼 여러 가지 물건들을 넣기도 했고, 대부분을 금빛으로 치장했다고 한다. 본래부터 금으로 만들었던 물건도 있지만, 도금을 한 물건도 있던 모양이다. 부장품으로 저승길까지 가는 데 쓰라고 노잣돈을 넣어주기도 하니, 경우에 따라선 저승길의 간식 따위를 도금해서 넣어줬을 법도 하다. 썩거나 들짐승이 먹어 치우지 못하도록, 하지만······.

"동그랑땡 따위를."

"에헤, 따위라뇨. 동그랑땡 하나 만드는 데 얼마나 수고가 들어가는지 모르십니까? 두부를 꾹 짜서 물기를 빼고, 뭉개고 빻아서, 고기를 다져 넣고, 파를 다져 넣고, 하나하나 손으로 굴려서 모양을 잘 만들고 계란 물을 얇게 입혀서 황금빛이 되도록 잘 지져야······. 내 이래서 요리를 모르는 양반은."

또 괜히 허튼소리를 하고 있다. 한번 쏘아봐주니, 남자는 장난을 거두고 다시 은근한 목소리로 이야기했다.

"그리고 사실, 동그랑땡은 돈을 의미하기도 하니까요."

"허어, 동그랑땡이 돈이라."

"예. 돈저냐라는 말도 말 그대로의 '돈'에서 온 말입니다."

"돼지 돈 자가 아니고요?"

"아뇨, 말 그대로의 돈입니다. 엽전."

엽전이라, 어딜 봐도 그렇게 보이지는 않는다. 엽전 크기라는 말인가? 아니, 그렇지도 않아 보인다.

"동그랑땡이라는 말도 사실 엽전의 모양을 우회적으로 표현한 말이지요. 동그란 물건에 땡하고 구멍이 뚫려 있다······."

"무리한 해석 아닙니까?"

"거참 의심이 많으시네. 해석은 무슨 해석입니까. 동그랑땡이 엽전을 의미한다는 것은 정설에 가깝습니다. 엽전이 떨어지는 소리를 의미하는 말이라는 이야기도 있지만······ 가만, 그럴 수도 있긴 하겠군요. 그, 혹시 알고 계십니까? 동그랑땡이라는 말이 사실은 옛날 노래에서 나온 말이라는 거?"

"아니, 처음 듣습니다만."

남자는 혀를 끌끌 차며 노트북을 열더니, 뭔가를 이리저리 찾아보며 이야기했다. "조선시대에 그러니까, 동그랑땡이라는 노래 놀이가 있었습니다. 도넛처럼 원을 두 개 그리고······ 예, 말 그대로 동그랑 안에 땡! 하고 구멍이 나 있는 모양이지요. 하여간 그 그림 안에 둥그렇게 늘어서서는 동그랑땡땡 하며 노래를 부르는 것인데, 이 동그랑땡이라는 노래가 원래는 거지가 동냥하며 부르는 노래였다고 합니다."

"설마요."

"에헤이, 기록에도 남아 있는 진짜 사실이라니까요. 심지어 누가 그 노래를 처음 지어 불렀는지까지 남아 있지 않겠습니까."

남자는 거만한 표정으로 신나게 이야기를 시작했다. 동그랑땡 노래의 기원이 남아 있다는 그 기록이란 《추재기이(秋齋紀異)》라는 책인데, 1762년부터 1849년까지 살았던 조선의 시인 조수삼이 남긴 전기시집이다. 이 책에는 특이하게도 대단한 대갓집 사람이나 유명한 위인 등에 대한 기록이 아니라, 그 당시 저잣거리에서 만날 수 있었던 특별하거나 기이한 사람들에 대한 기록들이 쓰여 있다. 여기에 기록된 기이한 사람들 중 하나가 통영동이, 혹은 통영둥이라 불리는 자다.

"현대에 와서 동화 같은 것으로도 만들어진 꽤 유명한 이야기지요."

기록의 내용은 이렇다. 언젠가 한양의 시장통에 눈멀고 다리 저는 정체불명의 남자가 나타났다. 남자는 스스로를 '통영동이'라고 불렀는데, 지팡이를 짚고 다니며 구걸을 하고 있었다. 이 자칭 통영동이에게는 기묘한 사연이 있었다. 열 살이 되었을 때 부모와 자기만 남겨두고 아우가 홀연히 사라졌는데, 아우를 잃고 밤낮을 울었던 통에 눈이 멀고 말았다고 한다. 그 후 어찌어찌 살아가다가 홀로 된 후에는 아우를 찾아 팔도를 떠돌기 시작했다. 이 남자가 스스로 지은 〈백조요〉라는(동그랑땡 노래의 원곡이 되는) 노래를 부르며 전국을 돌아다닌 탓에, 오늘날까지 전국 각지에 동그랑땡 노래가 남겨졌다고 한다.

"사실 동그랑땡이라는 말 자체는 지화자나 아리랑처럼 일종의 추임새 같은 것이고, 가사의 실제 내용을 들여다보면 이렇습니다."

남자는 노트북을 내 쪽으로 돌려 화면을 보여주었다. 화면에는 노래 가사가 띄워져 있었다.

> 꾀꼬리는 노래 잘해 첩 삼기에 제격이요
> 제비는 말을 잘해 계집종이 제격이네.
> 까치는 옷이 아롱져 금군이 제격이요
> 황새는 목이 길어 포졸이 제격일세.

어딘가 옛날 노래답기도 하고 어딘가 이질적인 느낌이기도 하다. 게다가 보통 이런 이야기에서는 노래를 부른 화자의 과거 회상이나 심경이 담기게 마련인데, 이 노래 가사에서는 그런 것을 찾을 수 없다. 이야기와 노래가 맞지 않고 삐거덕거린다.

남자는 내가 가사를 충분히 곱씹을 동안 기다렸다가 말을 걸었다. "어떻습니까?"

"음, 어째 이래저래 기묘한 이야기네요."

"예. 기묘한 이야기지요. 애초에 아우는 어디로 사라진 것이며, 형은 어째서 다 성장하고 나서야 아우를 찾을 결심을 한 것일까요?"

확실히 그 부분은 미스터리다. 게다가, 아무리 형제의 우애가 좋다고 해도 밤낮을 울다가 눈이 멀 정도란 말인가?

 남자는 입맛을 다시며 말을 이었다. "그리고 무엇보다도 마치 왕이 관직을 내리는 것 같은 이 가사, 거지에게는 상당히 안 어울리지 않습니까?"

 "네. 확실히 그 부분도 걸리긴 합니다."

 "그래서 저는 이 아우라는 말이, 사실은 동생이 아니라 다른 뜻을 가진 동음이의어가 아닌가 하는 의심을 하였지요."

 "다른 뜻이라면, 무엇이 있단 말입니까?"

 "실은, 왕을 가리키는 말이 아닌가······."

 너무나 의외의 말이라 잠깐 정신이 아득해졌다. 이건 또 무슨 소리인가.

 곰곰이 생각하다가 나는 조심스럽게 물었다. "설마하니 언덕 아 자에 우 임금의 우를 붙여서 아우라고 할 셈은 아니겠죠?"

 우 임금은 중국 최초의 왕조로 알려진 하나라의 첫 번째 임금이다. 이름이 우(禹)라서 우 임금으로 불린다. 중국에서는 사람의 이름 앞에 언덕 아(阿) 자를 붙여 애칭으로 부르는 일이 흔하니, 좀 불경하긴 해도 우 임금의 애칭으로 '아우'라는 표현을 쓴다 한들 이상할 건 없을 것이다. 하지만 한양은 중국이 아니며, 통영 동이가 우 임금을 찾아다닌다는 건 더더욱 괴상한 이야기다.

 "하하하, 꽤 하시네요. 제 이야기는 임금의 이름이나 그런 것이란 뜻이 아니고요. 실은 왕의 자리, 왕이 갈 곳이라고나 할까요."

 "궁궐 말입니까?"

"그렇게 표현할 수도 있고. 그보다는 좀 큰…….."

남자의 태도가 어째 시원찮다.

"궁궐보다 크다면, 나라를 말하는 것입니까?"

남자가 고개를 갸우뚱한다.

"그보다는 아주 쪼끔 작은…… 음, 이거 이야기가 좀 길어지겠네요." 남자는 감질나게 뜸을 들이더니, 다시 이야기를 시작했다. "우선 통영동이는 출신이 통영인지라 통영동이라고 하는데, 사실 이 통영에는 금과 얽힌 재미있는 전설이 있습니다."

금이라. 그래서인가. 나는 동그랑땡 모양의 금돌을 내려다보았다.

"통영에는 장좌도라는 이름의 섬이 있습니다. 그 섬에 얽힌 향토 전설이 하나 있는데, 옛날에 마고할미가 그 근방 바다 위를 걷다가, 그만 금을 왕창 떨어뜨렸다는 겁니다. 그래서 그때 떨어뜨린 많은 금들이 장좌도에 묻혀 있다는 것이지요."

무슨 이야기를 하나 했더니만. 마고할미는 한반도 민속 종교의 창조신이다. 비록 조선시대와 일제 강점기를 경과하며 민속신앙이 심하게 탄압을 받은 탓에 이미 이 나라엔 토착 신앙의 흔적이 거의 남아 있지 않지만, 마고할미 설화만큼은 그래도 어느 지역에 가나 하나씩 있게 마련이다.

"그게 뭐가 재미있단 말입니까?"

"그야, 그게 나중에 사실로 밝혀졌으니까요."

"예?"

"일제 강점기에 들어서 말입니다, 일제가 그 전설에 주목해 그 섬에 금광을 세웠더랍니다. 그런데 이럴 수가, 그야말로 산더미 같은 금이 묻혀 있었더란 말이지요."

"……."

"발굴하고 나서야 알게 된 것이니 곡절이 어찌 된 것인지는 모릅니다. 전설이야 그렇다 치더라도, 옛날부터 그 산에 금이 많다는 것이 어떻게 알려져 있었는지는 말이죠. 다만 오래전부터 인근에서는 그 섬을 영험한 곳으로 여겼던 것 같습니다. 마을 단위로 섬에 제를 지내러 가거나 하는 사람들도 많았다고 하지요. 혹시, 무등산에 대해 아십니까?"

나는 입술을 일그러뜨렸다. 나를 바보로 아는 건가? 놀리려 드는 것인가?

"무등산은 전라도에 있는 산 아닙니까? 통영은 경상도고요. 무등산이 사실은 통영 장좌도에 있었다, 그런 소리를 하시려는 거라면."

"아뇨아뇨, 그런 이야기가 아닙니다. 그게 아니라, 무등산을 옛날에는 무당산이니 성황산이니 하고 부르기도 했다는 사실을 아시냐고 물어볼 작정이었습니다."

진담인지 놀리는 것인지 여전히 구분이 가지 않았다. 스마트폰으로 검색 한 번이면 금방 알아낼 수 있겠지만, 그건 그것 나름대로 더 부끄러운 일이다. 여기선 잠자코 항복을 하는 게 낫겠다.

"금시초문입니다만."

남자는 어째서인지 의기양양한 표정을 지어 보였다.

"무등산은 사실 예로부터 영험한 명산으로 유명했습니다. 왕이 제사를 올리는 산이기도 했고, 무속인들이 찾아와 영험을 기원하거나, 수행을 하는 곳이기도 했지요. 이 장좌도도 무등산의 인지도에 비할 바는 아니겠습니다만, 남해의 무등산이라고 할 만한 곳이었나 봅니다."

그런 의미였나. 영산. 일종의 성지.

"그렇다면 그 섬에도, 수행을 하러 가거나 기도를 하러 들어가는 사람들이 있었겠군요."

"예. 그런데 그뿐만이 아닙니다. 그런 사람들 중에는, 아예 장좌도에 들어가 마을을 일군 사람들도 있었으니까요."

"신앙 공동체, 같은 것입니까?"

"그런 셈이지요. 보통 그런 공동체에는 그 구성원들의 믿음을 반영한 이름이 지어지게 마련입니다만."

"교회의 이름처럼 말이군요, 복음이니 구원이니 하는."

"예. 종교란 것이 사람이 만드는 것인 만큼, 원리는 다 똑같지요. 그런데 이 마을에 붙은 이름이 참 재미있단 말입니다." 남자는 거기서 말을 끊고, 히죽거리는 눈으로 내 눈을 들여다보며 질문했다. "뭔지, 짐작이 가십니까?"

"그, 글쎄요. 무엇입니까?"

"아우촌입니다. 아이 아(兒) 자에 공경할 우(愚) 자를 쓰지요."

아이를 공경한다…….

"이 우 자에는 공경 외에도 '삼가다, 화내다' 같은 뜻이 있습니다만, 어느 의미로 해석해도 잘 생각해보면 신성과 관련된 것이 아니겠습니까? 공경하고 삼가야 할 대상, 화를 가져오는 대상……."

"그런 의미라면 신(神)만이 아니라 귀(鬼)에도 해당되지 않습니까?"

남자는 머리를 긁적이며 대답했다. "그야, 신과 귀를 딱 자르듯이 구분하는 것은 기독교나 그렇지 사실 민속신앙에서 신과 귀, 마(魔)는 그렇게 딱딱 구분되는 것이 아니라서요. 음…… 어쨌든, 종교라는 것이 역사적으로 섞이고 분화해왔다는 것은 아시겠지요? 크게는 유럽 기독교가 그렇고, 그 유럽 기독교의 탄압을 받은 소수민족 계열 기독교도 그렇죠. 중국의 불교가 그렇고 일본의 불교가 그렇지 않습니까? 서로 다른 종교의 풍습이 섞이고 진화해서, 같은 종교라 해도 토양에 따라 성격이 달라지지요. 아무리 민속신앙이 약한 곳이라 해도, 한반도 역시 마찬가지였습니다. 고려시대에 불교가 무속과 섞이고, 조선시대에 기독교가 무속과 섞이면서 서로 영향을 주었지요. 이 장좌도의 마고할미 신화에도 기독교 신화가 섞이게 되었는데, 그 영향을 크게 받은 것이 이 아우촌이었던 겁니다."

"아우라는 것은, 그러면……."

"예. 아우촌이 섬기는 대상은 독생자이지요. 물론 마고할미의 독생자 말입니다."

마고할미의 독생자를 섬기는 마을. 아우촌.

남자는 히죽 웃으며 금돌을 들어 보였다.

"실은 이 동그랑땡이, 아우촌에서 출토된 것들이거든요. 잘사는 집의 사람이 죽으면, 이것을 목걸이로 몸에 묶어주었던 모양입니다. 그렇게 생각하니 뭔가 상상이 가시죠?"

수호 성물. 십자가 목걸이 같은 거란 말인가. 동그랑땡 주제에. 물론 그런 말을 소리 내어 입 밖으로 냈다가는 또 요리 강론이 이어질 테니, 일단은 잠자코 들어나보기로 하고 고개를 끄덕였다.

"아우촌의 설화는 대충 그런 것이었습니다. 마고할미가 금을 떨어뜨릴 적에 아이도 하나 떨어뜨렸는데, 눈에는 금빛이 서려 있는 신령한 아이다, 여기까지도 어디나 있을 법한 이야기지요?"

"확실히 그렇군요."

"그런데 이다음이 재미있습니다. 이 아이는 땅 위에서 살다가 때가 되면 하늘로 올라가는데, 이때 자신이 사랑한 자들을 골라 함께 마고할미의 천계로 데리고 올라간다는 겁니다."

"휴거!"

"그렇지요."

남자의 이야기는 점점 신비하기도, 괴상하기도 한 방향으로 변화해갔다. 어느 날, 아우촌에 금빛 눈을 가진 아이가 태어났다. 금 눈의 아이는 마고할미의 아이로 여겨져 융숭한 대접을 받았다. 메시아로서, 왕으로서. 마을 사람들은 제물을 바치고 음식을 지어 대접했는데, 그중에는 고기와 채소를 엽전처럼 납작 동글하게 빚어 황금빛으로 지져낸 물건도 있었다.

"동그랑땡이군요."

"예. 그런데 아이가 그것을 무척이나 좋아했다고 합니다. 그래서 그것을 바친 자에게 축복을 내렸다고 하더군요."

동그랑땡을 빚어 바친 집안은 가축이 살찌고 채소가 무럭무럭 자랐다. 그저 우연일 수도 있겠지만, 사람들은 그것이 축복이라 믿어 의심치 않았다. 그러다 보니 아이가 더 맛있게 먹을 수 있는 동그랑땡을 만들기 위해 사람들은 경쟁했고, 맛을 더 좋게 내기 위한 여러 가지 시도들이 이루어졌다. 소고기를 넣기도 하고, 숙주를 넣기도 하고. 된장을 바르고 구워 향을 내기도 했다. 동네에는 매일같이 동그랑땡 부치는 냄새가 가득했다.

"그러다가 한 사람이 뭔가 깨달은 겁니다. 단순히 동그랑땡을 바친 집안에 축복을 내렸다고만 생각하기에는, 특정 가축과 특정 채소들만 잘 자란다는 것을요."

그 사실을 처음 깨달은 사람은 과일 농사를 짓는 남자였다. 남자가 가만히 보니, 동그랑땡에 쇠고기를 넣은 집안에는 소가, 두부를 넣은 집안에는 콩이 잘 자라는 것 같았다. 다시 말해 그 집안에 축복을 내린다기보다는, 그 집안의 동그랑땡 재료들에 축복을 내린 것이다. 그 사실을 깨달은 남자는 제 밭에서 자란 참외를 잘게 썰어 넣은 동그랑땡을 아이에게 바쳤다.

"그래서 어떻게 되었습니까? 참외가 잘 자랐나요?"

"아뇨, 잘 자라기는커녕 그해 농사는 완전히 망쳤지요."

"그러면 축복이고 뭐고 없는 것 아닙니까?"

남자는 히죽 웃으며 맞받아쳤다. "우, 에는 '화내다'와 '삼가다'란 뜻도 있다고 말씀드리지 않았습니까? 신은 축복을 내리기도 하지만 벌을 내리기도 하지요."

마을 사람들은 과일 농사꾼이 맛없는 동그랑땡을 바치는 바람에 신을 노엽게 하여 벌을 받았다고 믿었다. 그 믿음 덕에 사람들은 더욱 열심히 동그랑땡을 지져냈고, 아이는 그것을 모두 먹었다.

"망하든 흥하든, 믿는 사람의 눈에는 그저 신의 합리적인 선택일 뿐인 겁니다. 신앙이라는 것이 그렇지 않습니까? 신의 상과 벌이 있다는 전제하에 어떻게든 거기에 맞춰 해석하는 법이지요. 신실한 사람이 죽으면 신이 사랑해서 데려갔다는 둥, 나쁜 일이 생기면 신의 더 큰 계획이 있어서라는 둥, 신이나 대자연이 하는 일을 어떻게든 자기 논리에 맞춰 해석하려고 드는 게 유구한 인간의 버릇이란 말입니다. 애초에 인간을 닮은 신이라는 상상 자체가 아주 오만한……"

이 남자가 종교 이야기로 빠지기 시작하면 끝이 없다. 나는 서둘러 아무 말이나 끄집어내어 끼어들었다.

"그, 마을 사람들 모두가 만든 동그랑땡을 다 먹었다니, 현대에 태어났다면 훌륭한 먹방 유튜버가 되었을 텐데 아깝군요."

난데없이 먹방 이야기로 말이 끊기자 남자는 잠시 못마땅한 표정을 지어 보이더니, 한숨을 내쉬고는 진지한 어투로 말했다.

"그야 그렇지요. 하지만 사람들이 신기하게 생각했던 건 비단 많이 먹는 재주만이 아니었을 겁니다."

실제로 아이가 얼마나 먹느냐 따위는 그리 신비한 일도 아니었다. 아이는 동그랑땡을 먹으면 먹을수록 점점 몸에 광채가 생겨났다. 황금빛이 눈만이 아니라 얼굴에도 번져, 점차 온몸으로 퍼져갔다. 그리고 마침내, 아이는 눈부신 금색의 성체가 되었다.

"사람들은 눈치채기 시작했죠. 그날이 온다, 머지않았다."

"휴거 말이군요."

"예. 사람들은 아이와 함께 천상에 올라갈, 사랑받는 사람이 되기 위해 더 열심히 동그랑땡을 부쳤습니다. 그리고 마침내, 아이의 앞에 동그랑땡이 산처럼 쌓이게 되었지요. 불탑처럼 말입니다."

아이는 그 산처럼 쌓인 동그랑땡 불탑 앞에서 어느 순간 먹기를 멈추었다. 그것을 본 사람들도 동작을 멈추고 아이를 지켜보았다. 새 동그랑땡을 올려놓던 사람도, 동그랑땡을 지지던 사람도. 그 놀라운 정적 속에서 아이는 점점 금빛 그 자체가 되어갔다. 마침내 그 금빛은 조금씩 옅어지며 하늘로 오르기 시작했다. 이 신성하고 모호한 장면을 온 마을 사람들이 지켜보았고, 그 승천을 따라 고개도 위로 올라갔다.

"그래서, 동그랑땡을 열심히 만든 사람들은 모두 하늘로 올라갔나요?"

"아뇨, 올라간 것은 딱 한 명뿐이었습니다. 마을의 비렁뱅이 아이였지요."

"결국 동그랑땡은 아무 상관도 없었던 겁니까?"

남자는 고개를 저으며 대답했다. "그렇지도 않습니다."

금빛의 아이가 사라지자마자, 땅이 소란스러워졌다. 집집마다 큰 소리가 났고, 대청마루가 부서지고 지붕이 뚫렸다. 온갖 잡동사니가 날려와 사람들을 때려눕혔다. 그 혼잡함 속에서 한 사람이 고개를 쳐들었을 때, 그는 놀라운 장면을 목격했다. 수천수만 개의 황금빛 덩어리들. 만들어진, 만들다 만 마을의 모든 동그랑땡이 하늘로 올라가고 있었다. 쌓인 것도, 부치던 것도, 집 안에 있던 것도 남김없이 하늘로 올라갔다. 그사이에는 뭘 그렇게 훔쳐먹었는지 볼이 불룩해진 비렁뱅이 아이도 있었다.

그렇게 모든 것이 하늘로 오르고 나서 비가 내리기 시작했다. 그 비에는 기름 냄새가, 동그랑땡을 부칠 때 썼던 기름 냄새가 풍겼다. 기름 비가 계속해서 떨어지고, 동그랑땡을 부치던 철판 따위에 불이 붙었다. 기름으로 뒤덮인 땅에 불길이 번지고, 결국 온 동네를 검게 물들였다.

"결국에 그 메시아가 사랑한 건 동그랑땡뿐이었던 게지요."

한동안 말을 잊었다. 온갖 설화와 민담을 수집했지만 이런 괴상한 이야기는 처음 듣는다. 하지만…… 나는 다시 그 금돌을 내려다보았다. 이런 물건이 여전히 남아 있는 이상, 그런 설화가 있다고 해도 이상할 건 없을지도 모른다.

"그래서 금으로 된 동그랑땡 부장품이 생긴 것이군요."

"예. 다음번엔 꼭 하늘로 올라가야겠다는 염원을 담은 것이지요. 강도 높은 금으로 감싸서 목에 매놓으면, 다시 그런 일이 일어날 때 그 목걸이에 딸려 하늘로 올라갈 수 있을 테니까요."

"비렁뱅이 아이처럼 말이죠."

"그렇지요."

나는 금돌을 들고 이리저리 굴려보았다. 이런 것이 신물이라니. 천국행 특등석 티켓이라고? 고개를 들어보니 남자는 자기 목에 걸린 옥비녀를 만지며 뭔가 중얼거리고 있었다. 그 비녀도 성물입니까, 하고 물어보고 싶었지만, 대신 다른 말을 했다.

"하지만 휴거라니 못 믿겠군요, 그런 이야기는."

"하하하, 그런 이야기를 누가 믿습니까?"

안 믿는다고? 문득 발끈했다. 그렇다면 지금까지 이야기는 뭐였단 말인가.

남자는 웃으며 진정하라는 듯 손을 내젓더니, 진지한 표정이 되어 이야기를 덧붙였다. "금빛 눈을 가진 아이는 있을 수도 있겠죠. 어디 서양에서 흘러 들어왔을지도 모르고. 아이를 숭배하는 신앙도 이상할 건 없습니다. 금전처럼 만든 음식을 제물로 올렸다, 이것도 어느 지역에서나 흔히 볼 수 있는 풍습이지요. 하지만 애초에 이런 신화는 이상합니다. '해피 엔딩'이니까요."

"해피 엔딩이 뭐가 이상하다는 겁니까?"

"가장 중요하고 거대한 기적이, 심지어 구원이 이미 마감되었다고 주장하는 신앙은 거의 없습니다. 대개는 신의 심판이나 구원 같은 중요한 기적은 미래에 이루어질 것이라고 하지요. 그래야 미래를 위해서 그 신앙을 믿고 따를 테니까요. 완결된 기적을 주장하는 신앙은 소수의, 멸망한 신앙들뿐입니다. 아서왕은 죽지 않고 아발론에 갔다, 전사한 영웅들은 발할라로 갔다, 이런 것들과 똑같지요. 패배하고 멸종한 신앙이 '우리 신은 아직 죽지 않았다'라고 주장하기 위해 만든 이야기들 말입니다."

남자는 턱을 긁으며 한 번 숨을 돌리더니, 느긋한 목소리로 말을 이었다.

"저는 그렇게 생각합니다. 아마도 어떤 이유로 그 아우촌은 멸망했고, 그 멸망의 결과를 '사실은 기적이 이렇게 이렇게 일어났는데' 따위의 말로 변명한 끝에 나온 것이 저 설화가 아니겠습니까?"

"그럴싸하긴 합니다만, 근거가 있어서 하는 소리는 아니죠?"

"예, 추측일 뿐이지요. 하지만 생각해보세요. 조선시대입니다. 유교가 국교였고, 많은 관리들이 무속을 쥐 잡듯이 잡던 시대지요. 그런데 무속도 아니고, 웬 기기묘묘한 신앙을 믿는 것도 모자라 살아 있는 신을 섬기는 집성촌이 있다? 그 꼴을 얼마나 오래 두었겠습니까?"

"그러면……."

"글쎄요, 제가 그 지역을 담당하는 관리라면 당장 그 섬으로 관군을 끌고 가 엉망으로 만들었을 것 같습니다. 지붕이 뚫리든 대청마루가 부서지든 아랑곳하지 않고 신물들을 다 때려 부쉈겠지요. 그리고 마을 사람들을 다 포박해 광장에 데려다놓고, 그 신을 참칭하는 아이를 앞에 세워서 그 아이가 신도 뭣도 아니라는 사실을 증명해 보일 겁니다."

"어떻게 증명한단 말입니까?"

"그 아이의 신비함이라는 건 금색 눈빛에서 나오는 것이 아닙니까?"

"……!"

"그 두 눈을 뽑아 마을 사람들에게 던져 살펴보게 하고, 다시는 사람들을 홀리지 못하도록 아이의 다리를 부러뜨려 마을에서 내쫓습니다. 조선시대에 이런 처사는 흔한 일이었으니까요."

나라를 잃었기에 눈이 뽑힌 왕. 아우를 잃었기에 눈이 먼 통영동이. 아이는 맹인이 되어 절뚝거리며 전국을 배회하고, 고향을, 다시 돌아갈 수 없는 아우촌을 그리워한다. 왕이었던 시절을 노래한다. 그런 풍경이 눈에 보이는 것 같다. 나는 손에서 굴리던 금돌을 슬그머니 내려놓았다. 어쩐지 이것이 아이의 눈알인 것만 같아서 꺼림칙하다.

슬쩍 눈을 돌려보니, 남자는 목에 걸린 옥비녀를 매만지며 뭔가 생각에 잠겨 있었다. 말을 걸어야 하나 망설이는 사이에, 남자의 입에서 낮은 목소리가 혼잣말처럼 흘러나왔다.

"사실…… 뭐가 들어 있을지는 모르는 거지요. 도금한 물건이라는 건."

생각을 읽었나 싶어 뜨끔했다가, 문득 어딘가 어색하다는 생각이 들었다. 나는 남자의 눈을 바라보았다. 사백안의 흉흉한 눈길은 어딘가 물기를 머금은 아련한 색이 되었고, 그 얼굴이 어쩐지 한없이 인자해 보인다.

노인, 노인일 뿐이다. 그림으로 그려놓은 듯 그저 너그러운 노인 같은 모습이 눈앞에 있었다. 그 노인은 나를 돌아보며, 옥비녀를 들어 보였다. 마르고 주름진 검지 손가락이 비녀의 한 부분을 가리킨다.

"예를 들어서 말입니다. 이 부분."

옥비녀에는 금색의 장식이 붙어 있었다. 어찌 보면 안개꽃 같기도 한.

"꽃장식 말입니까?"

"예. 산수유일 겁니다. 아마도."

"아마도라고요?"

남자는 고개를 끄덕이며 한숨을 내쉬었다.

"그렇게 믿었습니다. 지금도 그렇고요. 하지만 어쩌면 금색으로 도장되어 있으니 노란 꽃이라고 생각할 뿐일지도 모르지요."

"아, 예."

무슨 이야기인지 갈피를 못 잡겠다. 하지만 저 눈을 찌푸린 모양으로 보아서는, 노인에게는 어쩌면 굉장히 심각한 문제일지도 모르겠다. 찌푸린 눈을 질끈 감고 입으로 뭔가를 중얼거린다.

그 눈이 번쩍 뜨였을 때, 뱀 같은 눈으로 다시 나를 바라보며 말했다. "뭐, 아무도 모르는 일이지요. 어떤 녀석들은 끝끝내 자기 이야기를 하지 않는 법이니까요. 심지어는 거짓말을 할지도 모르고요."

어떤 녀석들은 끝끝내 자기 이야기를 하지 않는다. 어쩐지 내 얘기를 하는 것 같아 목을 움츠렸다. 그러거나 말거나, 남자는 신세 한탄이라도 하는 듯한 어조로 이야기를 계속해갔다.

"진실은 하나일지 몰라도, 거기에 얽힌 이야기는 둘도, 열도 될 수 있지요. 하나의 이야기를 알게 되었다고 해서 모든 것을 알 수는 없는 법입니다. 어느 것이 진짜 이야기인지조차 말입니다."

하지만 파는 사람은 이야기를 전할 뿐. 그렇게 말했다. 가야 할 것은 가야 할 곳으로 보내주는 수밖에 없지 않겠느냐고. 그 체념에 가까운 말이, 불길하게 느껴졌다.

이 사람은 결국 굴복한 것인가. 물건에게.

"이걸, 저에게……."

파실 겁니까. 어울린다는 겁니까.

남자의 표정이 다시 장난꾸러기처럼 변했다.

"예. 지금 사시면 특별히 소개료 50퍼센트로 해드리지요."

"소개료요?"

"저야 물건과 사람을 소개시켜줄 뿐이니까요."

능글거리는 웃음 속에서 눈빛만은 칼날처럼 빛난다. 이 남자는 머리만 자란 것이 아니다. 전에는 좀 더 여유롭고, 좀 더 조심스러운 사람이었다. 말을 함부로 하는 경향은 있을지 몰라도.

먹힌 것일까. 저 옥비녀에게. 그리고 나도…….

"이걸 사면 제가 첫 손님이 되는 건가요?"

남자는 히죽 웃으며 대답했다. "그렇지요. 애초에 지금까지 여기를 찾아준 사람은 선생님밖에 없으니까요."

그렇게 말하고는, 이렇게 덧붙였다.

사람은 말이죠, 하고.

4장

모든 곳을
가리키는 방울

"태양의 햇살이 팔괘 방위를 모두 가리키며
뻗어 나가는 것입니다. 모든 곳으로요."

문을 열고 들어서자마자 남자가 나를 못마땅한 표정으로 쏘아보았다.

"거, 도대체 언제쯤 예의를 차릴 생각입니까?"

"예?"

남자의 손이 문가를 가리킨다. 그 끝을 쫓아가보니, 문밖에 매달려 바람에 휘청거리는 목탁이 보인다. 맞다. 다음부턴 목탁을 두드리고 들어오랬지. 하지만 도저히 그런 이상한 흉내를 낼 마음은 들지 않는 것이 사실이다. 게다가 그렇게 함부로 대하기도 망설여지고. 분명히 가까운 사람의 유품이라고 하지 않았던가?

남자는 쯧쯧 하고 혀를 차더니, 이번엔 손가락으로 테이블 위를 가리켰다. 뭔가가 놓여 있었다. 익숙한 듯하면서도 어딘가 기괴하게 생긴 물건이었다. 개구리 발바닥 같다고나 해야 할까. 피젯 스피너 같다고 해야 할까. 가운데 축을 중심으로 여덟 개의 돌기가 방사형으로 퍼져 있는데, 돌기 끝이 하나하나 둥글게 부풀어 올라 있다. 재질은 청동인가? 금박이 여기저기 묻어 있는 것으로 보아 귀중품 같은 느낌이 들기는 하지만.

나는 무심코 입을 열었다. "이건 꼭 딸랑이 같네요."

내 물음에 남자는 홱 돌아보더니, 내 얼굴을 한 번, 딸랑이를 한 번 쳐다보고는 묘한 표정을 지었다. 내가 뭘 잘못 말했나 싶어 민망해지려던 차에, 갑자기 남자는 웃음을 참는 시늉을 하더니만, 급기야는 박장대소를 했다. 아주 배를 잡고 구를 기세다. 그렇게까지 웃을 일이냐고 쏘아주려던 참에, 남자는 찔끔 나온 눈물을 닦으며 말했다.

"예, 그렇지요. 딸랑이지요. 딸랑이입니다. *끄끅.*"

딸랑이가 맞는다고? 처음으로 맞혔다는 생각이 잠시 스쳐 지나가긴 했지만, 그 뒤에 금세 당황이 몰려왔다. 뭐지? 딸랑이라니. 이런 평범한 물건이 여기 있다고? 아니지, 뭔가 사연이 있겠지. 그러니까 예를 들면.

"아기 예수의 딸랑이."

"멍청하기는."

남자의 유례없는 폭언에 발끈하려 드니, 남자가 웃으며 손을 내저었다.

"아뇨, 아뇨. 아닙니다. 멍청한 건 선생님을 말하는 게 아니라 저입죠. 예, 저 말입니다. 결국 이게 딸랑이라는 걸 생각도 못 한

제가 멍청한 것이지요. 예, 예."

뭐라고 대답해야 할지 알 수 없어서 입을 뻐끔뻐끔하고 있는데, 남자가 다가와 딸랑이를 집어 들더니 흔들어 보였다. 오래된 것이라서 그런지, 딸랑이처럼 소리가 나지는 않았다.

"팔주령이라고 합니다. 원래는 무구로 쓰인 것이고요."

"무구라면, 무당의 물건 말이죠?"

"예. 무구라고 해도 여러 가지가 있지만, 그중에도 칼, 부채, 방울이 대표적이지요."

칼, 부채, 방울. 확실히 이미지가 떠오르기는 한다. 이 딸랑이는 방울에 속한다는 뜻이겠지. 그제야 아까 남자가 웃음을 터뜨린 이유를 깨달았다. 목적이 뭐가 되었든 손에 들고 흔드는 방울임에는 매한가지라는 것인가. 하지만……

"뭔가, 무당이 쓰는 방울이라는 느낌은 들지 않네요."

남자는 싱긋 웃으며 고개를 끄덕였다.

"보통은 짧은 금색 막대기에 방울 여러 개가 달린 것을 생각할 테니까요. 지금은 다들 방울 일곱 개가 달린 칠성방울을 쓰기는 합니다. 하지만 원래는 좀 다양한 모양이었다는군요. 고대로 올라갈수록 더 그렇지요."

오래된 유적에서 출토되는 무령(巫鈴)에는 크게 세 가지가 있다. 하나는 쌍두령. 막대 양 끝에 방울이 달린, 여의봉처럼 생긴 것이다. 또 하나는 환상쌍두령인데, 쌍두령과 구조는 같지만 리본 모양으로 휘어 있다. 마지막 하나가 팔주령이다. 여러 형태의 무령이 시간이 흐르면서 서로 섞이고 개량되어 지금의 형태가 되었다고 한다.

"음, 무당이 이 칠성방울을 흔드는 모습과 이 물건은 이미지가 겹쳐지지 않네요."

"용도 자체도 달랐을 겁니다. 모든 물건은 시간이 지나면 모습만이 아니라 용도도 변하는 법이니까요. 예를 들어 하이힐 같은 신발은 원래 승마용품으로 만들어진……."

"비유는 됐고요."

딱 잘라 말하자 남자는 살짝 못마땅한 표정으로 바닥을 내려다보다가, 그리고 뭔가 불경한 혼잣말을 중얼거리고는 고개를 들었다.

"어쨌거나 칠성방울을 흔드는 것은 보통 잡귀를 내쫓기 위해서라고 합니다. 여러 개의 방울이 부딪쳐서 맑은 소리를 내면 잡귀가 씻겨간다는 것이지요."

나는 남자의 말을 들으며 딸랑이, 아니, 팔주령을 자세히 보았다. 둔탁해 보인다. 맑은 소리를 내는 용도로는 확실히 어울리지 않는 것 같다. 남자의 손이 슥 다가와 팔주령을 집고는, 손바닥으로 받쳐 들어 보였다. 손안에 쏙 들어가는 크기다.

"확실히 용도가 다를 것 같긴 하네요."

남자는 싱긋 웃어 보이고는 대답했다. "예, 사실 잘 생각해보면 간단한 문제입니다. 조선시대 이후의 무교는 민간신앙인 데다, 무당은 천민의 신분입니다. 하지만 삼국시대까지만 해도 제

정일치의 사회였으니, 무당은 곧 왕을 말하는 것이었겠죠. 하는 일이 다르지 않겠습니까?"

확실히 그렇다. 같은 종교이고 같은 제사장이라 하더라도, 왕이 하는 일과 천민이 하는 일은 다를 수밖에 없다.

"왕이 하는 일……."

"왕이 제사를 지낼 때는 나라가 나아가야 할 방향을 물을 때겠지요."

그렇게 말하더니, 검지 손가락을 세워 손가락에 팔주령을 끼고는, 빙빙 돌려 보인다. 꼭 피젯 스피너를 돌리는 것처럼.

어쩐지 불경해 보이는 광경을 바라보며 나는 나직이 혼잣말을 흘렸다. "방향……."

남자는 피젯 스피너, 아니 팔주령의 회전을 멈추고는, 내 눈앞에 그것을 쓱 내밀었다.

"예. 어찌 보면 나침반처럼 생기지 않았습니까?"

"팔방위 나침반 말입니까? 북동, 북서 하는 식으로 여덟 방향을 나눈 거요?" 나는 방사형으로 뻗은 여덟 개의 돌기를 보며 그렇게 대답했다.

"팔괘 방위라고도 부릅니다. 물론 나침반처럼 쓰지는 않았을 테지만요."

남자는 그렇게 말하고는 팔주령을 테이블에 내려놓았다. 남자가 팔주령에서 손을 뗀 순간, 그것이 슬쩍 움직인 것처럼 보여 나는 잠시 움찔했다. 살짝 한기가 느껴진다. 도톰한 부분이 손가락이 되어 나를 가리킨 것 같달까. 아니, 그보다는 눈을 마주친 것 같은 기분에 가까웠다. 끝이 동그랗기 때문일까. '손끝에 달린 눈'이라고 생각하니 어쩐지 징그러워졌다. 설마 자석 같은 게 들어 있는 건 아니겠지.

나는 침을 꿀꺽 삼키고는 물었다. "그래서, 방향을 어떻게 찾는 겁니까?"

"모릅니다."

"예?"

"모릅니다. 애초에 어떤 방향을 찾는 건지도 모릅니다."

"그게 무슨."

남자는 실실거리며 말했다. "이 녀석은 좀 불순한 팔주령이거든요."

살짝 맥이 빠지는 느낌이었다. 그야 그렇겠지. 멀쩡한 무구가 여기 있을 리 없겠지. 나는 다시 한번 힐끗 팔주령을 쳐다보았다. 겉에 드문드문 남은 금박. 뭔가 이상한 걸 재료로 만든 건 아닐까. 예를 들어 불가사리라거나. 아니지, 불가사리는 다리가 다섯 개 아니었나? 다리가 여덟 개인 게 뭐가 있더라? 문어? 아니면······.

"킹크랩."

"예?"

"아, 아닙니다."

나도 모르게 얼굴이 빨개지고 말았다. 킹크랩이라니. 애초에 크기가 다르다.

남자는 내 생각을 읽으려는 듯이 잠시 빤히 쳐다보더니, 헛기침을 했다.

"팔주령을 어떻게 사용했느냐에 대해서는 말이 많기는 합니다만, 아마도 본래는 팔여(八呂)를 흉내 내어 만든 물건일 겁니다."

"팔여라고요?"

"예. 세상을 만든 마고할미의 어버이지요. 신 위의 신, 어머니의 어머니입니다."

보통 민족 설화에서는 거인이 신을 낳았다느니 혹은 애초에 스스로 신이 존재했다느니 하는 식으로 신의 탄생을 알기 쉽게 설명하지만, 한반도의 신 탄생 설화는 살짝 모호한 감이 있다.

태초에 팔여가 있었다. 팔여는 여덟 개의 방향에서 울리는 진동, 혹은 소리다. 그 울림으로부터 마고가 태어났다. 나는 남자의 설명을 들으며 팔주령을 새삼 들여다보았다. 여덟 개의 방울, 여덟 개의 진동.

"신을 낳는 물건인 셈이군요. 꽤 거창한데요?"

"예. 거창하지요. 본래 모든 제례 행위라는 것이 다 그런 겁니다. 뭔가를 흉내 내는 것이지요. 신의 것, 자연의 것을 말입니다."

알 듯 말 듯 알쏭달쏭한 선문답 같은 소리로 운을 띄우고, 남자는 말을 이었다.

"팔주령을 사용해 팔괘 방위로 진동을 만드는 것은 팔여의 모방입니다. 다시 말해 마고가 태어난 상황을 흉내 내는 것이지요.

즉, 인간들의 어머니를 소환하는 의식입니다. 결국 어머니를 불러 길을 묻는다……라는, 참으로 어른스럽지 못한 의식인 셈이지요."

"그렇게 말하니 좀 유치하게 들리긴 하네요."

"이 녀석들의 경우엔 과연 어머니를 부르기나 할지 의심스럽지만." 남자는 팔주령을 가리키며 그렇게 말했다.

이 녀석들이라면, 비슷한 것들이 꽤 많이 있다는 뜻일까?

"최초로 무당 방울을 사용했던 사람이 누구일 것 같습니까?"

갑작스러운 질문에 나는 잠시 머뭇거리다가, 한심한 대답을 뱉었다. "그, 글쎄요."

남자의 눈이 동그래졌다. 설마하니 그 정도는 맞힐 줄 알았다는 듯한 표정이다. 일부러 저러는 걸 알지만, 그래도 역시 어딘가 분하다.

남자는 실망감을 감추지 못하고 어깨를 떨구고는 말했다. "그야 최초의 무당이겠지요. 최초의 방울이니까."

"아, 예에."

저라도 그 정도는 대답할 수 있다, 라고 말하려다가 말을 삼켰다. 왠지 함정 퀴즈에 당했다는 느낌이다.

"무속, 아니 무교라는 것은 다른 종교와는 꽤 많이 다르지요. 커다란 교단에 의해 관리되는 통일된 종교도 아니고 대부분의 전통이 경전이 아니라 구전으로 전해져왔어요. 그렇게 전통이 갈라지다 보니 그 뿌리에 대한 이야기도 이런저런 것이 있습니다.

당연히 무조신(巫祖神)이라고 하면 여러 사람, 아니, 여러 신이 언급됩니다만······."

무당의 기원에 대한 전설은 수를 셀 수 없을 만큼 다양하고, 그 전설의 뿌리도 제각각 다르다. 신라 시대에 역병을 내쫓은 처용이 무당의 시작이라는 전설, 법우화상이 성모천왕과 결혼하여 낳은 8녀가 무당의 시조라는 제법 신화다운 전설, 양반가의 어머니와 승려 사이에서 태어난 삼형제가 아버지에게 받은 무구로 자기들을 박해한 양반들에게 복수하면서 무조신이 되었다는, 제법 민간신앙다운 전설까지.

"그중에서도 가장 무당의 모습을 갖춘 무조신이 바리데기이지요."

"바리데기는 소설 제목 아닙니까?"

남자는 머리를 긁적이더니 입을 열었다. "지금은 그쪽이 더 유명하긴 합니다만, 원래 바리데기 자체는 무조신의 이름입니다. 아주 오래된 전설인데, 무당하면 생각나는 오구굿이니 지노귀굿이니 하는 것이 다 바리데기라는 무조신에 대한 공양 같은 것이지요."

오구굿이라는 것은 일종의 사령제(死靈祭), 즉 죽은 사람의 원혼을 달래는 굿이다. 사실 무교의 사제는 다 무당이라고 부르기는 하지만, 잘 들여다보면 정말 같은 종교라고 해도 될까 싶을 만큼 지역마다 집안마다 형식과 믿음이 다양하다. 동일 교단에 의해 관리되거나 경전에 지배를 받는 것이 아니라 신어머니와 신

딸이라는 일대일의 관계에서 각자 전통이 전승되어왔기 때문이다. 그럼에도 지역을 불문하고 공통적으로 계승된 문화나 형식은 있게 마련인데, 그중 하나가 이 오구굿이다.

"오구굿이니 지노귀굿이니, 부르는 이름은 달라도 내용은 다 비슷합니다. 망자의 신인 바리데기의 일대기를 읊는 것이 핵심이지요. 뭐 다 그렇듯이 바리데기의 일대기라는 것도 지역마다 조금씩 디테일 차이는 있습니다만, 이야기의 중심이 되는 큰 줄기는 대체로 같습니다."

바리데기. 바리공주라고도 불린다. 무당의 조상신씩이나 되는 고귀한 존재지만, 이름의 어원은 '버린 아이'였다고 한다. 재투성이 신데렐라와 비슷한 셈이다.

"천상인지 지상인지는 몰라도 어딘가의 나라에 오구대왕이라는 왕이 있었습니다. 이 왕이 딸을 줄줄이 낳았는데, 첫딸은 오냐오냐하며 키웠지만 여섯째까지 딸만 나와버리니까 슬슬 질려버린 모양입니다. 그러던 차에 일곱 번째로 바리데기가 태어난 것이죠. 여섯 명과 일곱 명 사이에 대체 무슨 차이가 있는지는 모르겠습니다만, 오구대왕은 딸이 일곱 명인 것만은 싫어서 갓 태어난 막내를 내다 버리기로 합니다."

어처구니없는 도입부이긴 하지만, 예전에 그림 형제의 동화에서도 비슷하게 어처구니없는 도입부를 읽은 기억이 있다. 아마도 후대에 안데르센이 지은 '백조 왕자'의 원형 중 하나였을 것이다. 그 이야기에서는 반대로, 왕이 아들만 줄줄이 낳다가 마지막에 딸이 생기자 왕자들을 다 죽여야겠다고 결심한다.

"어느 날 오구대왕이 몸져누웠는데, 시중에 파는 약으로는 고칠 수 없는 병이었답니다. 병을 고치려면 딱 한 가지 수밖에 없었는데, 생과 사를 넘고 온갖 험한 곳을 넘어 저승 깊숙한 곳에 있는 영약을 가져와야만 했지요. 그 경로는 성공 확률이 희박한, 죽을지 살지 알 수 없는 대모험의 길이었습니다. 그런데 첫째 딸부터 시작해 신하들에 이르기까지, 아무리 어르고 달래도 그 모험에 나서겠다는 사람이 아무도 없었던 겁니다. 그래서 오구대왕은 아기 때 버렸던 일곱째를 찾아오라고 명령합니다."

"네?"

"무슨 마음인지는 알겠습니다만 옛날이야기라는 건 대체로 그런 식이지요."

멍청한 표정을 짓고 있는 나를 내버려두고 남자는 이야기를 계속했다.

그렇게 친아버지를 만난 바리데기는 분노와 갈등, 대화와 타협, 이해와 화해의 모든 과정을 과감하게 생략하고 아버지의 약을 구하기 위해 여행을 떠나게 된다. 10년에 걸친 기나긴 여행을. 10년까지 되었는지는 몰라도 예전에 그림 형제 동화에서 읽었던 그 이야기도 막내 공주가 떠나는 긴 모험이 핵심 줄거리였다. 그 이야기의 공주는 오빠들을 위해, 바리데기는 아버지를 위한다는 차이가 있긴 하지만. 어쨌든 본 적도 없는 혈육을 위해 인생은 물론이고 목숨까지 건다는 점은 같다.

"그렇게 대충 10년간 모험을 한 끝에 오구대왕은 살아났고 바리데기는 무조신이 되어……."

"자, 잠깐만요. 대충 10년간이라니, 그 부분이 중요한 거 아닙니까?"

어처구니가 없어서 끼어들었더니, 남자는 못마땅하다는 눈으로 나를 흘겨보고는 구시렁거렸다.

"길다는 말입니다, 그 부분은 지역마다 내용도 다르고요."

"아니, 그래도 그렇지."

"애초에 그 부분은 중요하지 않아요."

남자는 손을 휘휘 저으며 단호하게 말을 끊더니, 히죽 웃으며 나를 쳐다보았다.

"백조 왕자 이야기 아십니까?"

백조 왕자. 나는 왠지 속을 들킨 것 같아서 뜨끔한 기분이 되었다.

남자는 딱히 대답을 들을 필요도 없다는 듯이 말을 이었다.

"그 이야기의 원형이었을 법한 것이 그림 형제 동화에 몇 개 있습니다. 일곱 마리 까마귀라든가 여섯 마리 백조, 열두 왕자 등등 그런 것들이 있지요. 결국 전부 다 저주에 걸린 오빠들을 막내딸이 구해낸다는 이야기입니다만, 어딘가 닮지 않았습니까? 바리데기 이야기랑."

"예, 예."

"바리데기란 이름도 신데렐라와 비슷한 느낌이고 말이지요. 그러니까 애초에 옛날이야기라는 건 그런 거란 말입니다. 지구 반대편에 있는 사람도 비슷비슷한 이야기를 생각해내는 그런 거요."

"그렇긴 하겠죠."

"그러니까 중요하지 않은 겁니다. 같은 부분은."

"예?" 물어봤다고 하기보다는 감탄사처럼 튀어나온 것에 불과한 대답을 내뱉었다.

남자는 잠시 턱을 긁으며 들리지 않는 말로 웅얼거렸다. 아무래도 접속사를 고르고 있는 모양이다.

"요컨대 이런 겁니다. 의도는 다른 부분에 있다는 거지요."

"잘 모르겠는데요."

"민담에는 보통 목적이 있게 마련입니다. 빨간 망토 이야기는 여자아이에게 남자에 대한 경계심을 심어주기 위해서, 백조 왕자 이야기는 형제간의 우애를 강조하기 위해서 어른들이 아이에게 해주는 이야기지요. 오래 전해진 이야기일수록 그런 것이 쌓이게 마련입니다. 뭐라고 표현해야 할까, 이야기의 원념이라고나 할까요."

원념. 뜻이 전혀 안 통하는 말은 아니지만 어쩐지 섬뜩하다.

"동화와 원념은 어딘가 어울리지 않는 느낌입니다만."

"그러면 신화는 어떻습니까?" 남자가 싱긋 웃으며 반문했다.

신화. 신. 신을 만들어낸 이야기.

남자의 말이 이어졌다. "바리데기 이야기는 어처구니없을 정도로 효심이 강한 주인공의 이야기입니다. 다시 말해서 효행 설화인 셈이지요."

"예, 확실히 그렇겠네요."

어처구니없을 정도로 효심이 강한 주인공. 그 말대로다. 별 대단한 이유도 없이 그냥 딸이 지겹다는 이유로 아이를 버린 아버지, 그리고 자기 사정이 급해지자 이미 오래전에 버렸던 딸을 찾아내 자기를 위해 목숨을 걸어달라는 아버지. 또 그런 아버지를 아무렇지 않게 깍듯이 대하며 10년에 걸친 모험을 떠나는 딸.

"바리데기 이야기는 바리데기 혼자서만 만들 수 있는 종류의 것이 아니었지요. 바리데기를 버리고, 심지어 자기가 필요할 때 다시 찾아온 터무니없는 아버지가 아니면 완성될 수 없는 이야기입니다. 아버지의 학대를 개의치 않는 극상의 효행, 학대가 있어야만 성립할 수 있는 수준의 효심 말이지요."

학대가 있어야만 성립하는 효행 설화. 그리고 그것을 요구하는 원념. 한편으로는, 옛날이야기를 이렇게 악의적으로 해석해도 되는 것인가에 대한 저항감도 있었다. 하지만 그 원념에 가까운 무언가를 마음 깊이 느끼고 있는 것도 사실이었다.

"그러니까 바리데기는 효라는 것에 대한 원념이 만들어낸 신이다, 그런 이야기인가요?"

남자는 내 물음에 감탄했다는 듯한 표정으로 대답했다. "원념이 만들어낸 신인지, 신이 되어가는 과정에서 원념에 씌었을지는 모르지만요."

칭찬을 받은 기분이지만 좀처럼 기쁘지가 않다. 신과 원념, 그리고 씌인다는 표현을 한 문장에 담는 이야기꾼은 이 남자를 제외하면 좀처럼 없을 것이다. 그런 종류의 이야기를 이해하게 된 것이 축복인지, 저주인지.

남자는 검지 손가락으로 턱을 긁으며 이야기를 계속했다.

"무속에서 신령을 이루는 것은 한과 치성입니다. 굿을 하든 점을 치든, 무당 집마다 제각각 중요하게 모시는 주신이 있게 마련인데요. 조선시대에는 특히 최영 장군신이니, 뒤주대왕, 그러니까 사도세자 말입니다. 이런 신들이 인기가 있었던 모양입니다. 이 두 신의 공통점을 아시겠습니까?"

"한을 품고 죽었다는 거군요?"

"예. 억울한 죽음으로 원념이 많은 신이기에 인기가 있었던 것이지요. 한이 많은 신이 왜 더 세게 여겨지느냐에 대해서는 저마다 해석이 다르겠습니다만, 간단하게 설명할 수 있는 방법이 있습니다. 깊은 한을 품은 신에게 치성을 드리면 기적을 일으킬 수 있다, 이런 것이지요."

"마이너스 10의 한을 품은 신에게 플러스 10의 치성을 드리면 그 차이만큼 총 플러스 20의 효과가 있다고 한다든지요?"

남자는 내 말을 듣고 낄낄 웃더니 박수를 두 번 쳤다.

"예, 예. 바로 그겁니다. 마이너스 10의 부모에게 플러스 10의 효행을 하면 플러스 20의 효가 되는 것이지요."

요컨대 신을 모시는 것도 효율의 문제라는 것인가. 신이니 종교니 치성이니 하는 주제에 비해 꽤나 삭막한 이야기다.

나는 침을 꿀꺽 삼키고는 팔주령을 다시 돌아보았다. 어째서인지 아까부터 점점 더, 내 쪽을 가리키고 있는 것 같은 기분이 든다. '방향'이라는 이야기를 들어서 그런가? 애초에 돌기가 팔방을 향해 있으니만큼 어떻게 놓아도 그렇게 느껴질 테지만.

"바리데기 이야기에도 팔주령이 나오나요?"

"팔주령의 형태인지까지는 몰라도 금주령이라는 것이 등장하기는 합니다. 어떤 이야기에서는 금주령이 금으로 만든 방울이라고 하기도 하고, 어떤 이야기에서는 지팡이라고 하기도 합니다……."

"지팡이요?"

"예. 하지만 바리데기의 성물 중에 지팡이는 없으니, 금주령을 잘못 해석한 것이라고 봐야겠지요. 아마도 후대에 기독교의 비슷한 이야기와 섞인 것이 아닐까 싶습니다. 모세 말입니다."

살짝 웃음이 삐져나왔다. 기독교에 대해 아는 게 없으니 어쩔 수 없는 일이긴 하지만, 기독교와 지팡이라고 하면 아무래도 모세가 바다를 가르는 장면이 제일 먼저 떠오른다.

"바리데기도 바다를 갈랐나 보죠?"

"예. 바다를 갈랐다고 하기도 하고, 망망대해 앞에서 금주령을 던지자 무지개가 나타나서 그걸 구름다리 삼아 건넜다고도 합니다."

길이 없는 곳에서 길을 만든다. 방향을 가리킨다는 건 그런 뜻이었나. 확실히 바다를 가른다느니 무지개를 건넌다느니 하는 이야기와 잡귀를 쫓는다는 이야기는 스케일이 다르다. 무당이 필요할 때 아무 때나 원하는 대로 쓸 수 있는 그런 물건이 아니라, 그것이 필요할 때가 언제인지, 어떤 방식으로 도움이 될지 모르는 물건. 사제보다 강한, 함부로 다룰 수 없는 물건.

나는 팔주령에 손가락을 슬쩍 가져다 대며 물었다. "그래서 이것도 그 정도 수준의 물건이라는 건가요?"

분명히 방향을 가리킨다고 했으니까. 물론 그 뒤에 불순한 물건이라고 덧붙이기도 했지만.

남자는 싱글거리며 대답했다. "그 정도 효험이 있을지는 모르지요. 하지만 그 정도 수준의 물건이기는 합니다."

어안이 벙벙해졌다. 그게 무슨 소린가. 효험이 있을지 몰라도 그 정도 수준이긴 하다는 것이.

"아무튼, 바리데기 저리 가라 할 정도로 듬뿍 담겼으니까요."

"담겼다니, 뭐가 말인가요?"

남자는 잠시 뭘 묻느냐는 듯한 표정으로 나를 바라보다가, 웃으며 말했다. "뭐긴 뭐겠습니까. '효'이지요."

머리가 지끈거린다. 효라는 말을 이렇게 불경하고 불길하게 말할 수 있는 사람은 이 남자밖에 없을 것이다. 남자는 복잡한 심경에 휩싸인 나를 내버려두고 노트북으로 뭔가 검색하기 시작했다. 탁, 타닥 하고 키보드를 치는 소리가 날 때마다 팔주령이 미세

기이한 골동품 상점　101

하게 흔들린다. 마치 타자 치는 동작을 흉내 내는 것처럼 팔주령이 테이블 위를 여덟 손가락으로 탁탁 때린다.

"팔주령이라는 것은 본래 삼국시대 이전의, 왕의 물건입니다만, 그 물건만큼은 조선시대 초기에 만들어졌지요. 아마도 세종 말기쯤이 아닌가 싶습니다."

키보드 소리에 섞여서 남자의 목소리가 들려온다. 나는 굳이 대답하지 않고 팔주령을 가만히 쳐다보았다.

"조선왕조에서도 세종 재임 시기가 특히나 효행이 넘치던 시기입니다만. 원래 마을에서 훌륭한 효자가 나타나면, 왕이 표창의 의미로 그 마을에 정문(旌門)이라는 붉은 건축물을 세워줍니다. 이 시기에 꽤나 많았던 모양인데, 흠."

남자는 말을 끊고 잠시 모니터를 들여다보더니, 뭔가 읽기 시작했다.

"세종 4년, 평안도 곽산군의 백성 김마언의 처가 정신 착란 병에 걸리니, 마언이 처를 버렸다."

"또 《조선왕조실록》인가요?"

남자는 대답하지 않고 계속 읽어나갔다. "딸 김사월이 곧 왼손 무명지를 잘라 빻아서 어머니에게 먹였는데, 병이 낫게 되었다."

비슷한 이야기를 들어본 적이 없는 것도 아니다. 꽤 흔한 이야기 아닌가. 손가락에서 피를 내어 먹였다든가, 엉덩이 살을 잘랐다든가, 허벅지 살을 잘랐다든가 하는 이야기.

"세종 5년, 백정 집안의 양인길이라는 사람이 오랫동안 급질을 앓았는데, 아홉 살 난 자식의 손가락을 잘라 구워 먹였다. 그러자 그 병이 즉시 나았다고 합니다."

나는 깜짝 놀라 되물었다. "아홉 살이라고요?"

"예. 정확히 기록되어 있진 않지만 앞선 김사월의 경우도 나이가 별로 많지는 않을 겁니다. 흠, 세종 6년, 은광우라는 사람이 급질이 났는데, 딸 은시가 손가락을 끊어서 그 병을 낫게 했다."

어, 어라?

"세종 7년, 양검금이라는 사람이 발작하자 아들인 석삼의 손가락을 잘라서 구워 먹였던 바 병이 나아서……."

"자, 잠깐만요!"

모니터에 거의 들어갈 듯이 거북목을 하고 있던 남자가 자세를 바로 하고 나를 쳐다보았다. 나는 잠시 입만 뻐끔거리며 말을 잇지 못했다.

내가 무엇에 놀랐는지 스스로도 명확하게 설명할 수 없었기 때문이다. 분명히 손가락의 피나 허벅지살을 부모에게 먹였다는 이야기는 흔히 들어본 이야기다. 손가락 자체를 먹였다는 이야기도 맥락상 그것과 크게 다르지는 않다. 하지만 아무리 그래도, 아무리 그래도 4년, 5년, 6년, 7년…….

"1년마다 계속된 겁니까?"

남자는 잠시 내 눈을 마주 보더니 고개를 저었다.

"세종 8년, 9년, 10년에는 기록이 없습니다. 기록이 없다고 해도 왕실에 보고된 것이 없다는 뜻일 뿐이지 그런 일 자체가 없었을 거라는 보장은 없지만요."

남자는 그렇게 말하고는 계속 읊었다.

세종 11년, 12세 여자아이 김효생이 정신병을 앓는 아버지에게 자신의 손가락을 국에 넣어 먹이니 조금 나았다. 세종 12년에는 건이가라는 여자아이가 손가락을 잘라 어머니에게 먹이니 어머니가 나았다. 이야기를 들을수록 점점 기묘한 이미지가 떠올라 견딜 수가 없었다.

예를 들면 이런 이야기가 있다. '덕대골 설화'라는 것인데, 아픈 남편을 위해 한 여성이 한밤의 묘지에서 시체의 다리를 잘라 온다. 그것을 고아 먹이면 병이 낫는다는 고승의 언질이 있었기 때문이다. 그런데 이 다리 잘린 시체가 갑자기 벌떡 일어나더니, "내 다리 내놔"를 연발하면서 남은 한쪽 다리로 껑충껑충 뛰어온다는 이야기다. 내 머릿속에 떠오른 것은 그것과 비슷한 이미지였다. 잘린 손가락이 하나둘 늘어나며 포위망을 좁혀오는 그런 이미지. 도대체 얼마나 많은 효자가 손가락을 잘랐단 말인가.

"원래 그런 겁니까?"

"예?"

"그, 원래 그렇게 손가락들을 많이 잘랐습니까?"

이상한 표현이긴 하지만, 다른 말이 떠오르지 않았다. 조선시대에는 원래 그렇게 손가락을 쉽게 잘랐던 건가 싶었다. 아홉 살이니 열두 살이니 하는 어린, 물론 그때와 지금은 다르다고 하지만 그래도 어린아이들의 손가락을 그렇게 쉽게 자르는 시대였는가 하고.

남자는 머리를 긁적이더니 다시 키보드를 두드렸다. 그러고는 손가락을 하나, 둘 꼽고는 입을 열었다.

"두 번이군요."

"예?"

"세종 이전에는 두 번뿐입니다. 손가락을 자른 효자의 기록은 말이지요. 말했잖습니까? '특별히 효행이 넘쳐나던 시기'라고."

나는 침을 꿀꺽 삼켰다. 원래는 그렇게까지 흔한 일은 아니었다는 것이다. 당연한 일이다. 흔하지 않으니까 전설이 되는 것이다. 그런데도 세종 4년을 기점으로는 1년에 한 번꼴로 나타났다. 손가락을 자르는 효자가.

모르겠다. 그 시절 감성으로는 어쩌면 좋은 일이었는지도 모른다. 효자가 넘치는 훌륭한 시대라고 자부했을지도 모른다. 하지만 현대인의 감성으로는 그런 식으로 받아들이기 어렵다.

"꼭 전염병이라도 되는 것 같네요. 아니, 마치 유행 같다고나 할까요."

효, 라는 숭고해야만 할 것 같은 말에 유행이라는 단어를 끼워 넣는 것에는 적지 않게 저항감이 들었지만 그렇게밖에는 표현할 방법이 없다. 이런 이야기는.

남자는 내 말에 고개를 끄덕이더니, 갑자기 멈칫하고는 고개를 갸우뚱 기울였다. 어딘가 충분치 않다는 듯한, 석연치 않다는 표정이다. 한참을 그러고 있더니 문득 고개를 번쩍 들고 말했다.

"그럴싸한 표현이긴 합니다만 전염병보다는 풍토병이라는 이름이 더 어울릴 것 같습니다. 최소한 이 시기에는 말이지요."

"예?"

내 반문에 남자는 곤란한 표정으로 턱을 긁었다.

"그러니까, 뭐라고 해야 할까. 지금 이야기한 것들은 다 서북 지역에서 일어난 일입니다. 황해도가 한 건, 나머지는 전부 평안도에서 일어났지요."

왜일까. 섬뜩한 기운이 등줄기를 훑었다. 한 지역에서 해마다 손가락을 자르는 효자가 나타난다. '한 지역'이라는 전제가 추가되었을 뿐인데, 이야기의 본질이 바뀐 것 같은 느낌이 들었다. 현기증 비슷한 것이 몸을 덮치는 바람에 순간적으로 비틀거렸다. 몸을 가누려고 테이블에 손을 짚었다가, 손끝에 느껴지는 차가운 기운에 화들짝 놀라 손을 떼었다.

눈을 테이블로 돌리니, 팔주령이 힘없이 돌고 있었다. 내 손가락에 부딪힌 탓인 모양이다. 어쩐지 아까보다 더, 저 돌기들이 손가락처럼 보인다. 여덟 개의 손가락. 여덟 명의 효자. 여덟 개의 효, 여덟 개의 한. 그런 것들을 생각하고 있는데, 귓가에 심드렁한 남자의 목소리가 스며들었다.

"서북 지역이라고 하면 본래 평안도를 중심으로 함경도, 황해도까지 아우르는 지역입니다만."

서북이라고 아울러 이르는 만큼, 조선시대에 그 지역은 특별한 지역, 아니 특별히 취급되는 지역이었다. 변방에 인접한 탓에 이민족과의 분쟁 위협이 상존한 지역이었고, 고구려 유민의 정체성을 가지고 있거나 북방 민족 출신인 백성도 많았다. 그런 배경이 있다 보니 차별과 경계가 당연시되었다. 조선을 창건한 태조부터가 '서북 사람은 높은 벼슬에 앉히지 말라'라고 왕명을 내렸을 정도다.

서북 지역은 엄연히 조선이라는 나라에 속해 있는 지역이지만, 실질적으로는 평안도를 중심으로 식민지처럼 운영되었다. 재정도 독립적으로 운영되었고, 평안도 관찰사는 막강한 권력을 가지고 있었다.

"평안 감사도 저 싫으면 그만이라는 말이 있지 않습니까? 김홍도의 '평안감사향연도' 그림도 유명하고요. 그만큼 대단한 자리였던 것이지요."

나는 묵묵히 고개를 끄덕였다. 고립된 지역, 차별받는 민중, 그리고 손가락을 자르는 아이들.

"어쩔 수 없었는지도 모르겠네요."

그렇게 말하고, 나는 나직하게 한숨을 쉬었다. 어쩔 수 없었다. 그렇게 해석할 수밖에 없다.

부자는 복권을 사지 않는다.

그 말이 문득 떠올랐다. 어설픈 자기계발서 같은 데서 부자가 되는 데는 다 이유가 있다는 식의 주장을 할 때 근거로 써먹고는 하는 말이다. 복권을 사지 않는 합리적인 사고방식 때문에 부자가 되는 것이고, 복권 같은 낮은 확률에 기대기 때문에 부자가 될 수 없는 것이라고. 언뜻 들으면 그럴듯하게 들릴 수도 있지만 사실 이건 선후 관계를 뒤집은 기만에 불과하다. 가난하기 때문에 낮은 확률에 기댈 수밖에 없고, 가진 것이 많을수록 그럴 필요가 없는 것이다. 성공보다 기적이 더 가깝다고 여기는 사람들이 복권을 사는 법이다.

조선시대라도 다를 것은 없으리라. 아니, 오히려 더 했을 것이다. 가난하기 때문에 낮은 확률에 기댄다. 가난하기 때문에 손가락을 자를 수밖에 없다. 용한 의원을 찾기 위해 쓸 자산도 없고, 이것저것 처방을 받을 방법도 없으니. 손가락을 잘라 먹인다는 처방이 어처구니가 없을지언정, 그것이 그들에겐 유일하게 가능한 방법이었을지도 모른다. 게다가 실제로 병이 나은 사람이 나온 이상…… 어라?

잠깐만, 아까 들은 이야기 모두 분명히.

"저, 병이 나았다고 했죠?"

"예?"

"아까 말한 사례들 전부, 병이 나았다고요."

"아아, 그거요? 그랬지요."

말문이 턱하고 막혔다.

"어떻게 그런……."

손가락을 먹인 사람마다 병이 나았다고? 이래서야 인과관계가 없다는 걸 믿을 수가 없지 않은가?

남자는 눈이 동그래져서 나를 쳐다보다가, 한참 후에야 내 의문을 눈치챘는지 실실 웃으며 입을 열었다.

"에이, 에이, 설마 손가락 때문에 나았다는 걸 믿으시는 건 아니겠지요?"

"아니, 하지만 아무리 그래도 백발백중이라면 믿을 수밖에 없을 것 같은데요."

남자가 손을 내저으며 말을 막았다. 그러고는 입을 다물고 잠시 위를 올려다보더니, 목에 걸린 옥비녀를 만지작거렸다. 만지작거렸다고 할까, 어루만졌다고 할까. 잠시 후 남자의 입술이 열리며 꺼끌꺼끌한 목소리가 나직하게 흘러나왔다.

"두 가지 정도로 해석할 수 있을 겁니다." 옥비녀를 만지던 손이 얼굴 앞으로 올라오더니, 검지 손가락을 펴든다. "첫 번째는, 애초에 성공한 사례만 기록되었을 가능성이지요."

《조선왕조실록》에 실린 손가락을 바치는 효자 사례는 지역민의 효행을 보고하는 과정에서 기록된 것이다. 손가락이 효험이 없었다면, 즉 병이 낫지 않았다면 손가락을 잘랐다 해도 효행으로 인정받지 못했을 가능성이 있다.

"더구나 손가락을 잘라 먹었더니 나았다는 이야기는 그나마 지역 사람들에게 경사로 받아들여졌겠지요? 좋은 일이니 소문내기도 좋았을 테고요. 얼마든지 자랑하고 떠들었을 겁니다. 하지만 반대로, 병은 낫지 않고 손가락만 잃었다면 어땠겠습니까?"

"……흉사가 되겠군요."

"예. 오히려 손가락도 부모도 잃은 효자를 안타깝게 여겨 쉬쉬할 뿐이었겠지요."

나는 침을 꿀꺽 삼켰다. 그 가설을 받아들인다면, 손가락을 자른 효자들은 얼마든지 있었지만 그중 병이 나은 사례만 기록되었다는 해석도 가능하다. 손가락을 먹은 이후 타이밍 좋게 병이 나을 가능성은 얼마나 될까. 만약 그게 10분의 1의 확률이라면, 연평균 열 명의 효자가 손가락을 잘랐을 것이라는 상상이 가능하다. 100분의 1이라면 어떨까. 1,000분의 1이라면 어떨까.

"그리고 두 번째 가능성 말입니다만, 애초에 병 따위는 걸리지 않았을 가능성도 있지요."

남자의 목소리에 나는 번쩍 고개를 들었다.

"예?"

남자는 다시 모니터 앞으로 돌아가 마우스로 이것저것 딸깍거리더니, 모니터를 돌려서 내게 보여주었다. 모니터에 떠 있는 것은 아까 남자가 말해주었던 사례 중 하나였다.

서흥 사람 김여도의 딸 김효생이 나이 12세에 그 아비가 광질을 앓았는데, 산 사람의 뼈를 먹으면 즉시 낫는다는 말을 효생이 듣고 비밀리에 사람을 시켜 제 손가락을 자르게 하고 부모로 하여금 알지 못하게 하고 3일 만에 국에 넣어서 먹이니, 아비의 병이 조금 나았다. 이리하여 본도의 감사가 그 사실을 보고하여 정문하고 복호(復

ᵝ)하기를 청하니, 그대로 따랐다.

"애초에 이 이야기들부터 이상하지 않습니까? 예를 들어 아홉 살이니 열두 살이니 하는 어린아이들이 부모의 병을 고치기 위해 손가락을 잘랐다는 부분부터 말입니다."

남자는 달릴 준비라도 하는 것처럼 후욱 하고 숨을 들이켜더니, 곧바로 기관총처럼 말을 쏟아냈다.

"사서에 적힌 것은 모두 사람의 이야기입니다. 책 속의 등장인물로만 보일지 몰라도 문자 건너편에는 실제로 사람이 있다는 이야기입니다. 조선시대든 현대든, 아이는 아이지요. 어린아이가 손가락을 자르겠다는 마음을 쉽게 먹을 수 있겠습니까? 당장 지금 아홉 살, 열두 살짜리 아이가 손가락이 잘려서 나타났다고 칩시다. 병을 앓는 부모님을 위해 스스로 잘랐다고 하면서 말입니다. 어쩌시겠습니까? '아이고, 효성이 갸륵하구나' 하고 믿으시겠습니까?"

나는 대답할 말을 찾지 못하고 굳어버렸다. 정말로 사람이라면, 실존하는 어린아이가 그렇게 주장한다면 나는.

"경찰에 신고부터 해야겠죠."

남자는 고개를 끄덕이고 말을 이었다. "그게 정상입니다. 그런 상황이 생기면 경찰부터 당장 부모를 범인으로 점찍고 학대를 의심할 겁니다. 그렇지 않습니까?"

나는 대답하지 않고 무겁게 고개를 끄덕였다.

분명 그렇다. 그 말대로다. 이야기의 배경이 현대였다면, 그 이야기를 곧이곧대로 받아들이지는 않았을 것이다. 다시 생각해보면, 그것이 조선시대였다 해도 마찬가지다. 이건 믿음이 어떻고 문화가 어떻고 하는 수준의 문제가 아니다.

남자는 모니터를 툭툭 건드리며 말했다. "게다가 현실적으로 가능하느냐는 문제도 있습니다. 낮게는 천민, 잘해야 양인의 집안에서 벌어진 일들입니다. 대체로 어린아이들이고요. 백정의 집이 대궐만 할 리는 없지요. 가난한 백성들의 집은 사극에 나오는 집들과는 다릅니다. 생활공간이 크게 분리되어 있지도 않았고, 침실과 부엌이 먼 구조도 아닙니다. 어린아이가 그런 환경에서 부모 몰래 제 손가락을 자르고, 잘랐다는 사실을 3일 동안 숨긴 채 생활을 하고, 그걸 또 빻고 굽고 하는 작업을 몰래 했으며, 부모가 모르게 식사에 넣어 먹였다는 것이 가능한 이야기일까요? 의학적 지식도 없는 어린아이가 함부로 부엌칼 따위로 제 손가락을 잘라놓고서, 겉으로 티가 안 날 정도로 아무런 설앓이도 하지 않았을 확률은 어떻습니까? 게다가 애당초."

남자는 한숨 돌리며 마른 입술을 핥더니, 침착하게 마지막 말을 던졌다.

"어린아이들에게, 손가락을 잘라 구워서 먹이면 부모가 나을 것이라고 이야기해준 자는 대체 누구란 말입니까?"

순간, 망치로 머리를 얻어맞은 듯한 기분이었다. 말 그대로다. 손가락을 구워 먹이면 낫는다. 그런 말을 대체 누가, 무슨 목적으로 아이에게 한단 말인가?

"그러면…… 대체, 왜."

대답이 차마 문장이 되어 입 밖으로 나오지 않았다. 남자의 말을 종합하면, 아이들은 스스로 손가락을 자른 것이 아니며, 자른 이유가 부모의 병 때문도 아니라는 이야기가 된다. 그렇다면 대체 왜? 무엇을 위해 누가?

"바리데기 이야기 말입니다."

"어…… 예."

갑작스러운 화제 전환에 당황했지만, 남자는 내 당황 따윈 아랑곳하지 않고 멋대로 이야기를 계속했다.

"전국 어디에 가나 비슷비슷하긴 합니다만, 북쪽에서는 내용이 다릅니다."

남자는 설명을 시작했다.

대부분의 지역에서 발견되는 바리데기 이야기는 바리데기가 아버지를 살려내고 신이 되면서 끝난다. 그 과정에서 벌어지는 모험의 형태가 조금씩 다르긴 해도, 처음부터 끝까지 바리데기가 극진한 효녀의 태도를 유지하고 있으며 마지막에도 해피 엔딩이라는 사실은 매한가지다. 서북 지역에서 유일하게 남아 있는, 함흥의 바리데기 이야기만 제외하면.

"함흥의 바리데기 이야기에는 아버지가 중요하게 등장하지 않습니다. 초반에 잠깐 등장하긴 하지만, 우스꽝스럽고 천박한 모습만 보이고 퇴장하지요. 이 이야기에서 바리데기가 살리려는 대상은 어머니입니다."

남자가 '어머니'라는 말을 입에 올리면서 목에 걸린 옥비녀를 슬쩍 만지는 모습을 나는 놓치지 않았다. 저 행동은 의식적인 것일까, 무의식적인 것일까.

"아버지가 어머니로 바뀌었다는 거군요. 하지만 민담에서 성별이 바뀌는 경우는 꽤 있지 않나요?"

"그거야 그렇습니다만. 어쨌거나 이 이야기에는 어머니와 일곱 명의 딸, 그러니까 총 여덟 명의 여성이 나오는데요."

여덟 명. 어째서인지 팔주령 쪽으로 눈이 가고 말았다. 이야기가 계속될수록, 자꾸 저것이 신경이 쓰인다. 저것의 손가락이 나를 가리키고 있는 것 같다. 저것의 귀가 이야기를 듣고 있는 것만 같다. 그런 생각에 빠진 탓에, 남자의 이어지는 말을 제대로 듣지 못하고 한 박자 늦게 반응하고 말았다.

"네? 방금 뭐라고?"

정확히 듣지는 못했어도, 분명히 이상한 말을 들은 듯했다.

남자는 내가 굳이 반문하는 것을 이해한다는 듯이 고개를 끄덕이고는, 씩 웃으며 같은 말을 다시 한번 천천히 내뱉었다.

"전부 죽습니다. 여덟 명 전부요."

그러니까, 북쪽의 바리데기는 해피 엔딩은커녕 몰살 엔딩이라는 것이다.

"바리데기도요?"

"예."

함흥의 바리데기 이야기는 현대에 와서도 상당히 악명이 높다고 한다. 안티 플롯이라는 말로밖에 설명할 수 없을 정도로 서사가 독특하기 때문이다. 도저히 이해할 수 없는 전개, 충격적인 결말. 미스터리 소설의 마케팅 문구로나 쓸 것 같은 이 말들이야말로 북쪽 바리데기 이야기에 대한 정확한 표현이다.

물론 이 이야기에서도 바리데기가 어머니를 한 번 살려내기는 한다. 문제는 그다음이다. 막내딸의 극진한 효심으로 되살아난 어머니가 그 직후에 한 일은, 딸들을 모두 죽이는 것이었다.

"살(煞)을 날린다는 표현을 들어보신 적이 있지요? 저주나 뭐 그런 뜻으로 해석해도 크게 차이는 없을 겁니다. 하여간 여섯 딸들을 어머니가 저주로 죽이는데……."

어머니의 원한을 그대로 받은 여섯 명의 딸은 그대로 죽고, 바리데기마저 그 여파를 직통으로 맞아 결국 죽고 만다. 바리데기의 제사를 지내주려던 어머니는 제물을 들고 가던 차에 기인을 만나고, 그 기인한테서 바리데기의 혼에 대한 소식을 듣는다.

바리데기는 원한 때문에 악귀가 되어서, 어머니를 씹어 먹으려고 기다리고 있다.

그 이야기를 들은 어머니는 제물을 내팽개치고, 바리데기의 제사는 지내지 않기로 한다. 그 후 이곳저곳을 떠돌아다니다가, 길에서 엎어져 허무한 죽음을 맞는다.

"무슨 그런……."

어처구니없는 이야기라고 그냥 웃어넘겨야 할 것 같다. 분명 그래야 할 것인데. 하지만 그럼에도 이 이야기에는 어딘가 섬뜩하고 불경한 분위기가 진하게 감돌고 있다. 뭐라고 설명해야 할까.

그래, 저주다.

마치 다른 지역의 바리데기 이야기를 저주하는 듯한, 아니면 바리데기라는 캐릭터를 저주하는 듯한, 어쩌면.

"마치 '효'라는 것 자체를 저주하는 것 같네요."

남자는 고개를 끄덕이며 말했다. "신화에는 언제나 이데올로기가 담겨 있지요. 충과 효는 조선왕조의 중요한 통치 이데올로기였습니다. 그야말로 조선시대 국가주의의 바탕이지요. 부모가 필요 없다고 버린 자식일지언정, 부모가 필요로 할 땐 달려가서 효를 다해야 하며, 국가에게 어떤 부조리한 일을 당했다 해도 충성해야 한다. 본래의 바리데기 이야기에도 그런 이데올로기가 듬뿍 들어 있습니다."

그것도 과할 정도로. 마이너스 10과 플러스 10의 차이만큼. 나는 말없이 고개를 끄덕였다.

"이야기의 상징이라는 면에서 볼 때 국가는 대체로 아버지의 모습으로, 부모는 대체로 어머니의 모습으로 표현됩니다. 아버지의 역사는 권력의 역사고, 어머니의 역사는 인간의 역사니까요. 그건 지금도 크게 다르지 않습니다만."

"바리데기 이야기에서도 그렇다는 거군요. 심지어 바리데기의 아버지는 실제로 왕이기도 했으니까요."

"예. 실제로 아버지를 국가로, 어머니를 부모로 표현하는 대사가 등장하기도 합니다. 그런데 북쪽의 바리데기 이야기에서는 시작하자마자 우스꽝스러운 꼴로 아버지가 퇴장하고, 결말에서는 어머니를 살린 탓에 비극이 일어나고 끝나지요."

억지스러울 정도의 전개 끝에 아버지도 어머니도, 충도 효도 우스운 꼴이 되었다. 아까 백조 왕자와 바리데기에 대해 남자가 했던 해석이 문득 떠올랐다. 다른 곳에 진의가 있다. 억지스러운 곳에야말로 이야기의 뜻이 있다. 그렇다면 이 이야기에 도사린 뜻은 분명하다.

"충효에 대한 저주, 그것이 이 이야기의 숨겨진 진짜 뜻일지도 모르겠군요."

남자는 내 말에 대답하지 않았다. 그의 눈은 팔주령을 향해 있었다. 마치 그것과 무슨 뜻이 통하기라도 하는 듯, 마치 그것과 대화라도 하고 있는 듯한 표정이다. 잠시 그러고 있던 남자는 갑자기 뭔가 생각났다는 듯 고개를 번쩍 들고 입을 열었다.

"그러고 보니 그, 함흥의 바리데기 이야기에서 말입니다. 어머니와 바리데기 사이에서 한 차례 친자 관계를 확인하는 과정이 있는데, 이 부분이 참 재미있단 말입니다."

"뭔데요? 손가락에서 피를 내어 섞어본다거나, 둘로 나누어 가졌던 장식물을 대어본다거나 그런 겁니까?"

그러자 남자는 묘한 표정으로 나를 잠시 바라보다가 갑자기 쿡 하고 웃음을 터뜨렸다.

"아이고 이런, 둘 다 정답이라고 해야 할지 둘 다 틀렸다고 해야 할지." 한참을 웃다가 겨우 웃음을 멈춘 남자는 입을 슥 닦고는 억지로 근엄한 표정을 지어 보이며 말했다. "장가락지를 맞춰 보았다고 나옵니다만, 장가락지가 뭔지 아십니까?"

"가락지라면, 반지인가요?"

남자는 대답하지 않고 능글맞은 표정으로 침묵했다. 고개를 테이블 쪽으로 돌리고 팔주령을 집어 들더니, 한번 휘리릭 돌리고 다시 내려놓았다. 탁 하는 소리가 울리는 것과 거의 동시에, 남자의 목소리가 들려왔다.

"손가락입니다."

"예?"

"손가락 말입니다. 그러니까 손가락끼리 맞춰봤다는 이야기입니다."

"그게 무슨."

어째서인지 목소리가 떨렸다. 두 개로 나눈 반지가 합쳐지는 모습이 머리에 떠올랐다. 그리고 그 반지가 피투성이 손가락으로 변해갔다. 남자는 두 손을 들더니, 한쪽 손으로 가위질 시늉을 하며 다른 쪽 손가락으로 가져갔다.

"바리데기가 태어났을 때, 그냥 버려진 것이 아닙니다. 손가락이 잘린 채 버려졌지요. 손가락을 왜 잘랐는지는 알 수 없지만, 하여간 자른 손가락은 부모가 보관하고 있었습니다."

손가락을 자르고, 일부러 그것을 보관했다. 거기에는 어떤 다른 서사적 이유도 없다. 그 장면은 오로지 친자 확인의 과정, 잘린 손가락을 되찾는 장면을 위해서만 만들어졌을 것이다. 억지다. 하지만…….

"사람에 따라 다르게 읽힐 수도 있겠으나, 이 이야기에서는 금주령 같은 것보다 그 잘린 손가락이 더 의미심장한 상징으로 느껴지지요. 손가락을 두고 왔기에 돌아올 수 있었고 손가락을 두고 온 이유도 돌아오기 위해서였다, 그렇게 해석할 수 있으니까요."

"꼭 자석 같네요, 본체를 끌어당기는."

남자는 고개를 끄덕이며 잠시 뜸을 들이다가, 갑자기 물었다.

"그런데 바리데기가 어떤 기분이었을 것 같습니까?"

"어어, 글쎄요?"

뭐라 말할 수가 없다. 잘린 손가락을 되찾은 순간, 이것이 나의 손가락이다, 이 사람이 나의 어머니다, 이 사람이 바로 나의 손가락을 잘라간 사람이다, 라고 깨달았을 것이다. 바리데기의 성정이 어땠든지 간에, 굉장히 복잡한 감정에 휩싸일 수밖에 없지 않았을까. 손가락을 잘라간 부모에 대한 복잡하고 미묘한 감정.

……잠깐.

나는 문득 팔주령 쪽으로 눈을 돌렸다. 아이의 손가락을 자른 부모. 결과적으로 이 이야기는 손가락을 자른 부모에 대한 원한

기이한 골동품 상점　119

과 충효 이데올로기에 대한 조롱이 만들어낸 것이란 말인가. 그렇다면, 손가락을 자른 효자라는 건.

"세종 4년은 흉년이 크게 들었던 해입니다. 특히 서북 지역은 수해까지 겹쳐 기근이 극심했지요."

다른 지역이라면 국고와 군량을 풀어 최악의 상황은 막을 수 있었을 것이다. 하지만 변방 지역이었다. 여차하면 정벌을 시도해야 하는. 군량을 비축해야 하기 때문에 구휼에는 한계가 있었다.

먹을 것이 없어 구걸하려 해도, 서북 지역 내에서는 구걸할 곳이 없었다. 백성들은 하나둘 남쪽으로 도망치기 시작했고, 서북 백성의 이주를 막아달라는 상소가 올라올 지경이 되었다.

"하지만 떠날 수 없는 사람도 있었을 것입니다. 애초에 거주 이전이 자유로운 시대도 아니었고요."

기근에 시달리던 시대, 여력이 있는 사람은 남쪽으로 도망치고, 떠날 수 없는 사람들만 남은 마을은 더 빈곤해진다. 그런 시대에 손가락을 자르는 효자가 나타나기 시작했다. 설마하니.

"그러니까, 설마, 병이 난 것이 아니라 기근 때문에 아이 손가락을……"

잘라 먹었단 말입니까, 라는 말은 차마 나오지 않았다. 하지만 남자는 내 의도를 알아차린 듯 금세 눈살을 찌푸리고는, 핀잔하듯 말했다.

"어린아이 손가락 하나로 어디 배나 차겠습니까?"

그러더니 모니터 쪽으로 가서 한구석의 문장을 손가락으로 가리켰다.

정문을 세우고 복호를 했다.

"정문이라는 것은 마을 어귀에 세우는 붉은 문입니다. 영화나 드라마 같은 매체에서 열녀문이라는 걸 본 적이 있다면 대충 아실 겁니다. 그것과 같은 것이니까요. 그리고 복호라는 것은 호역을 면하게 한다는 것인데, 호역이라는 것이 결국 관에서 시키는 의무 노동과 세금 같은 것입니다."
"그러니까, 면세로군요."
"예. 그것도 자손 대대로요."
"대대로."
"정문을 세우고 복호를 한다는 것은 명예와 실리, 양면의 혜택이었지요. 정문과 복호라는 혜택 자체가 크기도 하지만, 거기에 덤으로 포상이 따라오기도 합니다. 기근 상황일 때는 쌀 같은 것을 내려주기도 했고, 지방정부에서 알아서 추가 보상을 해주는 경우도 있었습니다. 크고 작은 관직도 따라왔는데, 이 시기의 손가락 효자들은 관직을 받았다는 이야기가 없습니다. 아마 신분 때문이었겠지요. 그렇다 해도 그 사람이 효자라는 사실은 기록에 남기 때문에 살아가면서 행정적으로 특혜를 받을 일이 많이 있었을 겁니다. 게다가."

남자는 한숨 돌리고 나서 말을 마저 했다.

"정문이 선 마을도 격이 올라가 행정적으로 이득을 보지요."

이제야 대충 이 이야기의 실마리가 잡힌다. 아이의 손가락을 자르면, 쌀이 생긴다. 잘하면 마을 전체가 구제받을 수도 있다. 게다가 아이의 미래까지 보장받을 수 있다. 그런 이야기다.

"그래도, 부모가 아이의 손가락을 자른다는 것은."

알고 있다. 있을 수 있다. 그런 부모들도 있다는 것을.

하지만…….

"예, 예, 뭐 그것 말고도 선택지는 많으니까요. 여차하면 가족이 다 같이 물에 뛰어들어도 되고요."

"너무 극단적이지 않습니까?"

발끈해서 항의했지만, 남자는 빈정거리는 말투로 말을 계속했다.

"방법은 많지요. 남자아이는 노비로 팔면 아이의 식비도 해결되고 당장 필요한 금전도 얻을 수 있겠지요. 여자아이는 그래도 풍족한 집에 민며느리로 보내면 어떻게든 되겠지요. 손가락 하나 자르는 것보단 낫지요, 아무렴요. 좋은 부모라면 반드시 그렇게 할 겁니다. 예."

"그건……."

"뭐가 또 있겠습니까? 착한 부모가 할 만한 선택이."

살짝 얼굴이 붉어졌다. 그 말대로다. 부모의 시점에서 아이의 미래를 생각하면 방법이 없다. 죽이거나, 굶어 죽도록 방치하거나, 팔거나, 손가락을 자른다. 그 외에 다른 선택지가 떠오르지 않는다. 아이의 손가락을 잘라서 먹을 것을 마련했다고 하면 잔인한 부모가 되지만, 아이가 앞으로 살아남게 하기 위해서라고 하면 이야기가 달라지는 것이다. 어쩔 수 없이 저항감이 생기는 이야기이긴 하지만, 부정할 방법이 없다. '어쨌든 옳지 않잖아'라는 말로 비난할 수도 있겠지만, 그것은 옳은 선택지를 가질 자유가 있는 자가 그렇지 못한 자를 대상으로 뱉어내는 오만한 경멸일 뿐이다. 거기에 있는 건 양심의 차이가 아니다. 신분의 차이이자, 계급의 차이다.

"손가락을 자르지 않으면 살아남을 수 없고, 손가락만 자르면 살아남을 수 있다. 어찌 보면 답이 정해진 선택지네요."

남자는 내 말에 긍정도 부정도 하지 않고, 턱을 긁으며 뭔가 생각하다가 불쑥 내뱉었다.

"손가락만 자르면, 이 아니지요. 사실은 꽤 험난했을 겁니다."

"예?"

"생각보다 꽤 까다롭거든요. 효자로 인정되어 임금에게 보고되는 과정이 말이지요. 어쨌든 관의 심사를 거치는 것이니까요. 검증 과정도 필요했고요. 어쨌든 심사가 있긴 했단 말이지요. 소문만으로 덜컥 효자로 인정해주지는 않습니다."

"그건 그렇겠군요."

확실히 그렇다. 옛날이라고 해서 다를 리 없다. 관에서 하는 일이다. 아무리 충효 이데올로기가 중요하고 조선시대였다고 해도,

그렇게 쉽게 상을 남발하지는 않았을 것이다.

"증거와 증인을 충분히 갖추지 않고서야, 본인 주장만으로 효행을 인정받기는 어렵습니다. 보통 이 시기보다 전에 효자로 표창을 받은 사람은 대부분 10년 동안 부모상을 치렀다느니, 3년 동안 부모의 묘 앞에서 움막을 치고 살았다느니 하는 식으로, 아주 오랫동안 남들이 보는 앞에서 증명해온 사람들입니다. 그만큼 심사가 까다로웠던 것이지요. 어느 정도냐 하면, 효자로 인정받는 데 100년 가까이 걸린 사람도 있을 정도입니다."

그런 말이 있다. '권리 위에 잠자는 자에게는 그 권리를 행사하는 것이 허용되지 않는다.' 그리 마음에 드는 말은 아니지만, 어떤 국가에서나 통용되는 현실이다. 논리적으로는 사회가 당연하게 책임져줘야 하는 것일지라도, 그것을 받기 위해서는 자격을 끊임없이 증명해야 하며, 까다로운 심사를 거쳐야 한다. 하물며 권리조차도 아니고 포상이다. 임금의 은사다. 그 과정이 쉬울 리 없다. 양인과 천인 등, 신분이 낮은 사람이라면 더욱 그랬을 것이다.

"상당히 운이 좋지 않고서는 어려웠겠네요."

"운은요, 무슨. 브로커의 도움이겠지요."

"예?"

"아까 말하지 않았습니까? 도대체 누가 손가락을 자르면 된다는 사실을 알려주었는가, 라고요."

"그런!"

분명히 그런 말을 했었다. 누가, 누가라고? 나는 다시 모니터로 고개를 돌렸다. 그리고 화면에 떠 있는 글자들을 꼼꼼히 다시 읽었다. 왕과 관리, 효자와 부모, 지금까지는 이들이 등장인물의 전부라고 생각했다. 하지만 잘 보니, 이 이야기에는 제3의 등장인물이 행간에 숨어 있다. 남에게 들었다느니, 사람을 시켜 손가락을 잘랐다느니, 대부분의 이야기에 그 등장인물이 중요한 역할을 하고 있다.

나는 다시 고개를 돌려 멍하니 남자의 얼굴을 바라보았다. 남자의 메마른 입술이 열리고, 음산한 목소리가 흘러나온다.

"세종 4년부터 14년까지, 손가락을 자른 효자들에게는 묘한 공통점이 있습니다."

"그게 뭡니까?"

"손가락을 남기지 않았다는 것이지요."

손가락을 잘라 살을 부모에게 먹이고 끝난 것이 아니라, 대부분 뼈를 태웠다는 둥 부수어 먹였다는 둥, 자른 손가락 전체를 없애는 방식을 사용했다.

"분명히 얼마나 중요한지는 알 수 없으나 물증 자체를 없애버린 셈이군요."

"그렇지요. 게다가 남은 손가락의 뼈를 보여주며 '이것이 남은 뼈입니다' 같은 대사라도 했으면 효과 만점 아니었겠습니까?"

"실제로 먹지 않았기 때문에 남은 뼈라는 것은 없었고, 조리된 흔적이 없으면 증거가 될 수 없으니 버렸다고 의심할 수도 있겠

기이한 골동품 상점 125

네요."

"그렇게 생각할 수도 있지만." 남자는 음흉한 표정을 지으며 말을 멈췄다. 그러고는, 의미심장하게 덧붙였다. "손가락을 훼손할 수 없었기 때문일지도 모르지요."

"그야 그렇겠죠. 어쩔 수 없이 잘라냈다고 해도 자식의 손가락을 어떻게 또 훼손하겠어요."

"그게 아니라." 남자는 답답하다는 듯이 양손을 휘휘 내젓고는 말했다. "훼손해선 안 되는 귀중한 상품이니까 말입니다."

순간 머릿속이 텅 빈 느낌이었다. 이 사람은 대체, 무슨 소릴 하고 있는 거지? 상품? 상품이라니. 손가락을 팔았단 말인가? 대체 어디에다가? 아니, 그보다.

"손가락을 사는 사람도 있단 말입니까?"

"많았을 겁니다, 아마. 훔치는 사람들이 있으면, 사겠다는 사람들도 있는 법이니까요. 실은 거꾸로 된 것이지만요."

나는 자기도 모르게 눈살을 찌푸렸다.

"훔치다니."

"어린아이의 손가락을 잘라가는 도둑도 있었던 모양입니다. 손가락만요. 샥스핀처럼 말이지요."

남자는 턱을 긁적이며 느긋한 목소리로 이야기를 계속했다.

"생각해보면 그렇지 않습니까? 손가락을 잘라 부모에게 먹였다는 이야기를 괴이하게 듣지 않고 효자로 인정했다는 이야기는, 효험이 있다고 생각할 법도 하다고 보았기 때문이지요. 예. 아마 그럴싸하게 들렸을 겁니다. 물론 약학의 의미가 아니라 주술의 의미에 가깝지만요. 특히 어린아이의 손가락이라는 것은 주술적인 의미가 강했습니다."

"어째서죠?"

"글쎄요, 아마도 아이라는 것이 가련한 존재이기 때문이 아닐까요."

어린아이를 이용한 가장 잘 알려진 주술로, 염매라는 것이 있다. 어린아이를 굶겨서 먹을 것에 대한 갈망을 최대한으로 올린 후, 먹을 것을 보여주면서 죽인다. 그러면 그 사체는 신통한 힘을 가지게 된다는 것이다.

"끔찍하네요. 뒤주대왕이 신이 되는 것과 비슷하군요."

"그렇지요. 인공신이라고 불러도 될 겁니다. 그런데 보통은 그렇게 해서 신물로 만드는 부분이 머리라고 합니다만, 손가락이라는 버전도 있습니다. 먹을 것을 향해 손을 뻗는 그 순간, 손가락을 잘라낸다는 것이지요."

이야기를 듣자마자 반사적으로 그 이미지가 떠올라 눈살을 찌푸렸다. 머리를 잘라낸다는 이야기보다, 손가락을 잘라낸다는 이야기가 더 참혹하게 느껴지는 것은 왜일까. 남자의 말대로, 가련하기 때문일까.

극도의 희망과 욕망을 담아 뻗은 손, 그 손의 끝에 달린 손가락. 한과 원념이 담긴 손가락. 그 끝에 맺힌 가련함.

나는 입안에 감도는 쓴맛을 뱉어내며 말했다. "그 손가락이야말로 신이 되지 못할 것이 없겠군요."

"예. 염매라는 것이 실제로 행해졌는지는 알 수 없습니다만, 어쨌든 어린아이의 손가락에 신성이 있다고 믿는 주술사들은 많이 있었던 모양입니다. 그 쓰임도 다양해서 저주로도 쓰이고, 약으로도 쓰였다지요. 심지어 죽은 사람을 살려낸다는 이야기도 있었으니까요."

"그건 마치……."

"바리데기가 생각난다는 이야기가 하고 싶으신 겁니까?"

뜨끔해서 입을 다물었다. 확실히 그 말대로다. 나는 바리데기 이야기를 떠올렸다. 손가락을 잘리고 배신당한 끝에 결국 '한' 그 자체가 된 신. 이야기의 맥락은 다를지 몰라도, 같은 원리라는 느낌이다. 어쩐지 꺼림칙해져서, 나는 말을 돌렸다.

"그렇다곤 해도, 백주 대낮에 장마당에서 사고팔진 않을 거잖아요. 아이의 손가락을 팔기로 결심했다 한들 어디서 판단 말입니까?"

남자는 혀를 끌끌 차며 고개를 저은 후 입을 열었다. "선후가 바뀌었습니다. 아니, 입장이 바뀌었다고나 할까요. 아까 말씀드리지 않았습니까? 브로커가 있었을 거라고요."

"예, 분명히."

"효자로 인정받는 것은 엄청나게 어려운 일입니다. 100년이 걸린 경우도 있었다고 아까 이야기했지요? 가능성만 믿고 손가락을 덜컥 자를 수는 없는 일이지요. 하지만 처음부터, 효자로 인정받게 만들어주겠다고 장담한 사람이 있다면 어떻겠습니까? 그것도 빠른 시일 내에."

"글쎄요, 믿지 않을 것 같은데요. 수상한 사람이라고 생각하지 않을까요? 물론 상황이 급하면 지푸라기라도 잡고 싶어지겠지만."

"그게 믿을 만한 사람이라면요?"

"믿을 만한 사람이라니, 아무리 그래도 그런 이야기를 하는데 믿을 만한 사람이라는 게 있을 리가요."

"그럼 공무원은 어떻습니까? 혹은 공무원의 가족, 측근이라든지요."

"그런!"

남자는 나의 놀란 표정이 재미있다는 듯 싱글거렸다.

"평안도는 식민지나 마찬가지라고 이미 말씀드리긴 했습니다만, 그만큼 관리가 할 수 있는 일이 많았겠지요. 효자의 포상도 대부분 평안감사와 왕이 대면한 자리에서 구두로 결정되었을 정도니까요. 요컨대, 평안도 내에서만 인정되면 확실히 포상을 받는다고 생각해도 틀리지 않을 것입니다. 그러니 관리만큼 믿을 수 있는 사람도 없겠지요?"

"그건 그렇습니다만."

"효자로 인정해달라고 계를 올리는 일은 아마 송사와 다를 것이 없었을 겁니다. 엄청나게 많은 서류를 쌓아두고 심사를 했다고 하니까요. 지금으로 보자면 민사 소송 같은 느낌일까요?"

머릿속에 서류 더미가 가득 쌓인 법정 이미지가 떠올랐다. 참 이상하다. 언제나 이 남자의 비유는 어딘가 뒤틀려 있다. 그럼에도 무슨 소리인지 귀에 들어온다는 게 신기한 일이다.

나는 쓴웃음을 지었다.

"변호사가 필요했겠군요."

"예. 나 홀로 소송이라는 것도 있긴 합니다만, 그것도 뭘 알아야 하는 것이니까요. 조선시대 후반에야 노비들까지도 한글을 읽고 쓸 줄 알았다고 합니다만, 세종 초기는 아직 훈민정음이 반포되기도 전입니다. 글을 모르는 가난한 양민들이 처리할 수 있는 일은 아니니, 관리가 의욕적으로 나서지 않는 이상 될 일이 아니었을 겁니다. 그런데 민사 소송 경험이 많은 변호사가 나타나서 서류 더미를 보여주면서 말합니다. 제가 당신의 자녀를 효자로 만들어 대대손손 세금도 노역도 면제가 되도록 할 수 있습니다. 실적도 있습니다. 관리와 끈도 닿아 있습니다."

그리고 어둠의 세계와도.

나는 고개를 절레절레 흔들고는 물었다. "그 대신에 아이의 손가락을 달라는 그런 이야기가 되나요?"

"예. 아마도요."

"하지만 굉장히 번거롭군요. 그렇게 친절한 브로커가 있다는 건 믿기 힘드네요."

남자는 내 반론에도 히죽 웃기만 할 뿐 별 반응이 없었다. 어디 무슨 소리를 하나 보자 같은 태도.

나는 살짝 울컥해서 말했다. "더 싸게 살 수 있지 않습니까? 수해와 흉년으로 다 죽어가는 상황이라면 그저 돈이나 식량을 주고 손가락을 내놓으라고 해도 잘라줄 사람이 없지 않을 텐데."

"어라, 어떻게 된 일입니까? 아까와는 입장이 바뀌었군요?"

"예?"

"아까는 분명, 그런 일로 아이의 손가락을 어떻게 자르겠느냐고 하지 않았습니까?"

순간 얼굴이 확 달아올랐다. 확실히 그랬다. 지금과는 정반대의 이유로, 말이 되느냐고 따졌던 것 같다.

남자는 여유로운 표정으로 옥비녀를 매만지며 조용히 말했다. "생각해보세요. 이건 보험 사기 같은 겁니다."

"보험 사기요?"

반문하기는 했어도, 의미는 금세 이해할 수 있었다. 정확히 대응하지는 않지만 효자 표창을 받기 위해 손가락을 잘랐다면 보험 사기와 비슷하다.

"만약에 이런 복잡한 과정을 거치지 않고, 그냥 돈을 받고 손가락을 팔았다 칩시다. 손가락이 없어진 이유를 남들에겐 뭐라고 말한답니까?"

"예?"

"사람의 신체를 잘라가거나 심지어 그것을 사고파는 행위는 그 시대에도 불법이었습니다. 하물며 그것이 주술과 관련되어 있다면 더 큰일이지요."

《조선왕조실록》에는 이런 표현이 자주 나온다.

고독과 염매는 사면하지 않는다.

고독은 독충을 사용하는 주술이고 염매는 어린아이를 이용한 주술을 가리키는 말이지만, 실제로는 남을 저주하는 술법을 통틀어서 고독염매로 취급했다. 고독염매에 해당하는 죄는 최고형으로 다루어졌고, 이에 연루된 자, 심지어는 동거인과 가족까지 처벌받았다. 그리고 유일하게, 사면을 받을 수 없는 죄였다.

'돈이 없어서 손가락을 내다 팔았다'와 같은 말을 떳떳하게 할 수는 없었던 것이다. 사고를 위장할 수도 있겠지만, 사고로 잘린 손가락이 어디에 갔는지 설명할 도리가 없다.

"그러면 병든 부모에게 먹였다고 하면."

말을 하다 말고 어물거렸다. 결국 똑같은 이야기로 돌아가지 않는가.

"아마 손가락을 자른 행위에 대해 가장 합법적으로 변명할 수 있는 것은 효였을 겁니다. 충효는 무엇보다 중요하고, 무슨 짓을 했더라도 충효의 궤에 맞는다면 문제가 되지 않으니까요. 조선시대에 삼권분립 따위가 있었을 리 없으니, 임금은 곧 대법관입니다. 임금이 효자를 인정하고 정문을 내렸다는 것은 어떤 의미가 되겠습니까?"

"사건 종결이군요."

"예. 손가락을 산 사람도, 판 사람도 빠른 사건 종결을 원했을 겁니다. 공범 관계에서 한쪽이 무너지는 것은 양쪽 모두에게 위험하니까요."

나는 고개를 끄덕였다. 공범의 안전은 곧 나의 안전과 직결된다. 그러니 재조사 따위는 엄두도 낼 수 없는 권위의 빠른 사건 종결이야말로 최선의 은폐였을 것이다. 손가락을 자른 집안은 경제적으로 구원받고, 브로커는 손가락을 얻는다. 정문이 서면 마을의 격이 올라가니 브로커와 연결된 관리에게도 손해는 아니었을 것이다. 그리고 그 손가락은……

나는 팔주령을 돌아보았다. 그것이 테이블 위에서 살짝 떨리고 있는 것처럼 느껴졌다. 남자의 나직한 목소리가 귀로 들어왔지만, 나는 눈을 떼지 않았다.

"팔주령의 뻗은 부분들은 팔괘 방위를 가리키기도 합니다만, 태양의 형상을 본뜬 것이기도 하지요. 태양의 햇살이 팔괘 방위를 모두 가리키며 뻗어나가는 것입니다. 모든 곳으로요."

"모든 곳."

"예. 모든 곳으로요."

불경한 웃음. 나는 고개를 돌려 남자를 쳐다보았다. 눈을 흘기듯 팔주령 쪽을 쳐다보며 히죽거리고 있다.

"그러고 보니 아까 평안도에서 손가락 자른 효자들이 나타난 사건에 대해서 분명히 그렇게 말했었죠? '최소한 이 시기에는'이라고요."

전염병보다는 풍토병이라는 이름이 더 어울릴 것 같습니다. 최소한 이 시기에는 말이지요.

남자는 팔주령에서 눈을 거두지 않은 채 대답했다. "예. 그 시기에는 분명, 평안도에서만 일어난 일이었지요."
"그러면 나중에는 남쪽으로······."
"확실히 퍼졌습니다. 그쯤 되고 나니 왕실과 조정에서도 의심하기 시작했고, 손가락을 자르는 효자에게 포상하는 것 자체에 대한 재고 논의가 있었지요. 하지만."
"효과가 없었군요."
"예. 세종 21년에 이르러서, 경상도와 전라도에서 우후죽순으로 손가락을 잘라대기 시작합니다."
나는 침을 꿀꺽 삼켰다.
남자는 여전히 눈을 떼지 않은 채 말을 이었다. "그해에만 잘린 손가락 대신 세워진 정문이 여섯 개가 되었지요."
여섯 개. 손가락을 잘랐다는 이유로 정문이 선 마을이 한 해에 여섯 곳. 그 이상으로, 그보다 훨씬 많은 손가락이, 그보다 훨씬 많은 곳에, 그야말로 팔방에.
나는 떨리는 손가락으로 팔주령을 가리키며 말했다. "그러면 여기에 들어간 것은……."

남자는 나를 돌아보고는, 무심한 눈으로 말했다. "본래라면 있을 수 없는 것입니다. 흔히들 착각하지만 무속에 남을 해하는 원리는 없으니까요. 한을 풀고, 원을 달래는 것이 무당의 일입니다. 주술과 무속은 다릅니다. 팔주령은 무당의 것, 손가락 주술은 저주하는 자의 것이지요. 그렇다면 왜 이런 것이 존재하는가, 누가 이런 것을 왜 만들었는가를 곰곰이 생각해보았습니다만."

남자는 잠시 말을 멈추고는, 싱긋 웃더니 쾌활하게 다시 말을 이었다.

"역시 딸랑이가 아닐까요?"

"예?"

"딸랑이라는 것은, 아이들을 달래기 위해서 만드는 물건이니까요."

5장
사지를 버리며
나아가는 제웅

"판명되지 않은 진실은,
선택하면 되는 겁니다."

제웅이라는 것이 있다. 짚으로 만든 인형인데, 흔히 저주 인형 하면 떠올리는 것과 얼추 비슷하게 생겼다. 사실 저주 인형이라는 이미지도 일본의 풍습 때문에 생긴 것이고, 한반도에서는 쓰임이 조금 다르다. 사실 생김새도 일본의 그것과는 사뭇 차이가 있다.

　일본의 저주 인형은 보통 머리, 팔, 다리가 부피만 다르고 똑같이 생겼다. 끝을 뭉툭하게 빗자루처럼 잘라놓은 형상이다. 반면에, 한반도의 제웅은 최대한 사람과 비슷하게 만드는 것이 미덕이다. 따라서 제작자의 역량에 따라 생김새가 크게 달라진다. 대개의 경우 머리통은 둥글게 마무리되어 있는데, 여기에 짚을 덧대어 머리털을 표현하는 경우도 있다. 잘 만든 것은 팔다리 관절은 물론이고 손가락, 발가락까지 다 갖춘 데다가, 짚으로 옷을 만들어 무늬까지 표현하기도 한다만.

눈앞에 있는 이것은 그 정도의 물건이 아니다. 디테일이 어쩌고의 문제를 넘어, 몸의 선이 다르다. 어디 하나 뾰족한 곳 없고 매끈하게 마무리되어 있다. 크기도 제웅치고는 작다. 어른 손바닥보다 조금 큰 정도일까. 장신구로 쓰이지 않았을까 싶은 크기. 실제로 머리 쪽에 고리 비슷한 끈이 달린 걸 보니, 제웅 모양의 장신구일지도 모르겠다. 그럼에도 묘하다. 이렇게 세심하게 만들어놓고도.

"다리 하나가 없군요."

"뭐, 그렇지요." 남자는 심드렁하게 내 말을 받았다.

당연하지 않느냐는 투다. 뭐가 당연한지는 모르겠지만. 나는 인형을 다시 들여다보았다. 잘 보니 원래부터 다리가 하나였던 건 아닌 것 같다. 다리가 하나 더 있었던 흔적이 남아 있는 것이다. 세월이 지나면서 바스러진 게 아닐까. 그런데 그 흔적마저도, 들여다보면 볼수록 오묘하다. 어딘가, 생기가 넘친다.

"대단하네요. 이런 건 처음 봅니다."

"그야 그렇겠지요. 보통 제웅을 이런 식으로 만들지는 않으니까요. 크기부터 다르고요."

제웅은 보통 현대인이 흔히 생각하는 이미지보다 크게 만든다. 어린아이 키보다 좀 작게 만들기도 하고, 기술과 사정이 된다면 사람만 하게 만드는 경우도 있다. 애당초에 용도 자체가 사람처럼 보이게 만드는 것이기 때문이다. 생김새도 용도도, 허수아비와 크게 다를 것이 없다.

제웅은 일종의 제물, 혹은 눈속임이다. 액운이 찾아올 나이가 되었을 때 그 사람과 비슷한 짚 인형을 만들어 거리에 내다 버리는 풍습이 있는데, 그때 쓰이는 인형이 제웅이다. 다 만든 제웅의 품에는 돈이나 쌀 등을 집어넣어두는데, 제웅의 품을 헤치고 그것을 가져가는 사람이 액운도 함께 가져간다고 믿었다. 그러니 액운 삯을 넣어두기 위해 어느 정도 클 필요는 있었다.

남자는 나무 패찰 하나를 보여주며 말했다. "이 인형에는 돈이 아니라 이런 것이 들어 있습니다."

아주 작은 나무 패찰. 길이는 손가락 두 마디 정도, 너비는 손가락 두 개 너비가 채 되지 않는다. 두께는 나무젓가락 두 개를 겹친 정도일까. 명패는 아닌 것 같다. 오히려 부적을 닮은 생김새다. 목패의 한쪽 면에 새겨진 여덟 자의 한자 때문이다.

枝枝相糾

豈辭剪伐

"지지상규, 기사전벌이라고 읽습니다. 가지끼리 서로 얽혀 있으니 베어낼 수밖에 없다, 대충 그런 뜻이지요. 달군 바늘로 나무에 글자를 새긴 겁니다."

"상당한 기술이네요."

"예. 어지간한 솜씨가 아니면 만들 수 없는 것이지요."

나는 고개를 끄덕였다. 도장 가게에서 컴퓨터로 세공하는 도장도 이것보다는 글씨가 굵고 투박하다. 게다가 세월에 바래긴 했어도 아주 또박또박한 글씨다. 본체인 인형 못지않게, 예술품에 가까운 이미지다.

"혹시 이름난 예술가가 만들었다거나 하는 건가요?"

남자는 고개를 갸우뚱하더니 다시 절레절레 흔들고는 느릿하게 대답했다. "유명한 사람은 아니고 신분도 그저 그렇습니다. 그러니까, 조선 성종 즈음에 삼덕이라는 이름의 여성이 있었습니다. 손재주가 좋고 손이 빨라서 짚신을 삼거나 작은 장신구를 만들어 팔았는데……."

"어? 조선시대 여성은 이름이 없었던 게 아닌가요?"

"이름이 없는 사람이 어디 있겠습니까. 잘 불리지 않았을 뿐이지요."

조선시대에 여성의 이름은 함부로 불러서도 안 되고 아무에게나 가르쳐주어도 안 되는 것이었다. 그래서 어른이 되어서까지 아명이나 별명으로 불리곤 했고, 결혼한 양가의 여성일 경우 성 뒤에 이름 대신 '조이'라는 호칭을 붙여 김조이, 이조이 하는 식으로 불렸다. 공문서에도 실명을 적는 것은 피했고, 족보에조차 진짜 이름은 기록되지 않았다. 신사임당처럼 유명한 사람조차도 호인 사임당만 알려져 있을 뿐 이름을 알 수 없는 것도 그 때문이다.

"심지어 임금에게 올라가는 장계나 사서에도 실명은 쓰지 않

있습니다. 여성의 이름을 함부로 드러내는 것은 결례로 취급했던 모양입니다. 그러니 이름이 문서에 쓰이는 경우는 큰 죄를 지었거나, 아니면 신분이 비천한 경우뿐이었지요."

"그러면 삼덕이란 사람도 그런 경우인가요?"

"예. 본래는 노비였습니다."

나는 목패를 흘깃 바라보았다. 멋들어진 여덟 글자가 눈에 와 박힌다.

남자는 말하지 않아도 알겠다는 듯 손을 내저으며 말을 더했다. "에이, 에이, 이 편견 덩어리 양반아. 노비라고 해도 글을 읽고 쓸 줄 아는 사람은 꽤 있었습니다. 어무적이라는 유명한 노비 시인도 있었고, 학자로 이름을 떨친 노비나 천민도 있었어요. 그 정도는 아니더라도 부업으로 서당의 훈장을 하며 양반네 아이들을 가르치는 노비 정도는 꽤 있었으니까요."

"노비가 부업을요?"

"뭐, 노비라는 것이 노예와는 좀 다릅니다. 임금 노동자보다는 부자유하지만 노예보다는 자유로운, 자유민 미만 노예 이상이라고나 할까요. 그 당시의 이해로는 군신 관계에 가까웠습니다만……."

노비의 노동시간도 지역이나 주인에 따라, 또 사노비냐 관노비냐에 따라 달랐기 때문에, 경우에 따라서는 남는 시간이 꽤 있기도 했다. 비교적 노동시간이 짧은 노비들은 부업을 하는 경우도 있었는데, 개중에 학식이 있는 사람은 서당을 열기도 했다고 한다.

"물론 군신 관계라는 것이……." 남자는 잠깐 턱을 긁으며 표현할 말을 고르더니, 시큰둥하게 말했다. "폭군을 만나면 노비도 결국 노예가 되는 것이지만요."

친절한 설명은 아니었지만 나는 고개를 끄덕였다. 법과 현실은 다른 층위에 있다. 어느 시대에나 마찬가지다.

모든 국민은 법 앞에 평등하다.

하지만 법정에서는 평등하지 않다. 같은 죄를 지어도 권력이 있는 사람과 없는 사람이 받는 벌은 다르다. 같은 감옥에 들어가도 부자가 들어가는 방과 가난한 자가 들어가는 방은 평수가 다르다. 그 시대에는 더했을 것이다.

나는 제웅을 들여다보면서 말했다. "그러면 이것을 만든 사람의 주인은……."

"아마 폭군이었을 겁니다. 그게 아니라 해도 나쁜 놈인 건 틀림없지요."

삼덕의 주인집은 권세가였다. 조선시대 권세가라고 하면 반사적으로 조선 후기의 안동 김씨를 떠올리는 사람들이 많겠지만, 무소불위의 권세를 부리는 양반가는 어느 시대에나 있었다. 다만 안동 김씨처럼 하나의 씨족으로서 유명해지지 않았을 뿐이다.

부조리한 권력은, 부조리한 시대일수록 더 강해지게 마련이다. 부조리한 권력을 유지하기 위해서는 더 많은 부조리를 용인할 수밖에 없기 때문이다. 쿠데타로 세워진 정권 치하에서 끊임없이 폭력이 난무하는 것도 그래서이다. 피로 세운 왕좌를 유지하기 위해서는 더 많은 피를 뿌려야만 하니까.

성종으로부터 2대 전, 세조의 시대가 특히 그런 시대였다. 세조의 옥좌는 인골탑 위에 세워졌다고 해도 과언이 아니다. 명분 없는 반정. 권력을 잡기 위해 수많은 사람들을 죽였고, 그 잔학함을 지지한 사람들은 공신이 되어 권력을 누렸다. 희생된 사람들의 일가친척은 노비가 되어 공신들에게 하사되었으며, 공신들의 세도는 그야말로 막강했다.

세조가 정권을 잡은 사건, 그러니까 계유정난으로 공신이 된 이들을 '정난공신'이라 부르는데, 그중에는 홍윤성이라는 인물이 있다. 살인 정승이라고 불릴 정도로 악명이 높은 인물이었다. 자기 집 앞에 말을 타고 지나가는 사람을 건방지다고 때려죽인다든가, 빼앗긴 땅을 돌려달라고 찾아온 노파를 때려죽이고 길가에 버려놓는다든가, 자기 집 근처에서 발을 닦았다는 이유로 때려죽인다든가, 이런저런 말도 안 되는 이유로 수없이 많은 사람을 죽이고도 벌을 받지 않았다.

"내키면 사람을 죽이고, 내키면 강간을 했다고 합니다. 당시에도 법이라는 것이 있었고, 사람을 죽이는 것도, 성폭행도 당연히 불법이었습니다. 강간죄는 신분과 관계없이 사형이었고요. 법대로 하면 수백 번을 사형당했어도 이상하지 않지요. 하지만 벌은

커녕 평생을 떵떵거리고 살다가 천수를 누렸습니다."

홍윤성처럼 임금의 눈치조차 보지 않고 악행을 보란 듯이 저지르는 경우는 흔치 않았으나, 계유정난의 공신과 그 인척들의 세계는 치외법권이나 마찬가지였다. 조선 최고 의결기구인 의정부에서 정난공신은 물론이고 그 후손들까지, 설사 그들이 죄를 짓더라도 영원한 면죄를 주어야 한다고 상소한 내용이 실록에 있을 정도니, 치외법권이라는 것이 그냥 비유가 아닌 셈이다.

그런 정난공신의 후손 중에서, 유백선이라는 인물이 있었다.

"양반은 아니고, 아버지가 서자 출신이라 양인입니다만. 어쨌거나 정난공신의 후손인 데다 재산을 모으는 수완이 좋아 꽤 세도가 있던 인물이지요. 노비도 많이 거느렸고요."

세조의 대는 노비가 그야말로 폭증하던 시기다. 쿠데타로 얻은 정권에 정당성을 부여하기 위해 수많은 사람이 역적으로 몰렸다. 그만큼 많은 이가 노비가 되었고, 여기저기에 '하사'된 사람도 많았다. 게다가 일천즉천(一賤則賤), 즉 부모 중 한 사람만 천민이라 해도 그 자식은 천민이 되는 제도가 세조에 의해 확립되면서 시간이 갈수록 노비의 수는 더 늘어났다. 그중에서도 유백선의 집은 특히 노비가 많았다. 정작 집주인 가족은 별로 많지도 않은데 저녁이면 굴뚝마다 밥 짓는 연기가 가득했다고 하니, 궁궐에 가까운 세도였을 것이다.

"아니면, 작은 나라라고 해도 괜찮겠지요."

"나라……." 나는 슬그머니 탄식을 흘렸다.

조선의 법이 닿지 않는 작은 나라. 그 나라의 왕. 노비가 주거하거나 손님을 맞이하는 데 쓰이는 행랑채가 100개에 달했다 하니, 궁궐이라 해도 손색이 없었을 것이다. 그런 궁궐의 왕이, 어느 날 궐 안에서 죽었다.

"그러면, 이야기 흐름상 타살이겠군요?"

내 물음에 남자는 히죽 웃더니 고개를 끄덕였다.

"예. 칼에 찔려 죽었다고 합니다. 흉기는 사라진 상태였지만 찔린 깊이나 상처의 모양으로 볼 때 장도가 틀림없었다는군요."

"장도요? 긴 칼?"

"아뇨, 아뇨. 왜 그, 사극에 종종 나오지 않습니까? 은장도니 뭐니 하며."

"아."

순간 머릿속에 어떤 이미지가 떠올랐다. 곱게 차려입은 양반집 여성이 단호한 눈으로…….

"보통 생각하는 건 양반 여성이 정절을 지키겠다면서 자결하는 이미지겠지요. 사극 같은 곳에 등장할 일이 그런 것밖에 없으니까요. 그런데 사실 꼭 자결하려고 가지고 다니는 건 아닙니다. 기본적으로는 장신구지요."

장도는 남녀 불문하고 애용하던 장신구였다. 물론 기능적인 손칼 역할을 하기도 했고 호신용이라는 쓰임도 있긴 했지만, 기본적으로는 멋내기용 아이템이다. 서민은 은장도를 가질 수 없다느니, 일정 신분 이상만 화려한 장도를 찰 수 있다느니 하는 이런

저런 법들도 만들어졌지만, 그래도 예쁜 장도를 차고 다니고 싶은 사람들의 욕구는 막지 못했던 모양이다.

"그러다 보니 흉기가 장도니까 범인이 양반 여성일 것이다 같은 추리는 말이 안 되는 것이고요. 다만 이렇게는 추측할 수 있었겠지요. 범행 자체가 우발적으로 일어났다, 라고요."

"어째서 그렇게 됩니까?"

남자가 당연한 걸 물어본다는 듯이 살짝 미간을 찌푸리는 바람에 나는 살짝 무안해졌다. 남자의 두 손이 앞으로나란히를 하듯이 위로 동시에 올라오더니, 검지 두 개를 일정한 간격으로 맞춰 보여준다.

"이 정도입니다."

"아, 예."

나는 무심코 고개를 끄덕였지만, 속으로는 '뭐가?'라는 기분이었다.

남자는 다시 손가락의 간격을 절반 정도로 좁히더니 말했다.

"손잡이를 제외하면 칼날은 이 정도."

"아아."

장도의 칼날 길이는 5센티미터 정도. 아슬아슬하다. 총도법에서 살상력이 있는 칼로 인정하는 기준이 6센티미터 이상이다. 물론 그 이하라고 해서 사람을 죽일 수 없다는 뜻은 아니지만, 계획해서 사람을 죽일 마음을 먹었다면 굳이 장도를 선택할 필요는 없을 것이다.

"미리 흉기를 준비하지 않았다 해도, 집 안을 뒤지면 더 적절한 흉기를 찾을 수도 있었을 겁니다. 가솔이 많은 집안이니 부지깽이든 부엌칼이든 낫이든 도끼든 있었겠지요. 실제로 시체와 그리 멀지 않은 곳에 튼튼한 괭이도 하나 놓여 있었다고 하고요."

다시 말해, 장신구로 몸에 소지하고 있던 장도를 사용했다는 이야기는 그만큼 급박한 상황, 혹은 우발적 살인이었다는 이야기가 된다.

"하지만 그런 걸로 잘도 사람을 죽였군요."

"목 뒤를 찌른 모양입니다. 아무래도 급소니까요. 그런데 사건 자체는 간단했지만 상황이 굉장히 기묘했답니다."

백선의 시체가 발견된 곳은 행랑채 근처의 우물가였다. 피를 흘리며 땅에 엎어져 있었는데, 머리는 우물을 향해 있고 핏자국은 몸 뒤로 쭉 이어져 행랑채까지 닿아 있었다.

"정확히는 행랑채의 방 안까지 핏자국이 있었습니다."

"그러니까 행랑채에서 장도에 찔리고, 밖으로 도망쳐 나오다가 우물가에서 힘이 다해 죽었다는 그림이겠네요?"

"예, 그것이······." 남자는 잠시 머뭇거리는 척하더니, 다시 말을 이었다. "땅에 끌린 모양이나 상황으로 보아서는 그렇긴 합니다. 행랑채에서 찔리고 땅을 기어서 우물가에 도착했다는 설명이 딱 알맞지요. 하지만 그것이 도망을 친 것인가 하면 말이지요, 으음."

"뭐가 더 있었나 보죠?"

기이한 골동품 상점 149

"예, 있었지요."

있었다. 시체가 하나 더. 또 다른 시체가 발견된 곳은 백선이 칼에 찔린 장소로 추정되는 행랑채 안쪽이었다.

"박씨라고, 그 집에 살던 노비의 아비입니다만."

노비도 성이 있습니까, 하고 되물으려다가 아차 싶었다. 양반이 역모를 저질러 노비가 되기도 했으니 당연히 성이 있는 노비도 있을 것이다. 하마터면 편견 가득한 양반이라는 빈정거림을 또 들을 뻔했다. 나는 대신에 다른 질문을 던졌다.

"노비의 아버지는 노비가 아니었던 겁니까?"

"음…… 예. 좀 복잡하긴 합니다만, 노비는 아니지만 노비의 아버지였으니 취급은 노비나 마찬가지였을 겁니다. 그 시대에는 그런 문제가 좀 복잡해서요."

무슨 말인지 대충 이해가 갈 것 같다. 군신의 관계라면, 신하의 아버지도 신하나 마찬가지인 셈이다. 한 사람의 관계가 실제로는 가족에게 적용된다. 법이 그렇지 않더라도.

남자는 이야기를 계속했다. "노비는 아니지만 그 집을 드나들며 심부름을 하거나 했던 모양입니다. 박씨가 죽은 행랑채도 박씨 아들 부부의 거처였지요."

"이야기가 복잡하네요."

"그뿐만이 아닙니다. 한 사람이 더 등장하거든요."

백선이 쓰러져 죽은 우물가에서 또 한 사람이 발견되었다. 박씨의 며느리이기도 한 여종, 삼덕이었다. 삼덕은 살아 있었지만

한눈에 보아도 심각해 보이는 상태였다. 눈을 까뒤집은 채 고열에 시달리며 헛소리를 중얼거리고 있었고, 흙바닥에 구른 듯 온몸이 지저분했다. 치마 아래로는 피가 묻어 있었는데, 그 자신의 피는 아니고 백선의 시체에서 나온 것으로 보였다. 하지만 무엇보다도.

"발목이 뚫려 있었습니다."

"뚫려요?"

"예. 발목에 구멍이 나 있고 그 구멍을 통해 삼끈이 꿰여 있었습니다. 줄의 다른 쪽 끝은 우물 옆에 파묻혀 있었고요."

"그 말인즉."

"예. 묶여 있었던 것이지요."

발목을 뚫어 우물가에 묶어두었다. 노비에게 그런 짓을 할 수 있는 사람이라면 노비의 주인뿐이리라. 그리고 그 행위에 징벌 이외의 이유는 생각하기 어렵다. 문자로 떠올리는 것만으로도 끔찍한 광경이다.

"〈전설의 고향〉 같은 데서나 나올 법한."

남자의 눈이 번쩍 뜨인다.

"77년판 말입니까? 아니면 96년판? 아니면."

"그건 됐습니다."

나는 쓴웃음을 지었다. 때때로 이 남자는 생각지도 못한 타이밍에 엉뚱한 언행을 하고는 한다.

"어쨌든 현장에 있었으니 확실한 목격자라고 생각되긴 했습니다. 하지만 심문을 할 수 있는 상태는 아니었지요."

삼덕은 고열에 시달리며 몇 날 며칠 동안 거품을 문 채 헛소리만 중얼대고 있었다고 한다.

어찌할 테요, 어찌할 테요.

관아에서 끌어다가 앉혀놓고 문초를 시도해보기는 했지만, 대화가 가능한 상태는 아니었다. 잠꼬대처럼 같은 말만 중얼거릴 뿐이었다.

"발목의 줄은 어떻게 되었나요?"

"그거야 일단 끊었지요. 다만 살 속에 들어간 부분은 피와 함께 굳어버린지라 어떻게 할 수가 없었던 모양입니다."

삼끈이라는 것은 결국 섬유다. 가느다란 섬유가 몸에 파고들어 피와 함께 굳어 있는 상태라면 뽑아내기는 쉽지 않았을 것이다.

"물론 칼이나 바늘 같은 것으로 긁어내는 처치도 가능합니다만, 정신적으로나 신체적으로나 한껏 쇠약해진 환자에게 그런 짓을 하는 건 위험하니까요."

중요한 목격자를 죽게 만들 수도 있다. 그래서 임시 조치로 삼끈을 바깥쪽에서 끊어내고 상처 부위에 약을 발라 감싸두었다. 제정신을 차리면 언제라도 심문할 수 있도록 가두어놓고, 의원까지 붙여주었다. 그렇다고 삼덕이 호전되기만 기다릴 수는 없는 일이라, 집안사람들을 상대로 나름대로 조사를 시작했는데…….

"어, 중요한 증인이 한 명 더 있지 않습니까?"

"누구 말입니까?"

남자가 천연덕스럽게 반문하는 바람에, 나도 모르게 발끈했다.

"삼덕의 남편 말입니다. 아버지와 부인이 처참한 꼴로 발견되었잖아요? 정황상 가장 많은 걸 알 수 있는 건."

"아아." 남자는 마치 잊고 있었다는 듯 시큰둥하게 내뱉고는 손을 휘휘 저었다. "이 이야기에서 남편은 등장하지 않아요. 신경 안 써도 됩니다."

"예?"

"말 그대로, 등장을 하지 않습니다."

"그게 무슨."

"실종되었거든요."

노비가 어느 날 사라지는 일은 종종 있었다. 대개의 경우는 도망이다. 주인집의 살림이 궁핍해졌거나, 가혹한 환경을 견디지 못해 도망가는 경우가 대부분이었다. 건장한 남자라면 도망쳐서 새로운 곳에 자리를 잡고 노동력을 팔아먹고 살 수도 있었으니, 도망쳤다는 사실 자체가 특별한 것은 아니다. 하지만 부인이 심한 꼴을 당하고 아버지와 주인이 살해당한 시점에서 사라졌다는 것은 평범하다고 할 수 없을 것이다.

"딱 의심받기 좋은 상황이었지요. 그러니 삼덕의 사라진 남편이 범인이 아니냐며 수군대는 사람들도 있었답니다. 이유가 뭔지는 몰라도 아버지와 주인을 죽이고 도망친 것은 아닐까⋯⋯. 노비 신세가 원망스러워서라는 그럴싸한 동기를 붙인 사람도 있었던 모양이고 말입니다. 더 나아가서는 사실 박씨를 죽인 건 백선이고, 아버지가 주인에게 살해당하자 아들이 복수하고 도망간 것이라는 그럴싸한 이야기를 만들어내는 사람들도 있었습니다."

남의 일에 말 얹기 좋아하는 사람들은 어느 시대에나 있게 마련이지만, 확실히 그렇게밖에 생각할 수 없는 정황이다.

"그러면, 관청에서도 그 방향으로 수사를 했겠네요?"

"그렇지는 않았지요. 오히려 그런 소문을 내는 사람들은 걸리는 족족 현령에게 끌려가서 혼이 났을 정도니까요."

"현령은 그 가설을 부정했나 보군요."

"예. 말도 안 된다고 일축한 모양입니다."

말이 되지 않는다. 삼덕의 남편이 범인이라면, 아버지와 주인을 죽였다는 설이 되었든 아버지의 복수로 주인을 죽였다는 설이 되었든 반드시 아귀가 맞지 않게 된다. 그것이 현령의 판단이었다.

노비의 신세가 싫어서 도망친 것이라면, 굳이 사람을 죽이고 도망칠 이유가 없다. 혼자 도망치면 관에서도 크게 찾아내려 하지 않겠지만, 살인범이 되면 필연적으로 추적이 집요해진다. 아버지의 복수를 위해 백선을 죽였다는 설도 딱 맞아떨어지지 않는다. 그렇다면 왜 아버지의 시신을 수습하지 않았는가.

"삼덕의 남편이 범인이 아닐 거라고 생각한 이유는 그것만이 아니었습니다. 우선은 삼덕이 우물가에 묶여 있었다는 점이 있지요. 묶여 있는 부인을 놔두고 혼자 도망쳤다는 점은 그렇다 해도, 기왕 사람도 죽인 마당에 발에 묶인 삼끈 정도는 풀어줄 수 있지 않았느냐는 겁니다. 현장의 흔적도 그렇습니다. 백선은 칼에 찔린 후 우물가까지 기어 나온 것으로 보입니다만, 그 이야기는 결국 범인이 현장에서 확실히 숨을 끊어놓지 않았다는 이야기가 됩니다. 도망치는 백선을 굳이 쫓아가지도 않았고요. 복수나 분노 때문에 범행을 저질렀다는 이야기와는 어딘가 좀 안 맞지 않습니까?"

"그건 그렇네요. 하지만 그렇게 생각하면 완전히 수사할 방법이 없는 것 아닌가요?"

하지만 현령은 그렇게 생각하지 않았던 모양이다.

"오히려 그 이상한 부분들이 힌트가 된다고 생각했던 겁니다. 그러니까, 범인이 상대를 확실하게 죽이지 않았다는 점 말입니다. 이 부분을 장도가 흉기라는 점과 엮어서 생각하면."

"애초에 죽일 생각이 없었다는 이야기가 되겠군요! 우발적으로 찌르고 당황해서 도망쳤다든가."

"예. 예를 들어서 좀도둑이 빈집인 줄 알고 들어왔다가, 사람과 마주치는 바람에 당황해서 찌르고 말았다. 이런 경우도 있을 수 있지요."

나는 고개를 끄덕이며 말했다. "실제로 그 행랑채에서 시체가 된 두 사람은 원래 거기에 거처하는 사람들이 아닌 엉뚱한 사람들이었고요."

"그래요. 그리고 거기에 한 가지 더 가설을 붙일 수 있습니다."

백선을 장도로 찌른 직후, 범인은 모종의 이유로 급히 도망쳐야 했을지도 모른다. 아마도 그 장면을 누군가에게 들켰기 때문에. 이 가설이 맞는다면, 누군가 제3의 목격자가 있다는 뜻이 된다.

"집안사람들 중에 사건을 목격한 사람이 있을지도 모른다. 솔깃한 이야기지요. 그렇지 않아도 중요 참고인 두 명이 심문할 수 없는 상태니까요. 그래서 관청에서는 우선 집안사람들을 상대로 문초를 시작합니다만, 금세 노비들 사이에 흐르는 묘한 분위기를 눈치채고 말았지요."

"어떤 분위기 말인가요?"

남자는 히죽 웃고는 입에 지퍼를 채우는 시늉을 했다.

"증언을 거부한 건가요?"

"어느 안전이라고 거부썩이나 하겠습니까? 겁은 좀 먹었을지언정 묻는 것엔 고분고분 대답했지요. 그런데 묘하게도, 삼덕이 묶인 이유에 대해서는 아무리 몽둥이를 들어도 입을 다물더란 말입니다."

"삼덕의 집안……."

백선이 살해당한 경위만큼은 아니지만, 백선이 삼덕의 시아비를 죽이고 삼덕을 우물가에 묶어둔 경위도 수사기관으로서는 밝혀야 할 문제였다. 더 나아가서, 후자를 밝혀내야 전자도 밝혀진다. 현령에게는 그런 예감이 들었다. 하지만 삼덕이라는 이름만

나오면 거짓말처럼 입이 닫혔다. 뭔가가 있다. 여기에 뭔가가 있다. 현령은 그렇게 생각하고, 수사를 일단 중단했다.

"예?"

"어디까지나 '일단'은 말입니다. 일단."

"아니, 아무리 그래도 이상하지 않습니까? 공신의 후손씩이나 되는 권세가에서 집주인이 죽었는데, 수사를 중단한다는 게요."

"그래서입니다. 그런 집안이라서요."

"그게 무슨."

"음. 그러니까 그게…… 그렇지, 혹시 삼강오륜이라는 것을 아십니까?"

말문이 탁 막혔다. 또 엉뚱한 화제로 넘어갔다.

"그, 뭐. 이름 정도는."

"삼강과 오륜을 합쳐서 삼강오륜이라 부르지요. 삼강은 군위신강(君爲臣綱), 부위자강(父爲子綱), 부위부강(夫爲婦綱) 이렇게 세 가지 규칙을 말합니다. 신하는 임금을 섬겨야 하고 자식은 부모를 섬겨야 하며 아내는 남편을 섬겨야 한다는 것인데요. 이 삼강을 조선시대에는 무엇보다 중요하게 생각했기 때문에, 이를 어기는 것을 강상죄라 하여 어떤 범죄보다 중하게 다루었습니다."

"어, 네."

"이 강상죄라는 것이 사실은 온갖 것을 꼬이게 만듭니다. 예를 들어 남편이 임금에 대해 못된 말을 하는 것을 들은 아내가 관아에 그 사실을 신고했다 칩시다. 그러면 어떤 일이 일어날까요?"

"남편이 잡혀간다?"

남자는 그럴 줄 알았다는 듯이 고개를 끄덕이고는, 다시 모로 저었다. 그러고는 히죽 웃으며 정답을 말했다.

"정답은 둘 다 잡혀간다, 입니다. 왜인지 아시겠습니까?"

이것도 삼강오륜과 관련된 문제인가? 아내는 남편을 섬겨야 한다. 음…….

"따라가서 잡혀간 남편을 섬겨야 하니까."

"아니지요, 아니지요. 간단합니다. 남편도 아내도 죄를 지었기 때문입니다."

그렇게 말하고 남자는 노트북을 열고 뭔가 두드리더니, 화면을 모니터에 띄워 보여주었다.

"인조 7년 2월 6일에 일어난 사건입니다. 김홍원이라는 사람의 첩, 김말치가 남편이 역모를 꾸미고 있다고 고발한 사건이지요. 이 사건에 대해 인조가 교시한 내용이 《조선왕조실록》에 기록되어 있습니다."

> 말치가 미천한 계집으로서 나라를 위해 고변하였으니 가상한 듯하지마는 첩으로서 지아비를 고발하여 강상(綱常)을 범하였으니, 내 매우 미워하는 바이다. 말세의 풍속이 예스럽지 못한 이때 그것을 시초에 막아버리지 않으면 후일의 폐단이 끝이 없을 것이니, 그를 중한 법으로 다스려 강상을 바로 세워야 할 것이다.

"이 교시를 내린 직후에 김말치는 강상죄로 처형되었지요."

뭐라고? 너무 어처구니가 없는 이야기라 순간 말문이 막혔다.

"인조의 시대는 역모에 대한 고발이 난무하던 시대입니다. 어느 왕조나 그랬겠지만요."

역모라는 혐의는 한번 씌워지면 좀처럼 벗겨지지 않는 그런 것이었다. 당연히 사사로운 원한 때문에 없는 말을 꾸며 무고하는 사람도 많았고, 실제로 그런 무고 때문에 죽은 사람도 많이 있었을 것이다. 김말치가 김홍원을 고발한 사건도 명확하게 판결이 나지 않았지만 무고로 보는 시각이 많았다. 그렇다고 해도 실제 무고로 판결이 난 것은 아니고 김홍원도 결국 귀양을 가야 했으니 역모 혐의가 벗겨진 것은 아니었다.

"그러니까 쓰여 있는 그대로라는 것이지요. 김말치는 무고했기 때문에 처형된 것이 아니라, 남편을 고발하였기에 처형당했다는 이야기입니다."

확실히 인조의 교시 어디에도 무고에 대한 내용은 없다. 남편을 고발한 것이 강상죄에 해당한다는 내용이 있을 뿐. 곧이곧대로 받아들이자면, 역모는 귀양이지만 남편의 역모를 고발한 것은 처형에 해당한다는 이야기나 마찬가지다. 그렇다곤 해도.

"그런데, 이게 현령의 수사 중단과 무슨 관계가 있다는 이야기입니까?"

"말하지 않았습니까? 노비와 주인의 관계는 군신의 관계로 보았다고요."

군위신강. 신하는 임금을 섬겨야 한다.

"노비와 주인의 관계에도 강상죄가 성립하겠네요."

"예. 그것이 노비들이 삼덕에 대해 증언을 하지 않으려 한 이유였던 것이지요. 증언을 하지 않은 이유로 어떤 벌을 받더라도, 강상죄보다는 나으니까요."

실제로 강상죄에 해당하는지 아닌지는 몰라도, 노비들은 그렇게 믿고 있었던 것이다. 삼덕이 묶인 이유에 대해 증언하는 순간, 강상죄를 범하게 된다고. 그 말은 삼덕이 묶인 이유가 노비로서 죄를 지었거나, 벌을 받을 일이 있었다거나 하는 그런 것이 아니었다는 뜻이다. 그 진짜 이유를 말하는 순간, 그 행위는 곧 삼덕이 아니라 백선의 죄를 고발하는 것이 된다.

노비와 주인의 관계나, 군신의 관계와 상관없는 어떤 죄. 짐작이 가는 데가 있었다. 현령은 수사를 멈추기만 한 것이 아니라, 사건에 대해 떠드는 사람이 없도록 관계자들에게 엄하게 입단속을 시켰다. 백선의 집에 살던 사람들은 사실상 연금 상태가 되었다.

그러던 중, 삼덕의 몸이 차도를 보이고 점점 정신을 차리기 시작했다. 현령은 옳거니, 하고는 몸종을 불러 명령했다.

— 삼덕을 데려오도록 하라.

— 공초를 하시겠습니까?

— 아니다. 몸은 좀 어떤지, 불편한 곳은 없는지 물어보려는 것이니, 방으로 데려오거라.

그러면서 묘한 조건을 덧붙였다. 정갈하게 씻기고, 깨끗한 옷을 입혀서 단장하여 들여보내라는. 한참 시간이 지난 후, 삼덕이 몸종의 부축을 받으며 방문 앞에 도착했다. 현령은 몸종을 물리고 삼덕을 방으로 들게 했다. 그 모습을 보며 현령은 속으로 혀를 찼다.

확실히 그렇군. 피투성이로 쓰러져 거품을 물고 있을 때는 미처 눈치채지 못했지만, 제대로 단장을 하고 보니 곱디고운 여자였다. 이제 갓 스물이 넘었으려나.

— 네 이름이 삼덕이냐.

— 예.

— 네 주인이 죽은 것은 알고 있느냐?

— 예. 들었사옵니다.

대답하는 삼덕의 눈에는 총기가 서려 있었다. 담대한 눈이다. 두려워하는 것도 아니고, 그렇다고 당돌한 것도 아니다. 담담한 눈빛. 어째서일까, 이런 상황에서. 현령은 일어나서 방문을 열고, 아무도 없는 것을 확인한 후 다시 앉아 본론을 꺼냈다.

— 살고 싶다면, 사실을 말해야 할 것이다. 네 주인이 너를 겁탈하려 하였느냐?

"뭐라고요?"

나는 예상하지 못한 전개에 깜짝 놀라서 그만 소리를 지르고 말았다.

남자는 뭘 그렇게 놀라느냐는 듯 눈으로 핀잔을 주더니 말했다. "흔한 일입니다. 화간이든 강간이든 남자 주인이 여종을 노리는 일은 말이지요."

"하지만, 삼덕은 같은 노비인 남편이 있다고……."

"그래서요?"

"아니, 아무리 그래도."

"사람이 사람으로 보이면 발목을 줄로 꿰어 묶어두겠습니까?"

그렇게 시큰둥하게 말하고 나서, 남자는 다시 노트북 쪽으로 몸을 돌려서 새로운 화면을 띄워 보였다.

"비슷한 일이 없었던 것도 아닙니다."

성종 19년 5월 28일.
유효손이 여종 효양이 여러 번 도망하였다는 것으로 쇠를 달구어 근육을 지지고 왼쪽 발뒤꿈치를 뚫어 삼끈으로 꿰어 묶었는데…….

"이 사건의 원인도 실제로는 여종이 주인의 요구를 거부한 것이었지요."

나는 입을 꾹 다물었다. 그런 일이 있을 법하다고 여기는 것과, 실제로 기록을 확인하는 것은 다르다. 확실히 다른 느낌이다.

"그래서 이 사건은 어떻게 해결되었나요?"

"왕이 나서서 여종 효양과 그 가족들을 유효손으로부터 몰수하고, 관노로 삼으면서 끝났지요. 워낙 충격적인 일이라 중신들의 상소가 빗발쳤고요."

"확실히 충격적이었겠죠. 그 시대에도."

남자는 그 말에 갸우뚱하더니 되물었다. "무슨 소립니까?"

"예? 그야 효양의 사건이 충격적이라는……."

남자는 혀를 끌끌 차더니 말했다. "중신들이 충격을 받은 것은 그 부분이 아닙니다."

"예? 그러면."

"유효손이 노비를 빼앗긴 부분이지요."

남자는 어안이 벙벙해진 나를 내버려두고는 다시 모니터에 새 화면을 띄웠다.

성종 19년 7월 8일.

유효손이 한 행위는 비록 참혹하고 포학하더라도 반드시 노비가 명령을 거역함으로 인하여 엄한 형벌을 가하였던 것인데, 이제 노비의 일족(一族)을 모두 속공하게 하면 장차 아마도 굳센 노비가 그 주인과 겨룰 것입니다…….

"쉽게 말해서, 유효손에게 효양을 돌려줘야 한다. 그러지 않으면 나라의 도리가 무너진다. 그런 이야기입니다."

고문을 당한 피해자를 가해자에게 다시 돌려줘야 한다. 그것이 나라의 도리다.

"지금이라면 상상도 못 할 일이군요."

"그런가요?"

남자는 고개를 갸우뚱하며 한마디 내뱉고는, 다시 이야기를 이어갔다.

"어쨌든 이외에도 하루가 멀다 하고 신하들이 재고를 요청했던 모양입니다만, 논리는 다 비슷비슷합니다. 효양과 그 가족을 유효손의 노비로 돌려줘야 한다는 것이지요. 유효손이 여종을 고문했던 이유는 왕과 중신만이 아니라 이미 세상이 다 알고 있었습니다. 그럼에도 말이지요."

나는 침을 꿀꺽 삼켰다. "실제로 돌려보내졌다면……."

"실컷 괴롭힘을 당하다 죽었을 겁니다. 아마도."

나는 말없이 고개를 끄덕였다. 아마도 그랬겠지. 죽지 않은 것을 다행으로 여겨야 하는 건가.

"어느 시대나 마찬가지입니다."

노비의 인권 때문에 주인의 재산권을 침해해서는 안 된다. 그러면 나라가 망한다. 비교하기 과한 면이 있긴 해도 분명히 익숙한 논리다. 어느 시대에나.

"그나마도 이 건은 왕이 끝까지 억지를 부려서 관철시킨 것이고, 당시 사회적으로 보았을 때는 정상적인 조치가 아니었던 게지요."

네 주인이 너를 겁탈하려 하였느냐?

현령의 물음에 삼덕은 어깨를 움찔하더니, 잔잔한 눈빛으로 현령을 바라보았다. 마치, 사람됨을 가늠하는 듯한 표정. 그러더니 입을 열었다.

― 사실을 듣고 싶다면, 질문을 잘 하셔야 하옵니다.

이번엔 현령의 어깨가 움찔했다. 얼마나 당돌한 소리인가. 하지만 그 말에 무례를 범하고자 하는 의도가 없다는 것은 알 수 있었다. 오히려 삼덕은 힌트를 준 것에 가깝다.

'네 주인이 너를 겁탈하려 하였느냐'라는 질문에는 대답할 수 없다. 강상죄의 여지가 있기 때문이라는 것이겠지. 하지만 그 의문에 대한 대답을 들을 방법은 있다, 그런 의미인 것이다. 주인을 고발하지 않으면서 대답할 수 있는 방법이.

질문을 잘 하셔야 하옵니다.

현령은 빙긋 웃었다. 똑똑한 여자다.

― 다시 묻겠다. 너는 네 주인과의 잠자리를 거부하였느냐?

삼덕의 얼굴에도 슬며시 미소가 떠올랐다.

― 예. 그러하옵니다.

현령은 고개를 끄덕였다. 삼덕은 방금 주인의 죄를 고한 것이 아니라, 자신이 한 행동에 대해 말했을 뿐이다. 그러니 강상을 범한 것은 아니다. 하지만 이로써 확실해졌다. 백선은 삼덕을 겁탈하려고 수차례 시도했을 것이다. 그리고 그것과 이 살인사건 사이에 관련이 없지 않을 것이다.

—너의 시아비가 죽은 것을 알고 있느냐?

—들어서 알 뿐, 본 것은 아니옵니다.

—너의 지아비가 사라진 것을 알고 있느냐?

—들어서 알 뿐입니다.

여기까지 말하고 보니, 말문이 턱 막혔다. 그제야 현령은 이 문제가 삼강이라는 함정에 갇혀 있는 것을 깨달았다. 주인, 시아버지, 남편. 어느 쪽의 구린 일도 고발할 수가 없다. 예를 들어 '네 주인을 죽인 것이 네 남편이냐?' 같은 질문엔 대답할 수 없다. 아까의 질문에 삼덕이 대답할 수 있었던 것은 당사자가 자신이었기 때문이다. 현령은 고개를 숙이고 애꿎은 방바닥을 내려다보며 끌끌거렸다.

—질문을 잘 하셔야 하옵니다.

현령은 퍼뜩 놀라 고개를 들고 삼덕을 바라보았다. 질문을 잘 해야 한다. 아직 할 수 있는 질문이 있다는 뜻인가? 아니, 그걸 넘어서, 할 수 있는 질문만으로 수수께끼를 풀 수 있다는 뜻인가. 순간 머리에 퍼뜩 스치는 것이 있었다.

—너는 범인을 보았느냐?

—보지 못했사옵니다.

—어째서 보지 못했느냐?

—정신이 혼미했기 때문입니다.

—어째서 정신이 혼미했느냐?

물어보나 마나 한 질문이다. 그야 백선의 고문 때문이 아니겠는가. 하지만 영 엉뚱한 대답이 돌아왔다.
— 양고미를 먹었기 때문입니다.
순간, 현령의 눈이 번쩍 뜨였다.

"양고미가 뭡니까?"
내 물음에 남자는 느릿하게 대답했다. "양귀비꽃입니다. 보통은 꽃봉오리를 말하지만요. 거기서 나온 즙으로 아편이니 모르핀이니 하는 걸 만들지요."
"양귀비······."
설마하니 이 시점에서 마약이 툭 튀어나올 줄은 몰랐다. 아니 그보다.
"그 시대에도 마약이 있었군요?"
"당시의 시각으로는 마약이라기보다는 그냥 비상약 같은 거였을 겁니다. 구하기 어려운 것도 아니었고요. 오히려 제대로 된 약보다 구하기 쉬웠습니다. 양귀비는 비상시에 꽤 유용했으니까요. 흔히 알려져 있는 건 진통제 효과 정도고 현대 의료에서도 그 용도로 쓰이긴 합니다만, 지사제, 지혈제, 진해제 등 쓰려면 쓸 곳은 많습니다."
양귀비는 동의보감에도 약용으로 언급되고 있을 만큼, 당시에 큰 거부감 없이 받아들여지던 약재였다. 물론 아편으로 정제한 것이 아닌 만큼 위험도도 덜 했을 것이다.

― 양고미를 스스로 먹었느냐?

― 아니옵니다.

― 그렇다면 누가 네게 먹였느냐?

― 말씀드릴 수 없사옵니다.

'말씀드릴 수 없사옵니다.' 그렇게 말할 때, 삼덕의 입가에 살짝 미소가 떠올랐다. 그런가. 이 말이 열쇠다.

'스무고개로구나.'

기껏해야 천민에 불과한 여종에게 휘둘리는 듯한 상황이 거슬리지 않는 것도 아니었지만, 현령은 일단 그 스무고개에 응해 주기로 했다.

― 시아비가 먹였느냐?

― 아니옵니다.

― 지아비가 먹였느냐?

― 아니옵니다.

― 네 주인이 먹였느냐?

― 말씀드릴 수 없사옵니다.

말씀드릴 수 없사옵니다. 즉, '예'라는 뜻이다. 유백선이 삼덕에게 양귀비를 먹였다. 어째서인가? 사람의 발목을 뚫어 묶어놓고서 좋은 목적으로 약을 먹였을 리는 없다. 그렇다면 나쁜 목적은 뭐가 있을 수 있을까? 우선 삼덕이 양귀비를 먹고 정신이 혼미해졌다는 점에 주목했다.

'정신을 잃게 한 후 겁탈할 생각이었나?'

생각을 떠올린 지 1초도 지나지 않아, 현령은 그 가능성을 부정했다. 겁탈 자체가 목적이었다면 굳이 약을 먹이지 않고도 가능했을 것이다. 게다가 단순히 강제로 상대를 범하는 것이 목적이었다면 굳이 고문을 가하거나 묶어둘 이유도 없다. 백선은 어디까지나 자신의 명을 삼덕이 순순히 받아들여 잠자리를 갖길 원했을 것이다.

그렇다면 새로운 고문이라는 가능성은 어떨까? 양귀비를 과용하면 구토나 혼절 등, 몸에 무리가 가는 증상이 생긴다. 그것 자체가 고문이 될 수도 있을 것이다. 혹은 더 심한 고문을 하기 위해 먹였을지도 모른다. 양귀비는 진통제 역할을 하니 심한 고통으로 기절하는 걸 방지하기 위해서 사용할 수도 있다. 혹여나 칼을 대는 고문이라면, 양귀비는 피가 굳게 만드는 효과가 있으니 과다 출혈로 죽는 것을 방지하는 데 쓸 수 있을지도 모른다.

'아니, 아니지.'

현령은 쓴웃음을 지으며 망상에서 빠져나왔다.

유백선이 상대의 고통 같은 걸 신경 쓰며 고문할 위인으로 생각되지는 않는다. 더구나 지혈 효과가 있다고 해도, 바르는 것이 아니라 먹는 것으로도 효과가 생길지는 알 수 없다. 거기까지 생각했을 때.

— 범인은 보지 못했사옵니다.

현령은 고개를 번쩍 들었다. 범인을 보았느냐고 물은 기억은 없다. 아니, 방금은 아무것도 묻지 않았다. 삼덕이 묻지 않은 말에 대답한 것은 처음이다.

'왜지?'

삼덕은 차분하게 현령의 눈빛을 눈으로 받아치고 있었다. 표정에 흔들림은 없다. 마치.

불안할 것은 아무것도 없다. 이치가 가야 할 길로 가고 있다.

그런 말을 하는 듯한 눈이다. 그렇다면.
범인은 보지 못했다, 왜 이 말을 다시 하는 건가? 범인을 보지 못했다는 사실에 힌트가 있다는 것인가? 아니면, 범인은 보지 못했지만 다른 것은 보았다는 뜻인가? 멍하니 다시 삼덕을 바라보았다. 이제 다 왔다는 듯한 표정. 마치, 범인을 맞히기 직전이라는 듯이. 무엇을 보았는가. 범인으로 이어지는 무엇을 보았는가.

'범인도, 살인 장면도 보지 못했는데.'

사건이 일어나기 전에 보았던 무언가. 그럼에도 범인으로 이어지는 그것. 그것…….

'흉기.'

장도를 보았다는 것인가. 아니, 그렇다 해도 의미는 없다. 장도는 흔한 장신구다. 누가 가지고 있어도 이상할 것이 없다. 게다가 현장에 흉기가 남아 있지 않았으니, 흉기가 장도라는 사실 외에 어떤 장도인지조차 특정할 수 없다. 애초에 장도를 본 시점이 사건 당시가 아닌 이상. 시점? 아니, 아니지. 범인이 천민이라면 이야기가 달라진다. 아무리 장도가 흔한 것이라 한들 천민이 차고 다니는 일은 흔치 않다. 남자라면 더욱 그럴 것이다. 그러니 평소에 그것을 가지고 다니며 장신구나 휴대도구 따위로 사용하는 천민이 있다면, 분명히 사람들의 기억에 남을 것이다. 특히 한집안에 있는 사람들이 모를 리 없다. 그러니 만약에, 한 번도 장도를 탐내지 않던 사람이 갑자기 이 타이밍에 장도를 샀다면 분명 의심스러운 정황이리라. 더 나아가 그 말은. 그 말은, 우발적 살인이라서 장도가 쓰인 것이 아니라, 장도여야 했던 이유가 있었단 말이 된다.

현령은 삼덕을 뚫어지게 쳐다보았다. 지금까지는 똑똑하다고만 생각했다. 어디까지나 여종치고는. 하지만 지금은, 그 눈빛이 귀신처럼 보였다. 현령을 잡아먹으려고 노려보는 것처럼. 스산한 한기를 느꼈다. 그리고 소스라치게 놀랐다.

아니다. 우발적 살인이니 뭐니 그런 것이 중요한 게 아니다. 이 문답 자체가 이상하다. 지금까지의 스무고개는 이상할 것이 없었다. 강상을 범하지 않기 위해 돌려가며 증언했을 뿐이다. 하지만 지금의 증언은 범인에 대한 것이다. 범인으로 짐작하는 자가 있다. 그런 뜻이다. 그런데, 그것을 직접적으로 증언하는 일 역시 강상을 범하는 일이란 말인가?

'설마. 설마하니.'

현령은 침을 꿀꺽 삼키며 입술을 떼었다.

— 최근에 장도를 산 사람이 있었느냐?

— 예. 그렇사옵니다.

현령은 다시 침을 삼켰다. 딱 한 사람밖에 없다. 지금 이 시점에서, 고발하는 순간 강상을 범하는 셈이 되는 용의자는. 굳은 입술을 떼고 천천히 물었다.

— 그것은…… 네 지아비더냐?

— 예. 그렇사옵니다.

순간, 현령의 주먹이 바닥을 쾅 하고 내리쳤다.

— 네년…… 네, 네년이…….

현령의 목소리가 떨렸지만, 삼덕은 눈도 깜빡하지 않고 현령을 바라볼 뿐이었다.

— 네년, 도대체 무슨 속셈이더냐?

— 소녀는 물으신 것에 대답했을 뿐이옵니다.

— 네년은 네 지아비가 주인을 죽였다고 고발하는 것이냐?

삼덕의 입에 다시 미소가 떠올랐다. 마치 어린 소녀의 그것과 같은, 장난기 어린 미소가. 하지만 현령에게는 그 미소가 귀엽기는커녕, 섬뜩하게 느껴졌다.

— 소녀는 아무것도 고발하지 않았사옵니다.

— 닥쳐라. 네가 지아비를 고발하는 강상을 저지르지 않았다 한들, 너의 증언 때문에 지아비가 강상죄를 입어도 상관없다는 것이냐?

— 그럴 리 있겠습니까. 소녀는 소녀의 시아비와 지아비를 한 치도 해칠 마음이 없사옵니다. 소녀의 시아비는 소녀를 친딸처럼

목숨보다 중히 여겨주었고, 소녀의 지아비는 가족을 사랑하는 효성이 지극한 사람이었사옵니다. 그런데 어찌 소녀가 강상을 범하려 하겠습니까?

말은 진지했지만, 여전히 그 입술은 생긋 웃고 있었다. 상황을 모르고 들으면 그저 시아버지를 존경하고 남편을 사랑한다는 말로 들릴 뿐일지도 모른다. 하지만 현령에게는 이렇게 들렸다.

주인이 제 몸을 호시탐탐 노리다가 이제 속박하기까지 했기에, 저를 딸처럼 사랑하시는 시아버지가 주인과 싸우다가 잘못 맞아서 돌아가셨을 것입니다. 그것을 본 효심 깊은 남편이 주인을 칼로 찔러 죽였겠지요.

삼덕의 이어지는 한마디는, 그 해석에 쐐기를 박았다.

— 소녀의 이야기를 들으면, 누구라도 그렇게 생각하지 않겠사옵니까?

"잠깐만요, 아까부터 상황이 이해가 안 가는데요."

나도 모르게 수업 시간에 질문하는 학생처럼 손을 번쩍 들고 물었다.

"무엇이 말입니까?"

"마치 입장이 바뀐 것 같지 않나요? 삼덕은 마치 남편에게 죄를 뒤집어씌우려는 것 같고 현령 쪽이 오히려 그걸 막으려는 것처럼."

"처럼, 이 아니라 그게 맞습니다. 입장이 바뀐 것이 아니지요."

"예?"

"말씀드리지 않았습니까? 현령은 처음부터 삼덕의 남편이 범인이라는 설을 부정했다고요."

순간 멈칫했다. 맞다. 그랬다. 심지어 그런 소문을 내는 사람을 벌하고, 입단속을 시켰다. 그러다 강상죄라는 문제가 불거질 듯하자 수사를 멈추고, 말이 나가지 않도록 백선의 집을 봉쇄하기까지 했다. 삼덕을 공초하지 않고 방으로 불러 단둘이 이야기를 한 이유도 상당히 수상하다. 분명히 수령은 일관되게, 어떤 가능성을 은폐하려고 한 것이다.

"대체 왜……."

남자는 이해한다는 듯이 고개를 끄덕이고는, 턱을 살살 긁으며 느릿하게 설명을 시작했다.

"열녀와 효자, 충신이 나오면 마을에 상이 내려집니다. 본인만이 아니라 마을 전체에 말이지요. 삼강을 독려해야 한다는 논리에 따른 정책입니다."

"예. 그건 이해했습니다."

"그런데 반대로, 강상죄인이 나온다면 어찌 되겠습니까?"

상을 받는다는 것을 반대로 생각하면.

"마을이 벌을 받는다는 이야기군요."

"그렇지요. 강상죄 때문에 고을이 강등되거나 폐지되는 일도 심심치 않았습니다. 고을이 사라지면 그 마을의 사람들도 힘들어집니다만, 마을의 수령도 책임을 물어 파직합니다. 사안의 심각성에 따라서는 수령이 처벌을 받는 일도 있지요."

"아아."

"게다가 강상죄 중에서도 노비가 주인을 죽이는 일은 크게 심각한 죄입니다. 더구나 상대가 공신의 후손이라면 역심으로 간주될 수도 있지요. 그러니 현령의 입장에서는 어떻게 되겠습니까?"

"사건을 강상죄에 해당하는 것으로 만들고 싶지 않다……."

남자는 고개를 끄덕이며 말을 이었다. "반면에 삼덕의 입장에서는 남편의 혐의가 강상죄로 결론이 난다 해도 자신에게 끼칠 여파는 적지요. 강상죄를 저지른 범인은 처자식을 노비로 삼는다는 연좌제 규정이 있긴 하지만, 이미 노비니까요."

나는 미간을 찌푸렸다.

"하지만 남편이 강상죄로 벌을 받게 되지 않습니까?"

남자는 웃으며 대답했다. "현실은 그렇지요. 하지만 실제로 그 문제에 대해 삼덕이 어떻게 생각했는지는 알 수 없습니다. 다만 자기 자신에게 위해를 끼치는가, 그렇지 않은가. 이 문제는 협상에서의 우위에 크게 영향을 행사합니다."

"협상……이라고요?"

"예."

― 소녀는 결코 강상을 범하지 아니하였습니다.

삼덕은 현령을 똑바로 바라보며 말했다.

― 앞으로도 그러고자 하옵니다.

서늘한 느낌이 현령의 머릿속을 달렸다. 강상을 범하지 않겠다. 주인을 고발하는 것, 지아비를 배반하는 것, 부모를 해하는 것 모두 범하지 않았다. 그리고 마지막 남은 강상도 범하지 않겠다.

"마지막 남은 강상이라뇨?"

반사적으로 그렇게 묻고 나서, 나는 목을 움츠렸다. 이야기를 자꾸 끊는 것이 못마땅하다는 듯한 표정으로 남자가 나를 보았기 때문이다.

그는 잠시 혀를 끌끌 차더니 마지못해 대답했다. "수령을 고발하는 것 말입니다."

― 저는, 오로지 원님께서 듣고자 하는 것을 말씀드릴 뿐이옵니다.

현령은 삼덕을 노려보았다. 그런 것이냐. 삼덕은 형식적으로 묻는 말에만 대답한 것처럼 보이지만, 실제로는 많은 말을 한 셈이다.

주인이 나를 범하려 하였고, 그 주인과 다툼을 벌이던 시아버지가 주인에게 죽었다. 그리고 내 남편이 주인에게 복수하여 강상죄를 지었다. 그러나 설사 당신이 그 사실을 은폐한다 해도 나는 그것을 고발하지 않겠다. 게다가 공초를 한다면 나는 당신이 듣고 싶어 하는 말을 하겠다. 그것이 위증이라 하더라도.

현령의 눈에는 여전히 노기가 서려 있었지만, 그것을 지탱하는 것은 자존심뿐이었다. 삼덕의 담담한 눈빛을 보며, 현령 스스로도 이미 자각하고 있었다. 진작 그녀에게 잡아먹혔다.

"그리고 며칠 후에, 우물에서 새로운 시체 한 구가 발견되었습니다."
"삼덕이 묶여 있던 그 우물 말입니까?"
"예. 남자의 시체였습니다만, 떨어질 때 벽에 세게 부딪혔는지 얼굴이 심하게 훼손되기도 했고, 물속에 있는 동안 시신이 많이 부패해서 검안이 어려운 상황이었지요."

하지만 관계자 증언의 내용과 시체의 상태가 일치했기에, 검안이 필요하지는 않았다. 이미 수사 결과는 정리되었고, 시체는 그 수사 내용을 검증하는 과정에서 발견된 부수적 증거였을 뿐이다.

공초를 통해 밝혀진 진상은 이랬다. 신원 불명의 남자가 도둑질을 하러 행랑채에 숨어들었는데, 마침 아들을 만나러 왔던 박씨와 격투가 벌어지게 되었다. 박씨는 장도를 들고 도둑에게 맞섰으나 머리를 세게 부딪혀 죽고 말았는데, 그 장면을 볼일이 있어 찾아온 백선이 목격하고 말았다. 당황한 도둑은 박씨가 떨어뜨린 장도를 집어 들어 백선을 찔렀고, 백선은 중상을 입은 상태에서 땅을 기어 우물가까지 도착했다. 도둑이 백선을 쫓아와 다시 찌르려 하였는데 이때 삼덕이 막아섰다. 삼덕은 정신이 혼미한 상태에서도 주인을 지키기 위해 도둑과 실랑이를 벌였고, 몸싸움을 하다 기지를 발휘해 도둑을 우물에 빠지게 만들었다. 그 과정에서 삼덕도 피를 많이 흘려 실신하고 말았다.

"어어……."

남자는 경악한 내 표정을 보며 씩 웃었다.

"어떻습니까? 시체 하나가 추가되었을 뿐인데, 상당히 해피엔딩이 되었지요?"

"그러면 그 시체는 설마."

"모르지요. 언제 우물에 빠졌는지. 세상에 신원 미상의 시체가 어디 한둘이겠습니까? 추가로, 장도는 삼덕의 남편이 박씨에게 선물하려고 산 것이다, 라는 설정도 붙었지요."

'설정'이라니. 나는 쓴웃음을 지었다.

사건이 정리된 이후, 몇 가지 변화가 있었다. 삼덕과 백선에 대한 소문은 빠르게 사그라들었다. 백선의 집안에서 입단속을 시킨 덕이다. 현령이 찾아가 긴 시간 이야기를 나눈 다음부터라고 하는데, 무슨 이야기를 나누었는지 아는 사람은 없다. 다만, 노비의 거래가 있었다고 한다. 삼덕은 현령의 집에 팔려 현령의 사노비가 되었는데, 얼마 후 면천(免賤)되면서 천민에서 양민의 신분이 되었다. 비록 살리지는 못했어도 주인을 위해 칼을 든 도둑에게 맞서 저항한 점이 인정되었고, 현 주인인 현령이 오히려 나서서 면천을 요청했기 때문이다. 물론 면천의 대가로 소정의 양곡을

국고에 바치기도 했는데, 양곡의 출처는 백선의 집안이라는 소문이 있었다. 노비에서 해방되어 나온 삼덕이 처음에 지닌 것이라고는, 삼끈 한 묶음밖에 없었다고 한다. 백선의 집에 있을 때 발목에 꿰여 있던 바로 그 삼끈인데, 현령에게 청하여 받은 것이다.

양민이 된 지 얼마 되지 않아 삼덕은 아이를 낳았다. 삼덕은 아이를 키우면서 손재주를 살려 노리개들을 만들거나 짚신을 삼아 생계를 꾸렸다. 때때로 의뢰가 있으면 글을 대신 써주거나 명패를 만들어 팔기도 했다. 다만, 발목을 꿰뚫린 후유증으로 한쪽 다리는 쓰지 못하게 되었다.

"그리고 행복하게 살았습니다. 끝!" 남자는 구연동화라도 끝낸 것 같은 투로 말을 맺었다.

하지만 듣는 사람인 내 입장에서는 '그리고 행복하게 살았습니다'로 납득이 가지는 않는다. 찜찜한 구석이 너무 많다.

"그러니까, 뭔가요? 주인이 살해를 당하는 일이 일어나자 삼덕이 그걸 이용해 현령을 협박했고, 현령이 백선의 집안을 구워삶은 결과 사건은 끝나고 백선은 양민이 되었다는 이야기인가요?"

"요약하면 대충 그렇게 되는 셈이지요."

"그럼 남편은 도대체 어떻게 된 겁니까? 돌아왔습니까?"

남자는 혀를 끌끌 차며 핀잔주듯이 대답했다. "처음에 말하지 않았습니까? 이 이야기에서 남편은 등장하지 않는다고요. 아마도 영원히 다시 만나지 못했을 겁니다."

"그러면 결국 진짜 진상은 아무도 모르는 거군요. 남편이 진범인지 아닌지도."

"에헤이, 그러니까 이 이야기에 남편은 등장하지 않는다니까요?" 남자는 목에 걸린 옥비녀를 손가락으로 쓰다듬으며 말을 이었다. "만약에 현령이 강상죄로 결론 나는 것이 두려워 수사를 멈추지 않았다면, 소문이 나는 것이 두려워 집안사람들로 취조를 한정하지 않았다면, 좀 더 다른 이야기를 들을 수 있었을지도 모르지만요."

"다른 이야기요?"

"예. 그 시아버지가 품성이 좋지 않은 건달로 돈에 찌들려 있었고, 백선에게 아첨하며 자꾸 그 집을 드나들었다든가, 사건이 일어나기 전에 삼덕의 남편이 장도와 양귀비를 구하러 다녔다든가 말입니다."

양귀비. 덜컥 가슴이 내려앉았다.

"양반집 부인이 장도로 자결하는 장면들이 사극 같은 곳에서 자주 보이는 건 실제로도 그런 일들이 꽤 일어났기 때문입니다. 지금 시각에서 생각하면 그저 이데올로기 주입의 폐해일 뿐이고, 어쩌면 바보 같은 짓이라고 생각할 수 있겠으나 당사자의 입장에서는 어떤지 모르지요."

"……."

"생각하고 생각한 결과, 이 방법밖에 없었다는, 그런 이유일지도 모르는 겁니다."

논리는 결국 똑같다. 열녀가 되면 정문이 선다. 삼강을 지켰기 때문이다. 하지만 반대로 열녀가 되지 못했다면, 삼강을 지키지 못했다면.

"살아남더라도 어째서 자결하지 않았느냐며 핍박을 받게 되겠지요."

왜 열녀가 되지 않았느냐. 열녀가 되었다면 가문이 명예로웠을 텐데. 열녀가 되었다면 왕의 은상을 받고 대대손손 혜택을 받았을 텐데. 지금이라도, 지금이라도.

"단순히 명예가 더럽혀진다는 문제로 끝나는 것이 아닙니다. 자결을 강요받거나 살해를 당할 수도 있습니다. 그런 일이 아니더라도 남은 인생은 가시밭길이겠지요. 목숨이 그보다는 낫다고 할 사람도 있을지 모르나, 어디까지나 그 순간의 당사자에게는 합리적인 선택이었을지도 모릅니다."

"아뇨, 그게 합리적인 선택이라고 하셔도……."

"자살해봤어요?"

말문이 턱 막혔다.

남자는 코웃음을 치며 말을 쏟아냈다. "자살은 이렇다 저렇다 같은 말들, 다 산 사람들이 하는 말 아닙니까? 경험자의 말 같은 건 어디에도 없지요. 해보지도 않은 사람들이 다 아는 것처럼, 경험해본 것처럼 이러쿵저러쿵할 뿐이잖아요?"

물론 그렇게 말하는 본인 또한 자살을 겪어보지는 않았을 테지만.

"자살은 일시적 문제에 대한 영구적 해결책이다 같은 말도 있지요? 말한 사람은 이렇게 말하면 멋있겠지, 하고 뱉은 말일지도……. 아니, 틀림없이 그럴 겁니다만, 가지 않은 길 끝에 뭐가 있는지 어찌 안답니까?"

말이 심하다고 생각하긴 했지만, 섣불리 반박할 자신은 없었다. 이랬다면, 저랬다면. 주인공이 죽으면 이야기는 끝난다. 만들어지지 않은 뒷이야기에 대해 독자들이 내놓는 'IF' 스토리라는 건, 각자의 편의에 따라 설정이 맞아떨어진 제 취향의 상상일 뿐, 필연과는 아무 관계가 없다.

"게다가 삼덕은 신분이 노비였기에 더 골치 아픈 상황이었습니다."

주인은 동침을 요구하지만, 정절을 운운하기 전에 그 요구에 응하면 간통이 된다. 그것이 한 번으로 끝난다는 보장도 없다. 그렇다고 계속 거부하다간 고문이 점점 심해져 정말로 죽게 될 것이다.

"간통이라고요?"

"그게 말이지요, 강간죄는 사형에 해당하는 심각한 범죄이기 때문에 왕이 판결하게 마련입니다. 하지만 실록을 아무리 뒤져봐도, 노비가 자기 주인을 강간한 사건은 있을지언정 주인이 자기 노비를 강간한 사건이라는 건 없습니다."

모든 국민은 법 앞에 평등하다. 따라서 양반을 대상으로 한 성폭행이든, 천민을 대상으로 한 성폭행이든 똑같이 사형이다. 하지만 주인이 노비를 대상으로 벌인 짓이라면 법정 문 앞에서 잠시 멈춘다.

"물론 간통죄 자체는 사형 같은 중형의 처벌은 받지 않습니다. 하지만 간통한 여자로 기록되지요. 주인에게 당했든 어찌 되었든 그 낙인은 남습니다. 게다가 주인과 잠자리를 함께한 노비가 주인집의 환대를 받을 리도 없습니다. 비슷한 사례에서 주인의 부인이 형벌을 주거나, 심지어는 잔인하게 죽이는 일도 심심치 않았습니다. 거기에 더해, 자기를 성폭행한 주인을 남편과 함께 노비로서 섬기며 사는 것도 보통 정신으로 받아들일 일이 아니었겠지요."

이해는 간다. 하지만 이야기의 흐름이 뭔가 이상하다. 이래서야 마치, 마치…….

"다만 삼덕의 입장에서는, 가장 합리적인 선택이 자살은 아니었던 겁니다."

마치 범인이 삼덕이라는 이야기 같지 않은가.

"설마하니 백선을 죽인 것이 삼덕이라는 이야기입니까?"

남자는 턱을 긁으며 심드렁하게 말했다. "모순된 부분들을 되짚어보면 정답이 나오게 마련입니다. 음, 일단……."

남자는 잠시 궁리하더니 말을 이었다.

"여기서부터 이야기하죠. 남편은 어째서 양귀비와 장도를 샀는가 하는 부분 말입니다. 삼덕에게 양귀비를 먹이고 장도로 백선을 찌르기 위해서라는 답은 어딘가 이상합니다. 대체 양귀비를 먹일 이유가 뭐가 있을까요? 삼덕이 사건을 목격하지 못하게 혼절시키기 위해? 하지만 범행 현장은 행랑채 안이었지요. 백선이 기어 나오지 않았다면 삼덕이 목격할 것은 아무것도 없습니다. 그렇다면, 백선이 기어 나오는 것까지가 예측 범위였다는 이야기일까요?"

고통 속에서 피를 흘리며 기어다니다가 죽게 만들었다는 해석도 안 될 것은 없지만, 일단 입을 다물고 조용히 다음 이야기를 기다렸다.

"그렇다 해도 이상한 건 더 있습니다. 범행 장소가 행랑채였는데 장도일 필요가 있었는가? 행랑채 안에는 여러 가지 살림 도구가 있었을 것입니다. 그럼에도 장도를 미리 준비했고, 범행에 사용했단 말이지요. 묘한 흉기를 미리 준비한 시점에서 우발적 살인 같은 것은 생각하기 어렵습니다."

"복수라는 동기도 있을 수 없겠군요. 아버지가 죽을 걸 미리 알고 있었다는 이야기가 되니."

남자는 고개를 끄덕이고는 혀끝으로 살짝 입술을 축였다.

"또 한 가지, 백선은 왜 우물가까지 기어 나왔는가. 아니, 기어 나오기로 예정되어 있었는가. 아니지, 아니지요, 그러니까…… 실제로 기어 나오기는 했는가. 백선이 기어 나왔다고 추측하는 이유는 핏자국이 행랑채에서 이어져 있었기 때문입니다. 실제 증거만으로는, 몸을 땅에 끌고 나왔다는 사실밖에 증명이 되지 않지요."

"결국 기어 나왔다는 이야기 아닙니까?"

"아니지요. 기어 나왔다는 것은 자의와 자력에 국한해서만 쓰는 말이니까요."

"끌려 나왔을 가능성이 있다는 말이군요."

"예. 백선을 일부러 끌고 나와서 삼덕 앞에 버려두었다고 칩시다. 삼덕은 미리 양귀비로 혼절시켜놓고 말입니다. 그렇다면 왜일까요?"

"삼덕에게 죄를 뒤집어씌우기 위해서라면……."

남자는 히죽 웃더니 고개를 저었다.

"그렇다면 이야기가 더 이상해집니다. 삼덕에게 죄를 뒤집어씌울 생각이라면 범행이 가능한 상태로 만들어야 합니다. 삼덕을 묶은 삼끈을 자르고, 손에 장도를 쥐여주는 것이 최선이지요. 하지만 그러지 않았어요. 게다가 범인이 남편이고 삼덕에게 죄를 뒤집어씌울 생각이었다면, 도망을 치면 안 되지 않습니까? 도망칠 이유도 없고요."

맞는 말이다. 범인을 남편으로 상정하고 해석하면, 모순되는 부분들이 너무 많다.

"양귀비도 문제입니다."

"양귀비요?"

"예. 삼덕을 혼절시키기 위해 누군가 양귀비를 먹였다는 가정에 갇히면 풀리지 않는 것이 너무 많습니다. 그런데 애초에, 그 명제를 꼭 믿어야 할까요?"

"실제로는 양귀비를 먹지 않았다거나."

"아니, 아니. 그런 것이 아닙니다. 제 이야기는, 혼절시키기 위해 양귀비를 먹인 것이 아니라 혼절은 결과에 불과할지도 모른다는 이야기입니다."

양귀비는 애초에 약용으로 사용되던 물건이다. 과용하면 위험할 수 있다는 정도의 지식이야 있었겠으나, 그렇다고 정신을 잃게 하는 용도로 쓰기에 적당한 것은 아니다. 혼절 자체가 목적이라면 다른 방법도 있을 것이다. 그러니까, 혼절 자체는 과용으로 인한 사고에 불과하다는 것이다.

"과용……."

"예. 그래서 말이지요. 사실은 입으로 복용한 게 아니라 직접 혈관으로 흡수한 것이 아닌가 하는……."

혈관으로 흡수하는 것과 입으로 복용하는 것은 차원이 다른 문제다. 약효가 퍼지는 시간도, 작용도, 심지어 치사량도 크게 달라진다. 전문가가 정밀하게 용량을 조절해 투여하지 않는 이상, 과용할 위험이 크다.

"하지만 그 시대에 혈관 주사 같은 게 있었나요?"

남자는 못마땅한 얼굴로 고개를 저으며 대답했다. "그러니까, 어디까지나 실수랄까. 결과적으로 그렇게 된 것일 뿐이지요."

"아니, 무슨 실수를 어떻게 하면……."

"말했잖습니까? 양귀비의 효능에는 지혈도 있습니다."

"아아!"

그러니까 지혈을 위해 양귀비를 상처에 붙였고, 그 결과 진액

이 혈관으로 들어가 혼절하고 말았다.

"지혈이라고 생각하면 백선이 피를 흘리며 우물가로 나와야 했던 이유도 간단히 설명됩니다. 삼덕 역시 피를 흘리고 있었고, 행랑채에 들어가 살인을 저질렀다면 행랑채에서 우물가까지는 혈흔이 남아 있었을지도 모르지요."

"피를 피로 지우기 위해……."

"예. 게다가 삼덕의 치마 아래는 백선의 피로 젖어 있었다고 했지요. 그것 역시 피로 피를 지우기 위해서가 아니었던가. 그러니까 피를 흘렸다는 사실을 눈치채이지 않도록 말입니다."

나는 멍청한 표정이 되어 입을 벌리고 남자를 쳐다보았다.

"자, 그러면 이렇게 생각해봅시다. 삼덕은 우물가에 묶인 시점에서 중대한 결심을 합니다. 하지만 스스로는 몸을 움직일 수 없으니, 남의 손을 빌려야겠지요. 남편에게 장도와 양귀비를 구해달라고 말합니다. 양귀비는 만일의 경우 비상약으로 쓰기 위함이고, 장도는 만약 주인의 강압을 못 이기게 되면 자결하기 위함이라는 구실이지요. 그리고 애가 닳아서 찾아온 주인에게 이렇게 말하는 겁니다. 좋다. 내 몸을 내주겠다. 그 대신에."

행랑채 안에 앉아 있는 시아버지를 죽여주시오.

눈이 돌아간 백선이 행랑채에 들어가 박씨를 폭행하는 동안, 삼덕은 조심스레 뒤를 따라 행랑채로 들어갔다. 그리고 등 뒤에서 백선의 목에 칼을 꽂았다.

"잠깐만요! 삼덕은 삼끈으로 발목을 꿰여 우물가에 묶여 있지 않았습니까?"

"방법은 있지요. 삼끈이야 잘라내면 됩니다. 장도가 있지 않습니까?"

그런가 하고 잠시 수긍할 뻔했지만, 말이 안 된다는 걸 금세 깨달았다.

"삼덕이 발견되었을 때, 분명히 삼끈에 발목이 꿰여 있었다고 했죠? 삼끈을 잘랐다가 다시 엮었다는 건가요? 하지만 아무리 손재주가 좋다고 해도 티가 날 텐데요. 길이도 달라질 테고, 관청에서 그 정도도 눈치 못 챌 것 같지는……."

"길이는 달라지지 않습니다. 티도 안 나고요."

"아뇨, 아무리 손재주가 좋다고 해도."

"손재주가 아닙니다. 각오의 문제죠."

"예?"

각오라니, 무슨 소린가. 그렇게 반문하려던 순간, 어떤 이미지가 스쳐 지나갔다. 상당히 끔찍한 이미지가. 동시에 남자의 말소리가 들렸다.

"자른 부분은 발목 안쪽에 있는 부분이니까요."

삼끈의 매듭을 돌리는 방식으로 발목 안쪽에 들어가 있는 부분을 바깥으로 뽑아낸 후, 자른다. 그리고 범행이 끝나면 다시 발목에 꿰어서 고리를 연결하고, 연결 부위를 발목 안쪽으로 집어

넣는다. 말로 하면 꽤나 간단하지만.

"하지만 피에 굳어 달라붙었다면……."

"장도가 있지 않습니까?"

남자는 무심하게 그렇게 말했지만, 그 말을 듣는 순간 나는 끔찍한 불쾌감에 휩싸였다. 마치, 칼로 유리를 긁는 소리로 가득 찬 거울 방에 갇혀 있는 느낌. 고개를 조금만 돌리면, 사면을 둘러싼 거울을 통해 끔찍한 장면을 보게 될 것 같은 기분. 한 여자가 주저앉은 채, 자기 발목에 장도를 꽂아 생살을 긁어내는 그런 장면을.

"양귀비가 필요한 데는 그런 이유도 있었을 겁니다. 모르핀 없이 그 작업을 했다간 고통으로 기절할지도 모르니까요."

진통제 삼아 양귀비를 복용하고, 칼로 삼끈을 뽑아낸다. 그리고 피를 흘리며 행랑채로 향한다. 이 시점에서는 아직 양귀비를 과용하지 않았다. 백선을 살해한 후 시체를 끌고 돌아온 삼덕은 아직 피가 흐르는 발목에 삼끈을 통과시키고, 양귀비로 지혈 조치를 한다. 치마 아래로 백선의 피를 묻힌 것은, 피 흘린 자국을 덮기 위해서였다.

"하지만 대체 왜, 그렇게까지."

"말하지 않았습니까? 그것이 삼덕이 떠올릴 수 있는 가장 합리적인 방법이었을 겁니다."

백선은 끈질기게 잠자리를 요구했고, 방탕한 시아버지는 그런 백선에게 아첨하는 자였다. 아니, 아첨 정도가 아니라 며느리를 팔아 돈을 챙길 생각이었는지도 모른다. 삼덕에게는 백선도, 박씨도 자신의 삶을 위협하는 장벽이었다. 그 장벽을 한꺼번에 무너뜨릴 방법.

"게다가 박씨가 죽어야 할 이유, 그것도 백선의 손에 죽어야 할 이유가 분명히 있었습니다."

"그게 뭐죠?"

"강상죄를 중화하는 겁니다."

삼덕의 문제는 최종적으로 현령을 협박하는 방식으로 해결되었지만, 삼덕이 처음부터 그런 방법으로 사건을 무마하겠다고 마음을 먹었던 것은 아니다. 심지어 양민이 되겠다는 생각 같은 건 하지도 않았다. 그저 다른 집의 노비로 옮겨가는 것 정도, 그 정도가 생각할 수 있는 최선이었다. 강상죄를 덮어쓰지도 않고, 선처를 받아 다른 곳으로 옮겨갈 가능성까지 있는 방법이 딱 하나 있었다.

　　강상을 강상으로 덮는다.

"강상죄의 혐의를 받게 되는 범위가 원체 넓습니다만, 그중에는 이런 것도 있지요. 부모가 살해당한 것을 알고서도 복수할 생각을 하지 않는 것."

"복수를 해도 법적으로 허용된다는 말입니까? 살인이라도?"

"그렇게까지는 아닙니다만, 부모가 살해당했을 때 그 현장에서 원수를 죽이면 무죄로 방면해주는 게 관례에 가까웠던 모양입니다. 물론 죽인 상대가 주인일 때는 논란이 생기겠지만요."

강상죄에 해당하는 중죄는 조정이 최종 판결한다. 임금이 판사가 되어 형을 결정한다. 주인이 노비의 부모를 죽였기에, 현장에서 노비가 복수를 한 사건이 올라가면 틀림없이 논란이 될 것이다. 아무리 노비를 사람으로 보지 않고, 피해자를 가해자에게 인도하는 것이 도리라고 주장하는 관료들이라 해도, 충효라는 중요한 국가 이데올로기의 저울질이 시작되는 순간 민감해질 수밖에 없다.

"그런데 삼덕은 묶여 있던 상황이기 때문에 범인 역할을 할 수가 없었지요. 만약 삼덕이 삼끈을 풀고 미리 준비한 장도로 백선을 죽였다는 결론이 났다간, 계획된 살인이 되니까요. 그래서 남편이 등장해야 했던 겁니다. 유력한 용의자로."

"남편은 죄 없이 엮인 셈이군요."

남자는 콧방귀를 뀌며 대꾸했다. "죄가 없기는요. 법 앞에서는 죄가 없어도 사람으로서는 죄가 있지 않습니까?"

"예?"

"장도를 가져다준 죄 말입니다."

아내의 부탁이었든 무엇이었든, 아내에게 자살 도구를 가져다준 죄.

"그렇다고 해도 남편을 꼭 범인으로 몰아야겠다고 생각했던 건 아닐 겁니다. 행여나 자신과 남편에게 전혀 의심의 시선이 돌아오지 않고, 그냥 강도의 짓으로 결론이 난다면 그건 그것대로 받아들였을지도 모르지요."

"그러고 보니 남편은 왜 사라진 건가요?"

남자는 잠깐 머리를 긁적이더니, 테이블 위에 누워 있던 제웅을 들어 다리가 없는 쪽을 보여주었다.

"이 제웅의 다리 말입니다. 실은 고의로 잘라낸 겁니다."

"예?"

"이것은 원래 삼덕이 자식에게 물려주고, 그 후손들에게 전해진 물건인데요. 집안의 액땜을 위한 인형이라는 점은 같지만 다른 제웅과는 쓰는 방법이 다릅니다."

액땜이 필요할 때는, 필요가 없는 부위부터 하나씩 잘라내라.

"통째로 버리지 말고, 포기할 수 있는 부위가 있으면 거기만 잘라내는 것이지요. 주술적으로 그게 의미 있는지는 모르겠습니다. 아마 그저, 어떤 교훈을 자식에게 주려던 것이 아닐까요?"

인생을 내던지지 마라. 버릴 수 있는 것들을 버려라.

"무엇보다 소중한 아이였겠죠."

"예."

남자는 옥비녀를 매만지며 자애로운 웃음을 띠고 있었다. 언제나의 빈정거리는 얼굴은 거기에 없다. 마치 사람이 바뀐 것 같은 미소였다.

"첫 아이가 생긴다는 건 말입니다. 그것이 설사 철저하게 계획에 따른 임신이었다고 해도 인생의 대전환이 오는 순간입니다. 방금 전까지 익숙한 길을 걷고 있었는데, 어느 순간 처음 보는 갈림길에 서 있는 자신을 발견하는 것이지요. 임신 사실을 깨닫는 그 순간에 한꺼번에 조명이 켜지고 그 갈림길이 드러납니다. 살면서 지하철이라는 것을 타본 적도 없고, 알지도 못하는 사람 앞에 복잡한 노선도가 주어진다고 생각해보세요. 그 끝에 뭐가 있는지도 모르는데, 모든 선택을 새로 해야 합니다. 두 사람분의 선택을요."

이 남자는 아마도 임신은커녕, 아이를 키워본 적도 없을 것이다. 그런 사람이 말하는데도 어쩐지 반박할 생각이 들지 않았다. 말의 논리에 승복해서라기보다는 마치 제웅처럼, 뭔가가 남자의 몸을 빌려서 말하고 있는 것처럼 보였기 때문이다. 그렇게 생각하는 찰나, 남자의 기분 나쁜 사백안이 다시 제자리로 돌아왔다.

"삼덕은 죽느냐 사느냐의, 생명을 건 모험을 목전에 둔 상태에서 임신 사실을 깨달았습니다. 그러니 아이와의 동반을 위한 첫 선택을 해야 하지 않았을까요?"

"어떤 선택을……."

"남편 말입니다. 이 사람을 내 아이의 아버지로 삼아도 될 것인가."

억지 논리일 수도 있지만, 장도를 가져다주지 않았다면 남편을 의심하지 않았을지도 모른다. 하지만 남편은 장도를 가져다주었다. 이 사람을 믿고 함께 살아갈 수 있을까? 삼덕은 피투성이가 된 채로 혼미해지는 정신을 붙잡고 남편을 기다렸다. 그리고 뒤늦게 나타난 남편에게 이렇게 말했다.

— 당신이 주인어른을 죽였소.

백선의 몸에는 아직 장도가 꽂혀 있었다. 그것이 자기가 사다 준 장도라는 사실을 남편이 눈치채지 못할 리 없었다. 그 짧은 말 속에 담긴 의미를 눈치채지 못할 리도 없었다. 살인을 하고 당신이 한 짓으로 꾸몄다. 어찌할 테냐.

어찌할 테요, 어찌할 테요.
거기 있는 장도를 뽑아 나를 찌를 수도 있을 것이오.
그대로 두고 나를 용서할 수도 있을 것이오.
묶여 있는 나를 두고 혼자 도망칠 수도 있을 것이오.
부부의 의리를 지켜 나를 데리고 도망칠 수도 있을 것이오.
어찌할 테요, 어찌할 테요.

답을 듣지는 못했다. 약 기운을 견디지 못하고 결국 그대로 까무러쳤기 때문이다.

삼덕이 정신을 차린 것은 관청에 마련된 간병실 안에서였다. 옥사가 아닌 방, 형리가 아닌 몸종의 간호, 의원의 출입. 자유로운 환경에서는 정보의 흐름도 자유로운 법이다. 물론 몸종이나 의원도 입조심을 하기는 했지만, 흘리는 말들로 대충 상황을 이해할 수 있었다. 그리고 그 상황을 곱씹으면서, 어떤 사실을 깨달았다.

'현령은 이 사건에 강상죄가 얽히는 것을 피하려 하고 있다.'

동병상련이라고 말하면 이상하지만, 삼덕 자신이 강상죄 문제에 신경을 쓰고 있었기에 현령의 그런 의도를 더 쉽게 눈치챌 수 있었던 것일지도 모른다.

삼덕의 남편이 복수를 위해 주인을 죽였다는 결론이 나는 상황은, 천국과 지옥 사이의 문과 같은 것이었다. 삼덕에게도, 현령에게도 같았다. 다만 서 있는 위치가 다를 뿐이었다. 그들은 문간에서 서로를 마주 보고 있었다. 문지방을 넘어가려 하는 자와, 절대 넘어서지 않으려 하는 자.

"마치, 하나의 얇은 막을 사이에 두고 위와 아래에서 손이 맞닿은 듯한, 그런 기분이었던 것이지요."

손을 뻗으면, 이 막 너머의 손을 잡아당기면…… 올라갈 수 있다.

"그리고 삼덕은 현령의 손을 움켜잡은 겁니다. 뿌리치지 못하도록 강하게 말이지요."

뿌리치지 못하도록 강하게. 나는 힐끗 나무패를 쳐다보았다. 현령은 얽힌 가지를 베어내지 못한 것인가.

"지지상규 기사전벌."

나도 모르게 혼잣말을 신음처럼 흘리고 말았다.

남자는 빙긋 웃더니, 나무패를 들어 올리며 말했다. "실은 여기엔 숨은 뜻이 더 있습니다. 지지상규, 서로 얽혀 있는 가지는 사실 연리지의 은유지요."

연리지. 서로 다른 뿌리에서 나온 두 나무의 가지가 맞붙어 하나가 된 것. 풀려 해도 풀리지 않는 부부의 연을 상징하는 것.

"그런 부부의 연이라 해도……."

"필요하면 끊어낼 수 있다. 아니, 끊어내야 한다. 그런 뜻이 아니었을까요?"

"그렇군요."

남자는 나무패를 들어 제웅의 품속에 집어넣으면서 말했다. "사실 제웅의 몸속에 이 글자를 넣은 것은 다짐하고 되새기기 위해서였을지도 모르지요. 그 결정은 옳았다, 나는 최선의 선택을 했다, 그렇게 계속 스스로에게 속삭인 겁니다. 그거야말로 참으로……."

"미련이군요."

남자는 잠깐 놀란 눈으로 나를 보다가 슬며시 웃었다.

미련이다. 미련이라고 설명할 수밖에 없다. 끊어내야 한다, 자를 수밖에 없다는 말을 글로 써서 인형에 넣어두고 매일 되새기는 삶. 그것은 가지 않은 길에 대한 아쉬움이 남아 있기에 스스로를 질책하는 것이 아닌가. 그것을 미련이라고 하는 것밖에는 표현할 방법이 없다, 그렇게 생각하고 있는데.

"거참, 뭐랄까." 남자가 헛기침을 하며 입을 떼었다. "뭐랄까. 거 너무 냉정하달까, 사랑이라는 마음에 대한 공감이 없달까……."

"네?"

순간 발끈했다. 평생의 대부분을 스님으로 살았던 사람에게 사랑을 모른다는 말을 들을 정도로 경험이 없지는 않다. 애초에 이 사람이 사랑이라는 말을 꺼낼 때는 대부분 궤변에 가까운…….

"그러니까요, 결론이 안 난 거란 말입니다."

남자의 말에 나는 순간 멍해졌다.

"어, 뭐가요?"

"그러니까, 현장에선 흉기가 발견되지 않았지요?"

"예……."

남자는 히죽 웃더니 검지 손가락을 펴들고는 말했다. "여기서 문제, 삼덕의 남편은 왜 장도를 뽑아서 도망쳤을까요?"

잠깐 멍해졌지만, 곧 정신을 차리고 대답했다.

"살인의 증거가 되기 때문 아닙니까? 자기가 샀다는 것이 밝혀지면……."

남자는 히죽 웃으며 말했다. "물론 그럴 수도 있겠지요. 하지만 장도를 가지고 도망치는 시점에서 죄를 자백하는 것이나 마찬가지인데 그럴 필요가 있을까요?"

"그래도 조금이라도 확률을 줄이려고……."

"장도를 뽑아 도망치는 시점에서 확실히 이득을 보는 사람이 있는데도요?"

"예?"

"현장에서 흉기가 사라진 덕분에 초기 수사 때 용의선상에서 완전히 해방된 단 한 사람 말입니다."

무슨 뜻인지 이해하지 못해 잠시 얼이 빠져 있다가, 문득 눈길이 테이블 위의 제웅으로 향했다. 삼끈. 그런가. 삼덕에게 의심이 가지 않도록 일부러 도망쳤다는 뜻인가. 일부러 장도를 뽑아

기이한 골동품 상점 197

들고.

　내 생각을 알아챈 듯 남자는 고개를 끄덕였다.

"물론 가능성일 뿐입니다. 삼덕은 결국 끝까지 남편을 다시 만나지도 못했으니 본인에게 물어볼 기회도 없었고요. 그래도 말입니다."

　남자는 잠시 턱을 긁더니, 다짐하듯이 말을 이었다.

"판명되지 않은 진실은, 선택하면 되는 겁니다."

6장

불신자를 우롱하는 신

"신앙은 경에서 나오는 것이 아닙니다.
입고, 먹고, 생활하는 양식에서 나오는 것이지요."

"……어라?"

컨테이너 문 앞에서 나는 발걸음을 멈칫했다. 목탁이 걸려 있다. 묘한 위치에. 마치, 초인종이 있어야 할 것 같은 위치에 말이다. 설마하니 초인종 대용으로 걸어놓은 건가?

하지만 그렇게 생각하니 왠지 못 볼 걸 본 듯한 느낌이었다. 분명히 예전에 이 목탁을 본 적이 있기 때문이다. 그때 남자는 분명, 이것이 누군가의 유품이라고 말했던 것 같다.

"에엑."

목탁을 애써 무시하고 문을 열었다가 나도 모르게 괴상한 신음을 내고 말았다.

안쪽 문가에 목탁과는 비교도 안 되게 묘한 것이 놓여 있어서였다. 애초에 이곳에 있는 물건이라고는 묘한 것밖에는 없지만,

그래서 더 묘하다. 음, 어쩌면 이곳에 있기 때문에 묘할 뿐이고 밖에서 보았다면 오히려 평범한 물건인가. 아니, 그럴 리 없지. 저런 것을 길에서 들고 다니는 사람이 있다면 십중팔구 경찰에 붙들려갈 것이 뻔하다.

도대체 저게 뭐냐고 물어보려고 주인 쪽을 바라보니, 또 묘한 풍경이 펼쳐져 있었다. 카운터에 앉은 그 남자는 벼루에 먹을 갈고 있었다. 아주 진지한 표정으로. 평소에는 볼 수 없는 모습이다. 아니, 진지하다기보다 약간 눈이 풀린 것 같기도 하다. 먹을 가는 행위 자체에 중독된 것처럼.

나는 남자에게 다가가 물었다. "뭐 하세요?"

남자의 고개가 천천히 올라왔다. 썩은 생선 같은 눈동자가 나를 바라보며, 침 묻은 입술이 열린다. 공허한 목소리가 배어 나온다.

"간판을, 쓸까 하고."

"간판이라면, 슬슬 개업인가요?"

남자는 내 말엔 대답하지 않고 홀린 듯한 눈으로 먹물을 바라보며 묵묵히 먹을 갈고 있을 뿐이었다. 나는 그 눈길을 따라가다가 헉하고 숨을 들이마셨다.

"저, 잠깐만요! 그 먹, 설마하니……!"

비명을 지르며 다급히 말하자 남자는 내 쪽을 돌아보았다. 하지만 그저 무슨 소리를 하는 건지 모르겠다는 듯, 멍한 눈으로 날 쳐다볼 뿐이다.

"안 됩니까?"

되묻는 목소리에 힘이 없다. 나는 잠시 그 멍한 눈을 마주 보다가, 어쩐지 두려운 기분이 들어 눈을 피했다. 화제를 돌리는 게 낫겠다. 간판이니 먹이니 하는 문제는 일단 잊고, 손가락을 들어 문제의 물건을 가리켰다.

"그런데 저건 뭡니까?"

멍하니 앉아 있던 남자의 시선이 내 손가락을 따라 그것으로 옮겨갔다. 대빗자루 정도…… 아니, 사람 키 정도 길이의 쇠막대. 꼭대기에 해골 하나가 씌워져 있지 않았다면 그냥 길에 굴러다니는 철골을 주워왔으려니 했을 법한 평범한 물건이다.

한참 그것을 바라보던 남자의 눈에 점점 생기가 돌아온다. 아니, 생기라기보다는 약간 불쾌한 기색이 강해진 것 같기도 하다.

남자는 쩝, 하는 소리를 내더니 영 못마땅한 듯한 표정으로 뱉어내듯 말했다. "새로 들어온 물건입죠."

어째 마음에 안 들어 하는 눈치다. 혹시 그렇다면.

"가품입니까?"

"아뇨, 아뇨. 가품은 아닙니다만, 아시잖습니까? 가품은 다루지 않습니다, 저희는. 아, 해골은 가짜가 맞을 겁니다. 하지만 음, 뭐랄까. 진짜 가품이라고 해야 하나, 진품은 진품인데."

이상하게 오늘따라 말하는 것이 두서가 없다.

"어째 마음에 안 드시나 보네요."

"마음에 안 든다기보다는 뭐 마음에 들긴 합니다만, 영 찜찜하단 말이죠. 저런…… 뭐랄까, '섞인 것'은."

섞인 것이라. 분명 해골과 쇠막대가 섞여 있긴 하다만. 물론 저 남자가 하는 말은 그런 뜻이 아닐 것이다.

"그래서, 이건 뭐라는 물건입니까?"

"이슬람불."

"예?"

"이슬람불이라고 합니다."

이슬람불. 발음을 곱씹으며 머릿속의 사전을 뒤져보았지만, 그런 단어는 나오지 않았다.

나는 조심스럽게 되물었다. "혹시, 이스탄불을 잘못 말씀하신 것 아닙니까?"

"아뇨아뇨, 이스탄불은 튀르키예 도시 아닙니까. 저건 그냥 이슬람불입니다."

터무니없는 말장난같이 느껴졌지만, 나는 혹시나 해서 다시 물어보았다.

"……이슬람교와 관계있는 물건입니까?"

"아뇨, 그럴 리가요. 아무 관계도 없습니다."

굉장히 귀찮다는 투다.

"아랍 쪽에서 왔다던가."

"전혀요. 조선시대 물건입니다."

슬슬 이쯤 되면 이야기를 풀어줄 만도 하건만, 어째 대답하는 투가 영 감질난다. 못마땅한 눈으로 남자를 잠시 노려보고 있자니, 어느새 남자는 히죽하고, 예의 그 불순한 웃음을 지어 보인다.

어째 이 남자의 수법에 낚인 것 같기도 하다.

"그래서……."

"궁금하십니까?"

"예에."

남자는 다시 히죽 웃고는 말을 이었다. "혹시 미타 신앙이라는 것을 아십니까?"

"알지요. 아미타불을 섬기는 신앙 아닙니까?"

이 가게를 들락거리는 동안 나도 이것저것 꽤 공부를 했으니, 그 정도도 모를 리는 없다. 미타 신앙이라는 것은 한반도에 불교가 전래된 이후 조선조까지 내려온 민간신앙이다. 민간 불교라고 하기도 어렵고, 그저 부처의 이름을 빌려온 민간신앙이라고 하는 것이 더 어울린다. 믿는 자마다 방식이 다르긴 하지만, 대개는 서낭이나 장승을 섬기듯이 아미타불에게 기도하는 게 전부이다. 게다가 그 기도 내용도 대개는 윤회나 깨달음 등의 불법과는 별 상관이 없고 현세에서의 복을 비는 경우가 많기에, 불교와는 영 거리가 있다. 어찌 보면 민속신앙에 불교의 한 요소가 흡수되었다고 표현해도 이상하지 않다.

"《조선왕조실록》에 이런 내용이 있습니다. 세종 5년, 그러니까…… 1423년의 기록입니다."

남자는 노트북으로 뭔가를 검색하는 것 같더니, 화면을 하나 띄워 보여주었다.

세종실록 19권, 세종 5년 1월 12일.

요망스러운 말을 한 선군 이용을 형률대로 다스리게 했다가 놓아 보내다.

"이게…… 뭔가요?"

"아, 국사편찬위원회에서 만든 사이트입니다. 《조선왕조실록》의 한글 완역본이 데이터베이스화되어 있지요. 검색도 한글로 잘 되고요. 참 편리한 세상이란 말이죠."

"아뇨, 그건 전에도 들었고요. 그보다 이 내용 말입니다. 이것만 가지고는 뭐가 어쨌다는 건지."

남자는 내 질문에는 들은 척도 하지 않고, 다시 바쁘게 뭔가를 검색하며 말을 이었다.

"이용이란 자가 했다는 그 요망스러운 말이라는 것이 무엇이냐 하면 말이죠. 이 이용이라는 사람이 미타 신앙을 믿었던 모양입니다. 이 자가 어느 날 평소처럼 산에 올라가 아미타불을 애타게 부르짖다가 UFO를 만나 계시를 받는데……."

"뭐라고요? UFO?"

"음, 정확히 UFO라고 쓰여 있지는 않았습니다만, 하여간 가운데에 둥그런 구멍이 뚫린 구름 같은 것이 머리 위에 있었다고 합니다. 이런 건 UFO밖에 없지 않겠습니까?"

"글쎄요, 그런 형태라면 UFO보다는 도넛 모양의 담배 연기를 더 닮은 것 같은데요."

그러자 남자는 못마땅한 표정으로 나를 흘겨보았다.

"그렇게 큰 담배 연기라면 오히려 UFO가 나타난 것보다 큰일이잖습니까. 도대체 어떤 괴물이 얼마나 거대한 담배를 피워댔는가는 둘째치고, 간접흡연만으로도 치사량일 텐데요. 한 마을이 끝장났을 겁니다. 하여간 그 UFO…… 아니, 구름 위를 쳐다보니 그 위에 에일리언 세 명이…… 아, 알았습니다. 알았어요. 큼, 백색의 부처 셋이 내려다보고 있더랍니다. 이런 이야기가 늘 그렇듯이 이용은 곧 그 부처들로부터 무슨 계시를 받았는데, 그 내용이 묘하더란 말이지요."

남자는 다시 모니터를 가리켰다.

> 동방에서 온 회회생불이 9, 10, 11월의 석 달 동안에 우리 국토를 돌아다닐 것이니, 만약 이 부처의 형상을 만들어 물에서나 육지에서나 변이 있거든, 이것을 쏘기도 하고, 때리기도 한다면 국가가 태평할 것이다. (……) 네가 시기에 맞추어 위에 아뢰지 않으면 (……) 3, 4월에는 가물고, 5, 6월에는 수재(水災)가 있을 것이다.

묘하다. 마치 어떤 고대 종교의 기이한 경문을 보는 것 같다.
"확실히 기이하군요."
"기이하지요."
"애초에 이 회회생불이라는 건 뭡니까?"
"아아, '回回生佛'이라고 씁니다. 회회는 이슬람교를 말하는 것이고, 생불은 말 그대로 산부처지요. 기록에 남은 최초의 이슬람불일 겁니다."

이슬람의 생불. 그래서 이슬람불이라고 말했던 것인가. 그렇다 해도 묘하다. 도저히 어울리지 않는 것들이 섞여 있다. 게다가 막대기에 해골을 꽂아놓은 것을 신불로 모신다는 아이디어는 생각도 해본 적 없다. 그 이야기를 들은 장소가 여기가 아니었다면, 한번 코웃음 치고 말아버렸을 것이다. 그런데······.

"조선시대에도 민간에서 알 정도로 이슬람과 수교가 있었다는 것입니까?"

조선과 이슬람은 어째 어울리지 않는다. 게다가 분명히 한국에 이슬람교가 들어온 것은 한국 전쟁 시기 튀르키예 군인들에 의해서라고 배운 적이 있다.

"웬걸요, 한반도에서 이슬람교가 가장 번창했던 때가 아마 이 시기일 겁니다."

"어라? 그건 처음 듣네요."

남자는 혀를 쯧쯧 차며 말했다. "역사 정도는 공부를 좀 하시지요. 어쨌든 추측도 상상도 해석도 아닌 엄연한 사실입니다.《조선왕조실록》의 기록만 봐도 그래요. 궁궐에서 신년회라든가 즉위식이라든가, 임금이 등장하는 대조회가 열릴 때마다 이슬람교에서 참여하곤 했으니까요."

조금 신기한 이야기지만 살짝 억울한 마음도 없진 않다. 국사 시간에 그런 이야기를 배운 기억은 없다. 조선의 이슬람교에 대해 모르는 사람이 나뿐만은 아닐 것이다. 하지만 그런 항의를 해 봤자 더 부끄러워질 뿐이라, 일단은 잠자코 받아들였다.

"참여라면…… 거기서 뭘 합니까?"

"코란을 암송하고 임금을 칭송하는 것이지요."

"정말 신기한 이야기로군요."

아무래도 허튼소리를 하는 것 같지는 않다. 무엇보다《조선왕조실록》을 증거로 들이미는 데야. 한반도에 이슬람 공동체가 생긴 것이 1950년대 이후가 아니라, 실은 그보다 500년 전에 이미 꽤 큰 이슬람 공동체가 있었단 말인가.

"당시에는 이슬람교와 위구르족을 통쳐서 다 회회라고 불렀던 모양입니다만, 세종대왕 초기에 이슬람교가 번성해 있었던 것은 사실일 겁니다."

나는 신중히 고개를 끄덕이며 다시 물었다. "그래서 그 많은 사람들이 언제 어디서 왔다는 겁니까?"

"기본적으로는 고려 때부터 이어진 공동체일 겁니다. 그 시절에 회회인 공동체가 이미 구성되어 있었고, 모스크라고 부를 만한 시설도 있었던 모양입니다만…… 더 거슬러 올라가보면 이 고려 회회인의 대다수는 아마 원나라에서 유래되었을 겁니다."

"원나라라."

말기의 고려와 원나라는 군신에 가까운 조공 관계였다. 원나라에서 어떤 집단 이주 같은 것이 있었다 해도 이상하지 않으리라.

"당시 원나라의 정치적 방향성은 인재라면 인종을 가리지 않고 중용하는 것이었다고 알려져 있습니다만, 그런데 이 회회족들이 특히 여러모로 능력이 뛰어났다고 합니다. 과학, 기술, 의학, 보석학 등등 이것저것 말이지요. 원나라에 정착한 회회인 중에는 특히 해상무역을 하던 상인들이 많았을 테니 장사 경력이나 여행에 대한 지식도 남달랐겠지요. 그런데 원나라 공주가 고려 왕에게 시집오면서, 이 회회인들도 한반도로 들어왔다고 합니다."

고려 25대 충렬왕의 제1왕비는 쿠빌라이 칸의 딸, 홀도로게리미실이었다. 그녀의 시호는 제국대장공주다. 고려 왕조는 원나라의 부마국이라는 위상을 획득하기 위해 충렬왕부터 공민왕에 이르기까지 여덟 명의 원나라 공주를 왕비로 맞이했는데, 제국대장공주가 최초의 원나라 공주 출신 왕비였다. 원나라 황제의 딸이었으니만큼 고려로 들어올 때의 행차도 대단했고, 제국대장공주를 수행한 사람 중에 회회인만 100여 명이 있었다고 한다.

"호오."

"그런데 사실은 그 시기에 말입니다. 종교적 공동체라고 하긴 뭐할지 몰라도 이미 이전에 정착한 회회인들이 꽤 있었지요. 한 500년 전, 그러니까 통일신라시대에 당나라에서 신라로 이주한 회회인들이 대부분이었을 겁니다."

남자의 설명에 따르면 신라는 계절과 풍토가 좋아 정착하기를 원하는 무슬림들이 많았다고 한다. 심지어 이슬람의 옛 문헌에도, '신라에 정착하면 떠나고 싶어 하지 않는다'라는 기록이 남아 있을 정도로.

"풍토도 풍토지만 무엇보다도, 난민의 유입이 꽤 있었던 것 같습니다."

"난민이라 하면, 전쟁 말입니까?"

"예. 당나라에서 당시 황소의 난이라고, 대규모의 역성혁명이 일어나지 않았습니까? 이 당시에 난리에 휩쓸려 회회족 12만 명이 학살당했다고 하더군요. 그러니 난을 피해서 여기저기로 도망친 것이지요. 일부는 동남아로, 일부는 신라로…… 처용가로 유명한 그 처용도 이 시기에 신라로 피난 온 회회인이라는 설이 있습니다."

"그럴싸하군요."

"처용의 진실이야 어찌 되었든지 간에, 그 시기에 상당한 유입이 있었던 건 사실일 겁니다. 어쨌거나 그렇게 해서 500년이 지나고, 어찌저찌 토착화된 회회인과 새로 유입된 회회인들이 만났으니 발전의 조건이 갖춰진 셈입니다."

한번 말을 끊고는, 남자는 무슨 비밀스러운 이야기라도 하는 투로 눈을 깔며 이야기를 계속했다.

"헬라파 유대인들과 히브리파 유대인들이 협력하면서 기독교가 유럽 사회에 퍼져나갈 기틀을 만들었던 것과 마찬가지지요."

"이번엔 기독교입니까."

"아뇨아뇨, 비유일 뿐입니다."

비유라. 이 남자의 비유는 때때로 너무 종교적이어서 영 알아듣기 힘들다.

"하지만 그래도 이상하지 않습니까? 중국이라고 해도 조선 입장에선 북쪽이고 이슬람교의 본진이랄까, 메카 같은 곳은 서역이라고 할 텐데……. 동방에서 온 회회생불이라는 말은 앞뒤가 안 맞지 않습니까?"

동방에서 온 회회생불이…….

"아, 그 구절 말입니까?"
"예. 회회가 이슬람을 가리킨다는 건 알겠습니다. 하지만 동방에서 온다고 생각할 이유가 없지 않나요? 게다가 회회생불이라는 건 대체……."
"……그리 이상하게 생각할 건 없습니다. 생불이라는 건 민간신앙에서는 본래 의미의 부처보다는 신이란 뜻으로 더 많이 쓰이니까요. 회회생불이라 하면 그냥 이슬람의 신, 그 정도의 뜻이겠지요. 그리고 동방에서 온다고 생각할 만한 이유가 아예 없었던 건 아닙니다. 실제로 한반도 동쪽인 일본에서 들어온 무슬림들도 꽤 있었던 모양이니까요."
"그래요?"
"예. 이걸 좀 보시죠. 세종대왕이 집권하기 전인 태종 때의 기록입니다."
남자는 다시 모니터에 창을 띄웠다.

태종 15년 5월 25일.

구주의 회회 사문이 예물을 바치고…….

태종 17년 6월 27일.

구주 탐제 우무위 원도진이 (……) 회회 사문을 돌려보내도록 청하여…….

"구주라는 것은 일본의 규슈를 말합니다. 원도진이란 자는 당시 규슈의 영주로, 본명은 시부카와 미쓰요리입니다만 조선을 상대로 교역할 때는 원도진이라는 이름을 썼지요. 사문이라는 것은 본래 불가에서 수행자를 부르는 말입니다만, 이 시대에는 종교를 막론하고 사제, 성직자라는 의미로도 통용된 모양입니다. 다시 말해 회회 사문은 곧 이슬람 성직자이지요. 실록의 이 내용은 규슈의 이슬람 성직자가 조선에 방문하여 교역을 하거나, 조선에 억류된 이슬람 성직자를 풀어달라고 일본에서 사신을 보내기도 했다는 의미입니다."

"억류라면, 인질로 사로잡힌 이슬람교도도 있었나 보네요."

"예. 어쩌면 시기상 쓰시마 정벌과 관련 있을지도 모르지요. 뭐 하지만 전제 자체를 부정하고 아예 다르게 설명할 수도 있을 겁니다. 그러니까 억류 같은 게 아니라, 멀쩡하게 자기 의지로 한반도에 와서 잘 살고 있는 이슬람 성직자를 돌려보내달라고 떼를 썼을 뿐이라거나요."

"왜 그런 떼를 쓴단 말입니까?"

"무슬림의 학식과 기술이 뛰어나니까요. 한반도의 예를 보아도 확실히 무슬림의 존재는 국력에 도움이 되었지요. 세종대왕 시기에 이루어진 과학적 진보도 단순히 임금의 투자와 장영실이라는 뛰어난 한 명의 기술자 때문만은 아니었습니다."

"이슬람의 학식을 받아들인 덕이란 말입니까?"

"예. 예를 들어서 혼천의는 중국의 역법을 쓰지 않고 새로 만든 역법으로 만들었는데, 이 역법을 개정할 때 바탕이 된 것이 이슬람 역법입니다. 또 자격루라는 물시계를 만들 때 이슬람의 물시계를 참고하기도 했다고 하지요."

능력만 있다면 인종을 가리지 않고 중용했던 원나라의 쿠빌라이 칸과 마찬가지로, 세종대왕 역시 새로운 기술이나 문화를 받아들이는 데 편견이 없었다고 알려져 있다. 노비 출신인 장영실을 중용해 높은 자리에 앉힌 것도 그 사실을 방증한다.

"그게 사실이라면 확실히 국가 정부로서는 탐낼 만하군요."

"그렇지요. 게다가 또 한 가지, 권력자라면 탐낼 만한 재주가 있었습니다."

"그게 뭡니까?"

"보석에 관한 기술입니다. 세공과 채굴, 그리고 매장 위치를 찾아내는 기술이지요."

"아하, 하기야 궁궐에서 치장은 중요하니까요."

"예. 그래서 말인데요, 그 방면으로 재주가 좋은 이슬람 성직자가 한 명 있었던 모양입니다. 저는 아마 일본에서 돌려달라고

요구한 것이 실은 이 사람이 아닐까 싶습니다."

남자는 다시 키보드를 투다닥 치더니 새 창을 열어 보였다.

> 태종 7년 1월 17일.
> 일본 단주의 사자가 대궐에 나와 (……) 회회 사문 도로(都老)가 처자를 데리고 함께 와서 머물러 살기를 원하니, 임금이 명하여 집을 주어서 살게 하였다.

"도로라는 것은……?"

"전례로 보아서는 사람 이름일 겁니다. 아랍식 이름을 한자로 음차한 것일 텐데, 원래 발음이 뭔지는 알 수 없지요. 어쨌든 이 도로라는 성직자가 이 기록 이후로도 실록에 계속 등장합니다. 이국인 한 사람의 이름이 2대에 걸쳐 왕의 기록에 계속 등장하는 것부터가 심상치 않은 일입니다만, 하여간 이 양반이 수정 광물을 잘 찾아내는 재주가 있었던 모양입니다."

"허어."

"도로가 처음 귀화할 때 태종에게 본국에서 만든 수정 모주를 바쳤는데 이 물건에 태종이 상당히 흡족해했다고 합니다. 그런데 말입니다."

귀화한 도로는 몇 년 후에 태종에게 묘한 제안을 했다. 도로가 왕 앞에서 말하길, 자기가 몇 년 살아보니 이 땅에 수정이 많이 있을 것이 분명하다. 그러니 먼 지역에 나가 수정을 찾아오도록 허락해달라고 했다는 것이다. 태종은 이 제안을 수락하고, 왕명을 내려서 김해에서 금강산, 순흥에 이르기까지 일대를 망라한 수정 채굴 작업을 지시했다. 물론 그 작업의 책임자가 도로였다는 사실은 말할 것도 없을 것이다.

"태종도 꽤나 기대를 했는지, 도로가 수정을 찾으러 가는 곳마다 지역 관리가 협조하도록 안배를 해두었다는군요. 그렇게 작업을 시작해서 한 달 후에 나온 결과가……."

남자는 다시 모니터에 새 창을 띄웠다.

> 태종 12년 3월 29일.
> 회회 사문 도로가 캔 수정 300근을 바치다.

"300근이면 얼마나 되는 거죠?"

"200킬로그램 정도가 아닐까 싶은데요. 어쨌든 적은 양은 아닐 겁니다. 이 300근을 한양으로 가져온 것이 경상도 관찰사라고 하니, 여정은 김해에서 끝났겠지요. 그런데 이 당시에 한양에서 김해까지의 거리는 약 11일 정도가 걸리는 거리였다고 합니다."

11일. 지금이야 KTX가 있으니 그리 멀게 느껴지지 않는 거리지만, 그 시대에는 확실히 먼 거리였을 것이다.

"11일이면…… 왕복이라면 22일이 되는군요."

"예. 본래는 금강산과 순흥을 둘러서 가는 여정으로 되어 있었으니 훨씬 더 오래 걸렸을 수도 있지만, 중간에 생각이 바뀌어서 김해만 일직선으로 갔다 왔다고 치더라도, 왕복 시간을 빼면 일주일 만에 수정 300근을 캐온 셈입니다."

"그것참, 놀라운 재주이긴 합니다만……."

남자는 눈을 빛내면서 말했다. "마치 수정이 어디에 있는지 처음부터 알고 있었던 것처럼 말이지요."

"……!"

"하여간 그 후로 도로가 수정을 캐러 갔다든가 임금이 상을 내렸다든가 하는 기록이 세종 때까지 반복됩니다만, 흥미롭게도 이 조선 무슬림들에 대한 기록은 도로로 시작해서 도로로 끝납니다."

조선의 무슬림들이 실록에 등장하는 것은 이 도로의 등장 시기와 일치한다. 도로가 등장하기 이전, 그러니까 태조 때에는 무슬림에 대한 기록이 아예 없다. 임금의 연회에 무슬림들이 참석하는 관례가 시작된 것도 도로가 등장하고 얼마 후 치러진 세종의 즉위식에서부터다. 최소한 기록상으로는, 그 이전에는 없던 파격적인 일이었다. 이 남자는 그것이 우연이 아니라 인과관계라고 말하고 있는 것이다. 다시 말해…….

"도로가 수정을 캐기 시작하면서 조선 내 무슬림들의 입지가 높아졌다는, 그런 이야기입니까?"

"예. 그렇지요."

나는 곰곰이 생각하다 물었다. "조선 무슬림의 기록이 도로로 시작했다는 의미는 알겠습니다만, 그런데 도로로 끝났다는 것은 무슨 이야기죠?"

"우선 도로의 마지막 기록부터 이야기하지요. 도로가 실록에 마지막으로 등장하는 것은 세종 4년의 일입니다. 이후로는 수정을 캤다는 이야기도, 상을 받았다는 이야기도 없지요."

남자는 다시 새 창을 띄웠다.

세종 4년 2월 1일.
회회교의 사문 도로에게 쌀 5석을 내려주었다.

"쌀 5석이면 얼마나 됩니까?"

"1톤 정도일 겁니다. 일단 양보다는 임금이 직접 하사했다는 게 더 중요하지만요. 하여간 이 기록을 마지막으로 도로는 실록에서 사라졌습니다. 도로라는 키워드로 아무리 찾아봤자, 도로 정비 같은 이야기나 나올 겁니다. 아마도 그 후로 더 이상 수정을 캐러 보내지 않았다고 봐야겠지요."

"나이가 들어서 사망했다거나……"

"그럴 수도 있겠습니다만, 저는 다른 이유라고 생각합니다."

남자는 다시 맨 처음 보여주었던 창을 열었다.

세종 5년 1월 12일.
요망스러운 말을 한 선군 이용을 형률대로 다스리게 했다가 놓아 보내다.

"어? 이게 왜요?"

"이 기록이 말입니다. 그러니까 도로의 마지막 기록으로부터 1년 후입니다."

"그게 무슨 관계가 있는 겁니까?"

남자는 입을 오므리고 잠깐 생각을 하다가, 화제를 전환하듯 말을 꺼냈다. "그, 세종대왕 시절에 황희 정승의 사위가 아전 하나를 때려죽인 일이 있었는데……."

"예?"

"먼저 들어보시죠. 당시 황희는 좌의정이었습니다만, 아끼는 사위가 하나 있었지요. 그 사위가 신창이라는 아전을 때려죽이는 사건이 일어났습니다. 이를 알게 된 황희는 사건을 은폐하기 위해 우의정인 맹사성을 만났습니다. 그리고 사위의 아버지인 형조판서 서성도 이 은폐 조작에 협력하게 되지요."

"아아. 예, 그런 일이 있었군요."

어째 어릴 적 교과서나 위인전에서 배운 황희나 맹사성의 이미지와는 꽤나 다른 이야기다.

남자는 고개를 끄덕이며 말했다. "예. 지금으로 치면 살인사건 하나를 은폐하겠다고 국회의장과 대법원장과 사법부가 모여서 공모를 한 셈이지요. 그 정도의 권력들이 목숨을 걸었으니 진실이 관철될 리 있겠습니까? 결과적으로 엉뚱한 사람을 범인이라고 뒤집어씌워 압송하기에 이르렀는데, 세종이 재수사를 명하게 됩니다. 그 정도의 권력이 힘을 합쳐 문서를 조작했음에도, 이 재기 넘치는 임금은 조서를 읽은 것만으로 어떤 위화감을 눈치챈 것이지요."

"그래서 그 사건이, 이용이 받았다는 그 계시와 관계가 있다는 겁니까?"

"관계가 있을 리 있나요? 그 사건은 4년 뒤인 세종 9년에 벌어진 일인데요."

"아니, 이봐요."

"하여간 그 정도로 명탐정이었다는 말입니다, 세종대왕은."

남자는 그렇게 툭 던지듯 말하고는 손가락으로 모니터 한쪽을 가리켰다.

형률대로 다스리게 했다가 놓아 보내다.

"그 명탐정이 이런 짓을 괜히 했을 리 없지 않습니까?"

"……"

"성리학이 국교이자 정의였고 고관대작들이 다른 종교나 사술들을 못 잡아먹어 안달인 시대였습니다. 세종은 그들처럼 나서서 종교를 탄압하지는 않았지만, 백성을 혼란시켜 이득을 취하려 하는 요사스러운 사교들에게는 자비롭지 않은 사람이었지요. 그런데, 요망한 말을 하는 자를 잡아들여 벌하려 하다가 갑자기 석

방을 명했다…… 이상하지 않습니까?"

"그것이, 세종이 명탐정이라서라는 말입니까?"

남자는 고개를 끄덕이며 말했다. "예. 처음에는 세종도 이용을 벌하려 했지만, 이용이 받았다는 그 계시 내용에서 어떤 위화감을 발견했기에 취소하고 사건을 덮으려 한 것이 아닌가 하는 생각입니다. 세종 9년의 조작 사건 때와는 반대로 말이지요."

"음, 위화감이라. 하지만 요사스러운 말이라는 건 틀림이 없지 않습니까? 이슬람 부처라는 것이 등장한 시점에서부터 위화감이라기보다는 완전히 엉터리인 이야기고요."

남자는 쯧쯧 혀를 차며 고개를 저었다.

"맥락을 봐야지요, 맥락을. 그리고 아까도 말씀드리지 않았습니까? 당시의 민간에서는 신이나 부처나 그게 그거였다고요. 이용이 회회생불이라는 표현을 쓴 것도, 그저 미타 신앙을 믿는 사람이다 보니 신이라는 표현 대신 생불이라는 표현을 썼을 뿐일 겁니다."

"그러면 회회생불이라는 것은 그저 이슬람의 신을 의미할 뿐이라는."

"예. 신, 알라, 야훼, 하느님 등 뭐라고 부르던 하여간 그쪽일 겁니다. 나무 지저스 크리스타불……."

남자는 합장하는 시늉을 해 보였다. 이 남자는 예전에 중이었다고 들은 적이 있다. 종교에 대한 이런저런 잡지식이 많은 것도 그 때문이라고 한다. 환속을 하게 된 계기가 골동품 장사를 하라는 부처님의 계시를 받았기 때문이라고 주장했는데, 농담인지 진담인지는 지금도 잘 모르겠지만 그게 진담이라면 땡중도 보통 땡중이 아니다.

"그래서, 이용이란 자가 받은 것이 이슬람 신의 계시였다는 겁니까?"

"그럴 리 없지요. 그냥 미타 신앙에 이슬람의 상징이 끼어들었을 뿐입니다. 마을이나 작은 공동체 단위의 민간신앙에는 외래의 신이나 종교적 관습이 흡수되어 등장하는 일이 많이 있지요. 기독교가 그런 대상이 되기도 하고, 불교가 그런 대상이 되기도 합니다. 가끔 불당을 차려놓고 아기 예수를 섬기는 역술가도 있지 않습니까?"

문득 한복을 곱게 차려입은 역술가가 불상 앞에서 유창한 발음으로 "지~저스 크라이~스트!"라고 외치는 이미지가 떠올라 그만 웃음을 터뜨릴 뻔했다.

"무슨 이야기인지 알겠습니다. 그런데, 그렇다면 반대로 위화감이랄 게 없는 것 아닙니까?"

"평범한 사람은 그렇게 생각하겠지만요."

"아, 예."

살짝 심통이 났다. 자기는 평범하지 않다는 건가. 뭐, 확실히 평범하진 않다.

"중요한 건 그것이 이슬람적 계시냐 아니냐가 아니라, 민간신앙이 이슬람의 상징을 받아들이기 시작했다는 사실 자체겠지요.

미타 신앙에 회회생불이 등장했다는 것은 다시 말해 이슬람교가 그 지역에 대중적으로 퍼지기 시작했다는 의미입니다."

"호오."

"게다가 하필이면 그런 일이 일어난 곳이 충주라는 지역인 점도 마음에 걸렸겠지요."

"충주가 어째서요?"

"충주는 훗날 일제 강점기에 수정 광산이 개발된 곳입니다. 수정뿐 아니라 옥 같은 것도 많이 나왔고요. 그 시대에도 이미 소문이 나 있지 않았을까요?"

"……!"

"아마도 세종은 도로를 충주로 보냈던 적이 있는 게 아닌가 싶습니다. 그렇기에 어떤 위화감을 느꼈겠지요."

그제야 그 위화감이라는 것이 뭘 의미하는지 이해가 갔다. 그러고 보니, 위화감이라고 하면 신경 쓰이는 부분이 또 하나 있다.

마치 수정이 어디에 있는지 처음부터 알고 있었던 것처럼.

"그것은, 도로가 수정 발굴을 구실로 충주에 내려가 선교 활동을 했다는……."

"예. 사실 수정을 실제로 캐기나 했는지도 의문입니다. 일주일 동안 300근을 무슨 수로 캔다는 말입니까?"

"그렇다면 그 수정은 어디서…… 아!"

기이한 골동품 상점

남자는 빙긋 웃은 후 고개를 끄덕이며 말했다. "그겁니다. 애당초 가지고 있었던 게 아닐까요? 혹은 아랍 상인들의 네트워크를 통해 들여왔다던가요. 말씀드렸듯이 무슬림들은 보석에 대한 지식은 물론이고 해상무역 실력이 뛰어난 상인도 많았습니다. 애초부터 수정을 모아두고 채굴을 구실로 전 지역을 다니며 포교를 했다는, 아주 단순한 진실일 뿐인지도 모릅니다. 잡역이나 심부름을 위해 동행한 일꾼들도 당연히 무슬림이었을 테니, 어지간히 조심한다면 이야기가 새어나갈 일도 없었겠지요?"

"어째서 그런 짓을 할 필요가 있습니까?"

묻기는 했지만, 답은 상상이 간다.

"그야 물론 의심을 받지 않으면서 포교를 다니기 위해서였겠지요. 갖다 바친 수정이야 무슬림들의 지위 유지를 위한 로비 자금으로 치면 그만이고요. 어쨌든 그 시대에 이슬람교가 조선에서 살아남기 위해서는 꽤 합리적인 투자였다고 생각합니다."

분명히 그 말대로 합리적이다. 있을 수 있는 이야기다. 하지만 이 남자가 한 말에는 모순이 있다.

"하지만 세종은 종교에 관대하다고 하지 않았습니까?"

"예. 세종은요."

"아아!"

세종이 특별히 종교에 관대했다는 이야기는, 비교 대상이 있기에 성립할 수 있는 이야기다. 다시 말해, 세종을 제외한 다른 사람들은 관대하지 않았다는 식으로 해석할 수도 있다.

"조정의 사대부는 확실히 관대하지 않았지요. 그들은 유교 외에는 모두 사교이며 폐해야 한다고 생각했습니다. 당시 불교의 처지를 보면 쉽게 알 수 있는 일입니다. 실록에서만 보아도, 불교는 요사스러운 것이니 폐해야 한다고 주장하는 상소가 하루가 멀다 하고 올라옵니다. 이미 세종대에서 불교 종단을 통폐합하고 사찰을 부수고 승려들의 도성 출입을 금지하는 등 억불정책이 난무했지요. 힘이 있었던 종교에도 그럴진대, 이슬람교에 대해서는 어떻게 생각했겠습니까?"

나는 고개를 끄덕였다. 이제야 이해가 간다.

"심지어 임금의 대연회에서 코란을 낭송할 정도니 이만저만 눈엣가시가 아니었겠군요."

"하여간 세종의 입장에서는 다소 골치 아픈 일이었을 겁니다. 특별히 이슬람교를 숭상하는 것은 아니지만, 그렇다고 무슬림들이 탄압을 받는 것도 원치 않았겠지요. 게다가 왕명에 따른 수정 채굴을 구실로 전국을 돌아다니며 선교를 했다는 사실이 알려지면 무슨 일이 일어날지는 너무도 눈에 선한 일이었을 겁니다."

왕명이 사교를 포교하는 데 구실이 되었다는 사실이 폭로되면, 왕권 통치의 정당성에도 문제가 생긴다. 세종 자신의 정치력이 심각하게 흔들릴 수도 있는 일이다.

나는 고개를 끄덕이며 말했다. "분명 그렇긴 합니다."

남자는 잠시 목에 걸린 옥비녀를 만지작거리더니, 턱을 긁으며 이야기를 계속했다.

"이용을 돌려보내고 더는 조사하지 않는 식으로 일을 덮긴 했습니다만, 그것으로 안심할 수는 없었을 겁니다. 꼬리가 길면 밟히는 법이지요. 세종이 생각하기에 이 일이 계속되면 그 내막도 결국 드러나게 될 것이라, 결국 도로에게 수정 채굴을 더 이상 지시하지 않았다…… 아니, 중단을 명했다. 이렇게 해석할 수도 있습니다."

"으음."

이야기의 여운을 곱씹고 있는데, 문득 남자가 히죽 미소를 지었다.

"그런데 이 해에 좀 웃기는 일이 생깁니다."

"그게 뭡니까?"

"예언이 이루어져버린 것이지요."

"예?"

"그 이용이 들었다는 부처의 계시에서 말입니다. 재앙의 시작이 3, 4월의 가뭄이었잖습니까? 그런데 그해 3, 4월에 진짜로 재앙에 가까운 가뭄이 일어납니다. 어느 정도였나 하면……."

남자는 다시 실록의 한 페이지를 찾아 보여주었다.

세종 5년 3월 13일.

함길도의 화주에 흙이 있는데, 빛깔과 성질이 밀과 같았다. 굶주린 백성들이 이 흙을 파서 떡과 죽을 만들어 먹으매 굶주림을 면하게 되었는데, 그 맛은 메밀 음식과 비슷하였다.

"진짜입니까?"

"진짜이지요. 제가 《조선왕조실록》을 위조하기라도 했단 말입니까? 무슨 수로…….."

못마땅한 표정으로 불평하는 남자에게 나는 다급히 말했다.

"아니, 그게 아니라."

"뭡니까, 그럼?"

"그, 메밀 맛이 난다는 게…….."

남자는 잠시 멈칫하더니 인상을 심하게 찌푸렸다.

"그럴 리 있겠습니까? 흙을 메밀이라고 생각하고 먹지 않으면 안 될 지경이었을 뿐이지요. 중요한 건 흙으로 죽을 쒀 먹는 의미 없는 짓을 할 정도로 상황이 나빴다는 이야기입니다."

하기야 그렇겠지. 나는 민망한 기분이 들어 눈을 피했다. 남자는 그런 나를 한심하다는 듯이 한 번 흘겨보고는 이야기를 계속했다.

"물론 가뭄 자체는 우연일 뿐일 겁니다. 그렇겠지만, 어쨌거나 예언이 이루어진 것이라 믿는 사람들도 있었겠지요. 그러니 이 민간의 회회생불 신앙도 더욱 설득력을 얻기 시작하지 않았겠습니까?"

"정작 원본인 이슬람교보다 더…… 말이죠?"

"그럴지도 모릅니다. 제가 생각하기에 오히려 이슬람교 자체는 위축되었을 겁니다. 예언대로라면 가뭄에서 벗어나기 위해 이 회회생불을 쏘거나 때려야 하는데, 이런 믿음에 무슬림들이 편승

하는 것은 무리였을 테니까요."

"그렇다면, 각 지역에서 회회생불의 모형이 많이 만들어졌겠군요?"

"아뇨, 그건 무리입니다. 일단 그런 일은 일어나지 않았을 겁니다. 불가능한 일이니까요."

"예?"

남자는 턱을 긁으며 잠시 고민하더니, 진지하게 물었다. "유대교와 기독교, 이슬람교의 관계를 아십니까?"

"셋 다 같은 신을 믿고 아브라함을 믿음의 조상으로 섬긴다는 것 정도는……."

"음, 이렇게 이야기해볼까요? 영화로 치면 이런 느낌입니다. 기독교는 '최신 속편, 유대교 2', 이슬람교는 '최신 개정판, 기독교 리부트!'랄까요."

나는 나도 모르게 주위를 둘러보았다. 유대교든 기독교든 이슬람교든 교인이 한 명이라도 이 자리에 있었다면 화를 내도 여간 내지 않을 것 같다.

남자는 아랑곳하지 않고 계속 말을 이었다. "그런데 사실, 최신 개정판이랍시고 나오는 종교라는 것은 본래 원작의 어떤 요소를 비판하거나 부정하면서 등장하는 법입니다. 예를 들어서 힌두교와 불교의 사례를 보면…… 신에 대한 생각이라거나 여러 가지가 있습니다만, 대표적인 건 이거죠. 카스트와 윤회."

"카스트라는 건 그 계급 같은 거죠?"

"예. 그런데 힌두교의 카스트라는 것은 영혼에 붙어 있는 계급입니다."

"영혼이라……."

"그래서 죽어도, 다시 태어나도 카스트는 변하지 않지요."

"그러니까 귀천이 영속적으로 주어진다는 거군요."

"그에 반해서 영혼에 계급 따위는 없고, 덕을 쌓고 깨달음을 얻으면 더 나은 존재로 올라간다는 게 불교의 가르침이고요."

"그렇게 들으니 확실히 대립 관계처럼 느껴지긴 합니다."

그리고 더더욱 이 남자가 땡중처럼 느껴지기도.

"유대교와 기독교, 이슬람교도 마찬가지입니다. 기독교는 유대교의 원죄 개념을 예수의 대속으로 상쇄하면서 등장했고, 이슬람교는 기독교의 삼위일체론을 반대하고 예수를 여러 메시아 중 한 명으로 격하하면서 등장했지요."

"저, 너무 어려운 이야기는."

"예컨대 우상숭배……라는 겁니다, 이슬람교 입장에서 삼위일체설은."

"그렇군요. 종교는 잘 모르겠지만."

남자는 잠깐 뭔가 생각하듯이 뜸을 들이다가 다시 말을 이었다.

"……그렇다 보니 이슬람교는 우상숭배를 좀 지나치다 싶을 정도로 금지하는 측면이 있습니다. 삼위일체만이 아니라 신의 표상을 섬기는 것도 반대합니다. 그래서, 성상이나 성화라는 것이 없지요. 알라의 모습을 표현한 어떤 시각 매체도 없는 겁니다. 그러니 아무리 대단한 무슬림이라 할지라도 알라가 어떻게 생겼는지 알 턱이 없지요."

"하지만 보통은 신을 인간과 비슷하게 그리지 않습니까?"

"그야 뭐, 신이 자기 모습을 본떠서 인간을 만들었다고 주장하는 종교나 신화들이 많긴 하지만 그건 대체로 고대의 종교나 신화들 같은 경우의 이야기고요. 이슬람교의 경우는 신이 자기 모습을 본뜬 게 아니라 그냥 만들고 싶은 대로 만들었다고 봅니다. 그러니 신이 인간을 닮았다는 보장은 없지요."

"그렇다면 회회생불을 본떠서 뭘 만들라는 것 자체가 무리한 주문이었겠군요."

"그렇지요. 그러니 떠돌기만 하는 전설일 뿐이고 실제로 실행하는 일은 없었겠지요. 한동안은."

"한동안은……이라고요."

남자는 히죽 웃으며 대답했다. "예, 억지로라도 그러지 않으면 안 되는 시기가 올 때까지는 말입니다."

"무슨 사건이라도 일어났다는 이야기입니까?"

남자는 다시 모니터에 새 창을 띄웠다.

세종 9년 4월 4일.

"회회교도는 의관이 보통과 달라서, 사람들이 모두 보고 우리 백성이 아니라 하여 더불어 혼인하기를 부끄러워합니다. 이미 우리나라 사람인 바에는 마땅히 우리나라 의관을 쫓아 별다르게 하지 않는다면 자연히 혼인하게 될 것입니다. 또 대조회 때 회회도의 기도하는 의식도 폐지함이 마땅합니다." 하니, 모두 그대로 따랐다.

"이것은……."
"대충 읽으면 상당히 그럴싸한 이야기이지만, 예나 지금이나 원래 정치적인 발언은 찬찬히 뜯어봐야 속내를 알 수 있는 법입니다."
"또 갑작스럽게 위험한 발언을 하시는군요."
"어쨌든, 잘 보면 의관과 종교의식을 정확히 겨냥해서 말하고 있지 않습니까? 이슬람의 옷을 금지하고 이슬람의 의식을 금지하자는, 말 그대로 민족 문화 말살 정책이 시행된 것입니다."
"문화 말살이라고요? 듣고 보니 그렇게 볼 수도 있겠네요. 그렇다 해도, 대조회의 의식을 폐지한 것뿐 아닙니까? 종교 자체를 금지했다고 보기엔……."
남자는 눈을 가늘게 뜨고 나를 바라보았다. 깊이를 알 수 없는 사백안이 내 눈을 뚫고 들어올 것만 같아, 나도 모르게 시선을 피해버렸다. 남자의 목소리가 스며들듯 귀로 들어왔다.
"선생님, 신앙은 경에서 나오는 것이 아닙니다. 입고, 먹고, 생활하는 양식에서 나오는 것이지요."
"예에."
"중세 유럽 기독교가 유대교를 박해하면서 가장 경계했던 것이 무엇인지 아십니까?"

"글쎄요."

"음식입니다. 유대인식 음식. 유대인 가정에서 유대인 요리를 만들지 않는지 감시하기 위해 냄새를 맡고 다니는 관리가 따로 있었을 정도니까요."

"뭔가 건강에 안 좋다거나?"

"웬걸요, 콩과 채소를 넣고 하룻밤 동안 푹 삶았으니 소화에 좋기만 하지요."

"그렇군요."

그러고 보니 그런 비슷한 이야기를 들은 적이 있는 것 같기도 하다.

"종교적 생활 습관을 금지하면, 그 신도에게는 철학만 남습니다. 그게 건전하다면 건전할 수 있지만, 그래도 외형이 없는 철학은 종교로서 계속 살아남지 못하지요."

"무슨 말인지 알 것 같습니다."

"게다가 거기서 끝나지 않았겠죠, 당연히. 사실 저 선언에는 종교와 의관을 금지한다는 사실 자체만 내포되어 있는 게 아닙니다. 저 선언 자체가 무슬림에 대한 보호 해제 같은 것이지요."

"보호 해제라면?"

"무슬림의 종교와 문화를 탄압할 근거가 마련되었다는 뜻입니다."

"그렇게 되나요?"

"저 기록 이후로 실록에는 조선 무슬림이 전혀 등장하지 않습니다. 게다가 현대에 와서는 그 시기에 무슬림 집단이 있었던 흔적조차 찾을 수 없지요. 이게 무슨 의미라고 생각하십니까?"

흔적이 모두 사라졌다. 일시에. 그것은 분명 이렇게밖에 해석할 수 없으리라.

"종교와 문화 자체가 일시에 청소되었다는……."

"예. 아마 온 동네의 관리들이 무슬림의 냄새를 맡으러 돌아다녔을 겁니다."

냄새라는 말 자체는 비유일 뿐이겠지만, 그 표현은 상당히 그럴싸하다. 하지만 그럼에도 뭔가 분명히 마음에 걸리는 부분이 있다. 무슬림들이 전통 의복을 입거나 예식을 하지 못하도록 감시했을 거라는 추측 자체는 확실히 합리적이다. 하지만…….

나는 고개를 번쩍 들고 물었다. "저, 그 도로가 전국으로 선교를 하러 다녔을 거라고 하셨죠?"

"예."

"미타 신앙에 회회생불이 등장했다는 이야기는, 어느 정도 선교가 성공했다는 뜻 아닌가요?"

"성공까지는 아니더라도 분명 영향은 꽤 있지 않았을까 생각합니다."

"그렇다면 아랍 출신이 아니라, 조선인 무슬림도 있었겠군요."

"있었을 수 있지요."

"그 사람들은 어떻게 관리합니까?"

"예?"

"아, 아뇨. 그, 조선인 무슬림이라면 인종도 조선인이고, 의복도 다른 조선인들과 같으니 구분이 되지 않는 것 아닙니까? 그들이 여전히 집안에서 무슬림의 의식을 치르고 예를 갖춘다면 무슨 수로 찾아냅니까? 그렇다고 전국의 모든 백성을 감시할 수도 없는 것이고요."

잠시 어리둥절한 표정이 되었던 남자의 얼굴에 다시 미소가 떠올랐다.

"방법이 없진 않지요. 그림 밟기를 시켰다면요."

"그림 밟기가 뭔가요?"

"후미에라고 아십니까?"

후미에. 17세기에 일본의 정부가 가톨릭 신자들을 색출하기 위해 사용했던 방법이다. 예수가 그려진 목판 따위를 땅에 놓고 사람들에게 밟게 하여, 밟기를 주저하면 기독교인으로 간주해 체포했다고 한다. 조선에서도 그와 비슷한 일이 일어났을 거라고 이 남자는 말하고 있는 것이다.

"하지만 이슬람교엔 상징이 없다고 하셨잖아요?"

남자는 히죽 웃으면서 대답했다. "그러니까요. 아까 말했잖습니까? '억지로라도 그리지 않으면 안 되는 시기'가 와버린 것이지요. 자, 여기서부터는 제 상상입니다."

남자는 자신의 가설을 이야기하기 시작했다. 관료들은 회회생불의 그림을 땅에 놓은 후, 백성들이 의무적으로 밟고 지나가게 하여 그가 무슬림인지 아닌지 감별해내려 했다. 하지만 회회생불이 어찌 생겼는지 알 수 없었으므로, 무슬림 성직자들에게 회회생불의 그림을 그리도록 강요했다. 무슬림들 입장에서는 살아남으려면 거짓으로라도 아무거나 그리는 수밖에 없었지만······.

"그런데 이게요, 이슬람에는 또 한 가지 골치 아픈 전통이 있더란 말이지요, 생명이 있는 것을 그리는 게 금기시되었거든요."

창조는 신만의 영역이며, 생명을 그리는 것은 신의 영역을 함부로 침범하는 것. 그러므로 생명이 있는 것을 그리는 자는 큰 죄를 짓게 된다는 논리다.

"그래서 고민하다가 누군가가 꾀를 낸 겁니다. 그렇다면 살아 있지 않은 것을 그리면 되는 것 아닌가. 그리되면 생명을 그린 죄에도 해당하지 않고, 그것이 진짜 알라의 모습도 아니니 신의 형상을 그린 죄에도 해당하지 않으리라."

나는 흘낏 '그것'을 보았다. 장대에 매달린 해골.

"어떤 사람들은 이미 죽은 사람의 얼굴을, 어떤 사람은 해골을 그렸겠지요. 그렇다고는 해도, 워낙에 그림과 인연이 없는 종족이다 보니 그림으로 표현하는 것 자체가 어려웠던 사람들이 더 많았을 겁니다."

"그러면 그런 사람들은 어떻게 했을까요?"

"이슬람 문화에서 그림 대신 발전한 게 있습니다. 하트(Hat)라고 부르는데요, 글씨를 그림처럼 쓰는 겁니다. 흔히 이슬람 캘리그래피라고 하지요."

"아아!"

글씨로 동물이나 꽃을 표현한다던가, 그런 것들을 보았던 것 같다.

"하트를 이용해 형상을 표현한 사람들도 있었겠지요. 물론 거기에 쓰이는 글씨는 죽은 사람의 이름, 따위였을 겁니다."

"그렇겠죠."

"이제 엉터리 그림도 완성되었겠다, 지역 관리마다 백성들에게 그림 밟기를 시킵니다. 그리고 발자국이 잔뜩 난 '회회생불'의 그림을 장대에 매달아 저잣거리에 세워놓으면 그야말로 최고의 신성모독이었을 겁니다."

하지만 그것만으로는 설명이 되지 않는다. 나는 문가에 서 있는 문제의 '이슬람불'을 가리키며 되물었다.

"그럼 저 물건은 어떻게 된 겁니까?"

"그야, 사람들이 이제 그 그림을 보고 회회생불이 어떻게 생겼는지 알게 되었잖습니까? 흉년을 극복하려면 회회생불의 모습을 본떠 만들어서 쏘고, 때려라."

"민간에서 만든 회회생불의 상, 이라는 것이군요."

"예, 그런 것이지요."

어쩐지 이 남자가 마뜩잖아 했던 이유를 알 것 같다. 기묘한 민간신앙, 그리고 신성모독을 피하려던 무슬림들의 꾀를 거쳐 돌고 돌아서 나온 위작. 거기에 그 위작의 모방. 가짜의 가짜…… 진품이지만 진짜가 아니고, 거기에 실린 것은 '아무것도 아닌' 것이다. 물건의 역사에서 사연을 탐하는 이 남자에게는, 흥미롭긴 하지만 만족스럽진 않은 떨떠름한 물건일지도 모른다.

"알겠습니다. 그런데, 그런 상상에 다다른 계기가 뭔가요? 그리고 애초에 저 물건이 진품이라고 여기게 된 이유는요?"

남자는 말없이 모니터에 새 창을 띄워 보여주었다.

> 세종 18년 5월 10일.
>
> 어떤 사람이 지난 옛날에 참형당한 장수와 재상들의 성명을 종이에 써서 장대에 걸어놓고 두박신이라고 호칭하므로, 동리마다 전해 가면서 서로 모방해서, 어리석은 백성들이 놀라며 의혹해서 제사를 지내는 데에 이르렀는데, 종이와 베를 다투어가면서 내어놓기를 조금도 아끼지 않았다.

"죽은 사람의 이름을 써서 장대에 걸어놓은 신······."

이미지가 머릿속을 스쳐지나갔다. 그것은 분명, 회회생불일지도 모른다.

"기묘한 신앙이 한 차례 휘몰아쳤던 모양입니다. 아마도 회회생불의 전설이 돌고 돌아서 결국 이런 식으로 토착신이 되어버린 것이 아닌가 싶습니다."

"두박신."

남자는 고개를 끄덕이며 말했다. "두박신의 이 두박은 넘어지는 소리를 표현한 것이라고 합니다만, 저는 다른 해석을 하고 있습니다."

기이한 골동품 상점 237

"다른 해석이라면?"

"아랍어 사투리에 '다바케'라는 말이 있습니다만, 이게 무슨 뜻인지 아십니까?"

"아뇨, 전 아랍어는……."

남자는 옥비녀를 손가락으로 매만지며 말했다. "발자국, 이라고 합니다. 발자국이 난 신인 셈이지요."

"다바케…… 두박……."

나는 묘한 기분이 되어 해골을 돌아보았다.

"예에. 가짜 신을 놀리는 말, 가짜 신에 홀린 사람들을 조롱하는 말."

어쩐지 해골이 웃고 있는 것처럼 보였다. 이야기를 끝까지 듣고 나니 마치 저 가짜 신에게 신성이 있는 것처럼 느껴졌다. 가짜 신성, 잘못된 신성. 그 해괴하고 거꾸로 된 영성에 홀리는 바람에, 남자의 마지막 말은 그만 흘려넘겨버리고 말았다.

"……그런 말이라고 가르쳐주더군요."

1장

홀로 기다리는 먹

"80년 전 탄광에서 자라난 물건입니다."

까맣다. 돌이다. 까만 돌 하나가 덩그러니 진열장 위에 놓여 있었다. 바닥 면은 반듯하게 평평하고, 위쪽은 울퉁불퉁하다. 이건 뭐지? 수석인가? 그러고 보니 생긴 것이 산 모양 비슷한 것 같기도 하다. 그렇다 쳐도, 까맣다. 깊이를 알 수 없을 정도로 까만색이다. 현무암이나 그런 종류의, 흔히 볼 수 있는 까만 돌은 분명 아니다. 이건 마치…… 석탄? 아니, 그것도 아니다. 석탄이라기엔 너무 표면이 반반하다. 설마 돌에다가 물감을 칠한 것은 아니겠지? 도대체 이게 뭔가.

돌 앞에서 고민에 빠진 나를 바라보면서, 남자는 그저 히죽거릴 뿐이었다. 맞혀보라는 뜻일까.

나는 조심스럽게 입을 열었다. "문진……."

남자의 얼굴이 못마땅하다는 듯 일그러진다. 그렇지? 역시 그건 아니겠지? 그런 멀쩡한 물건일 리 없다. 애초에 이곳에 멀쩡한 물건이 있을 리 없다. 뭔가 말도 안 되는 물건, 예를 들어 운석이라거나, 아니면 똥의 화석 같은…….

계속 입을 우물거리며 말을 꺼내지 못하고 있으니, 남자는 실망한 듯한 얼굴로 이제 그만 됐다는 듯이 손을 휘휘 젓고는 정답을 말했다.

"먹입니다. 먹."

"예?"

"먹 말입니다. 저기 이렇게 벼루에 갈아서 먹물을 만드는…….”

"예…… 예?"

아니, 실망한 건 내 쪽이다. 먹이라니 너무 멀쩡한 물건 아닌가. 물론 생긴 것이 좀 괴상하긴 하지만, 항의하는 내 눈빛을 알아차렸는지, 남자는 이렇게 덧붙였다.

"보통 먹이 아니지요."

"예. 뭐, 그렇겠죠. 오래된 것인가요?"

"오래되었지요. 한 80년은 넘었으려나요."

이 남자가 드디어 노망이 난 것인가.

"아니, 80년이라고 해봤자…….”

"80년 전 탄광에서 자라난 물건입니다."

잠시 어안이 벙벙해졌다. 지금 내가 무슨 소리를 들은 것인가. 탄광…… 아니, 그보다 먹이 자라났다고? 아니, 아니지. 아무리 그래도 도저히 생물처럼 보이지는 않는다.

미심쩍은 표정으로 지그시 쳐다보니, 남자가 쯧쯧 하고 혀를 찬다. 그러곤 불쑥 이런 말을 꺼냈다.

"먹물로 종이에 글을 쓰면 글씨가 오래 보존되지요. 그래서 고려시대니 조선시대니 하는 옛날의 문서들이 현대까지 남을 수 있었던 겁니다. 그런데 어째서 오래가는지는 아십니까?"

"예? 아뇨, 그건······."

"먹이라는 것이 말이지요. 옛날에는 송진 따위를 태워서 그 그을음으로 만들었다고 합니다만, 기본적으로는 탄소 덩어리입니다. 물론 탄소 덩어리라고 해도 석탄과는 다르지만요. 어쨌든 그것을 물에 개서 종이에 칠하면, 탄소가 종이 섬유 사이로 스며들어 염색이 되는 것입니다."

"염색······ 예, 이미지와는 다르네요. 하지만 탄소가 자란다는 이야기는······."

"글쎄, 그런데 자라버렸다지 뭡니까."

남자는 히죽 웃으며 이야기를 시작했다.

문제의 먹이 자란 곳은 한반도의 어느 탄광이라고 한다. 그 일이 일어난 것은 1941년쯤의 일이다. 당시엔 전 국토에 광업의 열기가 가득했는데, 태평양 전쟁의 영향이 컸다. 태평양 전쟁은 1941년부터 1945년까지 태평양과 동남아시아 일대에서 벌어진 전쟁으로, 미국과 일본 제국의 전쟁을 중심으로 형성되었다.

"미국과의 전쟁이라는 것이 지금 생각해보면 참 무모한 짓입니다만, 그 당시의 일제는 군국주의 판타지에 빠져서 완전히 맛이 가 있었으니까요. 정신력으로 어떻게든 될 거라고 생각한 모양입니다. 하지만 정신력으로 배를 몰거나 정신력으로 비행기를 띄울 수는 없는 일이잖습니까? 물자 확보만큼은 현실적인 방법이 필요했지요."

태평양 전쟁의 전선이 본격적으로 생기기 조금 전인 1938년, 일제는 국가총동원법을 선포했다. 전쟁 수행에 필요한 인적 자원과 물적 자원, 즉 병사와 무기를 수급하기 위해 대놓고 광범위한 강제 징용 조치를 합법화한 것이다. 전장으로 보내기 위한 징병은 물론이고, 전장 물자를 생산할 노동자도 징용 대상이었다. 말이 좋아 징용이지 백주 대낮에 사람을 납치하거나 인신매매 같은 수단을 사용하기도 했던 모양이다. 그렇게 징용된 조선인이 가는 곳 중 하나가 탄광이었다.

"연료는 중요하니까요. 특히 전쟁에서는 어마어마하게 소모되지요. 가미카제를 하더라도 일단 비행기는 띄워야 할 것 아닙니까? 하여간 그렇게 해서 탄광으로 많은 사람이 끌려갔는데, 일본의 탄광으로 끌려가는 경우도 있었지만 조선의 탄광으로 가는 경우도 꽤 있었나 봅니다."

당시 조선의 탄광은 개발된 지 그리 오래되지 않았다. 조선반도에서 석탄에 대한 본격적인 조사가 시작된 것이 20세기 초이니, 이 시기에 만들어진 탄광은 대부분 급조된 탄광이었다. 풍부한 채굴량, 그리고 부실한 안전시설. 광부가 과잉 노동과 안전사고로 죽어나가기 딱 좋은 상황이었다. 게다가 조악한 것은 현장

자체만이 아니었다.

"눈, 코, 입이 달려 있고 두 발로 걸어다니면 마구잡이로 끌고 가는 시절이었으니 적재적소라는 게 있겠습니까? 천식 환자가 탄광에 끌려가 분진을 들이마시다가 죽어나가기도 했겠지요. 하여간 그런 시절인데, 한반도 최남단쯤에 고구산 탄광이라는 곳이 있었습니다. 어느 날 그 탄광에 웬 젊은 훈장 하나가 끌려왔지요."

"훈장이라 하면, 서당 말씀입니까? 그때도 서당이 남아 있었나요?"

"예, 사실 그 시기의 서당은 조선시대와는 성격이 좀 달랐을 겁니다. 지금으로 치면 대안학교 같은 위상이었지요. 일제의 국민교육이 아닌 다른 교육을 받기 위해 다니는 곳이랄까요."

탄광에 끌려간 그 훈장은 원래 자기 마을에서 꽤나 존경받는 선비였던 모양이다. 시도 곧잘 읊고 학식도 상당했는데, 특히 붓글씨가 탁월하여 마을 사람들에게 현판이나 지방문 따위를 자주 부탁받았다고 한다. 워낙에 온 마을에서 사랑받는 양반이다 보니, 이 훈장이 탄광에 끌려올 때 웬 꼬마 하나가 쫄래쫄래 따라왔더란다.

"마을의 갈 곳 없는 아이였습니다만, 훈장과는 꽤 인연이 깊었던 것 같습니다. 서당에서 수업할 때마다 문지방에 앉아 듣곤 했다지요. 글을 아는 것도 아니고, 뭘 알아먹을 자질이 있는 것도 아니었지만, 그저 공부하는 흉내를 내는 게 그리도 즐거웠던 모양입니다. 훈장도 그 아이가 도둑 청강을 하는 걸 뻔히 알면서 내버려두었고요."

 그렇다곤 해도 탄광에까지 따라오는 것만큼은 말릴 수밖에 없었다. 하지만 조그만 녀석이 이리저리 숨어서 몰래몰래 쫓아오는 것에는 훈장도 도리가 없었던지, 결국 아이는 탄광에 정착하게 되었다.

 "탄광회사 측에서 쫓아내거나 하진 않았습니까?"

 남자는 고개를 절레절레 흔들며 말했다. "그 총동원령이라는 것의 실체가 말이지요, 정말로 누구든 가리지 않는 것이었으니까요. 여자든 아이든, 문제가 될 것은 없었지요. 당시에 어땠느냐 하면…… 예를 들어, 그전까지만 해도 일제는 여성의 미덕으로 현모양처를 강조했단 말입니다. 여자는 집에서 남편을 내조하고 아이를 돌보는 것이 으뜸이므로 다들 그런 여성이 되도록 노력해야 한다…… 국가가 이런 소리를 하던 시절이었는데, 태평양 전쟁이 시작되자마자 갑자기 말을 확 바꿔서 '여성도 전사다!' 이러면서 전쟁을 위해 뭐라도 하는 게 여성의 미덕이 되어버렸단 말이지요. 필요에 따라 도덕도 전통도 획획 바뀌는 시절이었던 겁니다. 물론 그 시절이 꼭 아니더라도 본래 정치라는 것이 그렇습니다만…… 어쨌든, 어린아이도 예외는 아니었습니다. 황국신민으로서 마땅히 전쟁에 복무하는 것만이 가장 중요한 미덕이었지요."

 그러니 탄광회사 입장에서는 어린아이가 흘러들어온 것이 문제가 되지 않았다. 적든 많든 쓸 수 있는 노동력인 데다가, 제멋대로 흘러 들어왔으니 명부에 기입할 필요도 없었다. 명부에 기록된 광부보다 실제로 일할 광부가 더 많은 셈이 되었으니 할당량을 채우기에도 좀 더 나을 것이라는 계산이다.

"그렇다고는 해도 아이가 대단히 똘똘했던 것은 아니니까요. 제대로 광부 일을 하거나 보조를 하기에는 어려도 너무 어리니, 광부로 투입되지는 않았습니다. 대신 광부들의 잔심부름을 하거나, 식사 준비에 동원되거나 하는 잡부 역할을 했지요."

당시 어느 탄광에 가도 어린 광부나 어린 작업부는 많이 있었지만, 이 탄광의 경우에는 달랐다. 어린아이는 그 아이 하나뿐이었다. 그렇다 보니 조선인 광부들에게서 귀여움을 독차지했다.

혹독한 노동 현장이었지만 아이에게는 남들에 비해 남는 시간이 넉넉히 있었다. 광부가 아니기에 어거지로 일을 시킨다고 생산성에 도움될 리도 없었고, 탄광회사 입장에서는 쓸데없이 아이를 괴롭혀봤자 다른 광부들의 반발만 살 뿐 이득될 것이 없었으니까.

아이는 남는 시간이면 갱도 근처의 햇빛 드는 곳에서 놀곤 했는데, 주로 길쭉한 한 손 크기의 폐석이 아이의 놀잇감이었다.

"폐석이 뭔가요?"

"석탄을 캐고 분류를 하는 과정에서 버려지는 쓸모없는 돌 같은 것들이지요."

"호오, 그것으로 혼자 공기놀이라도 하고 놀았던 겁니까?"

"아뇨, 먹을 가는 흉내를 내고 놀았다고 합니다."

기이한 골동품 상점 247

"그것참, 기특하달까."

남자는 고개를 끄덕였다. "그렇지요."

광부들은 아이가 먹을 가는 광경을 좋아했다. 뜨거운 갱도에서 종일 작업을 하다가 땅속을 기어올라 별 아래에 서면, 저물어가는 햇살 속에서 어린아이가 열심히 먹을 갈고 있다. 탄광의 고된 현실과 영 동떨어진, 이 평화롭기 그지없는 풍경이 광부들의 마음을 녹여주는 최고의 휴식이었다고 한다.

그러던 어느 날, 전쟁이 격화되면서 훈장은 다른 곳으로 가게 되었다. 징용 상태에서 다시 징병을 당해 전쟁터로 불려간 것이다.

"아이도 따라갔겠군요?"

남자는 고개를 저으며 부정했다. "따라가지 못했습니다."

"어, 어째서죠?"

"물론 아이는 따라가고 싶어 했습니다. 하지만 탄광회사에서 놔주지 않았습니다. 노동력이 줄어드는 것을 좋게 생각할 리도 없고 이미 그 아이의 존재 자체가 광부들에 대한 복지 비슷한 것이 되었으니까요."

"하지만…… 명부에도 없는 아이 아닙니까?"

"그런 절차적인 이야기가 통하는 시대가 아니었으니까요."

훈장과 생이별을 하고 탄광에 홀로 남은 아이는 그 후로도 변함없이 매일 먹을 갈았다. 먹물이 나올 리 없는 폐석을 열심히 갈고, 글을 쓰거나 읽는 시늉을 하곤 했다. 글을 쓸 도구도, 읽을거리도 없는 산속이었지만 아이는 꾸준히 공부 흉내를 냈다. 그 진지한 모습은 언제까지나 광부들의 휴식처가 될 것만 같았다. 하지만 어느 날, 공습이 일어났다.

"공습이라고요? 조선반도에 말입니까?"

"그야 물론 도쿄 대공습 같은 그런 규모는 아니었지요. 하지만 조선에도 특히 일본과 가까운 남쪽에는 때때로 소규모 공습이 있긴 했습니다. 주로 기간산업이나 군수물자 등을 파괴하기 위한 것이었지요. 탄광도 거기에 포함된 것인지, 아니면 마침 인접한 군사시설이라도 있었던 것인지, 아니면 어떤 실수인지는 모르겠습니다만……."

소규모 공습으로 갱도가 무너져 내렸고, 몇몇 갱도에는 화재가 일어났다. 다행히 사상자는 생기지 않았지만 일시적으로 채굴이 중지되었다. 물론 탄광회사 입장에서는 위험하든 말든 한시라도 빨리 작업을 재개하고 싶었던 것도 사실이지만, 그럴 수 없는 이유가 있었다. 가스 때문이다.

"지금도 그런지, 다른 지역도 그런지는 잘 모르겠습니다만, 한반도의 탄광 작업장 대부분에는 상당한 양의 가스가 매장되어 있었다고 합니다. 폭발할 가능성이 있는 메탄가스라든지, 폭발할 일은 없지만 인체에 유해한 독성 가스라든지 말입니다. 그렇다 보니 갱도가 붕괴하면 석탄층이 무너지면서 일시에 가스가 뿜어져 나올 가능성도 적지 않았습니다."

만약 갱도에 메탄가스가 가득 차 있다면, 곡괭이질이 만든 작은 불씨 때문에 폭발할 가능성도 있다. 독가스가 나온다면, 무리

하게 작업을 재개했다가 광부라는 노동력을 한꺼번에 잃어버릴 수도 있다. 어느 쪽이든 탄광회사로서는 손해 막심한 일이었다. 그러므로 무너진 갱도를 복구하기 전에 갱도마다 가스가 있는지, 아닌지 확인하는 것이 먼저였다.

"가스가 있는지는 어떻게 확인합니까?"

"보통은 카나리아를 씁니다."

"카나리아요?"

"예. 카나리아는 무색무취한 가스에도 쉽게 반응하기 때문에, 카나리아를 갱도로 들여보내 관찰하는 것이지요. 카나리아 대신 문조를 쓰기도 합니다."

"잠수함의 토끼 같은 것이군요."

남자는 씩 웃으며 말했다. "예. 잘 아시는군요. 그렇습니다."

아직 산소측정기가 없던 시절에는 토끼를 잠수함 밑바닥에 키웠다고 한다. 토끼는 산소에 민감하기 때문에 산소가 모자라면 사람에게 이상이 생기기 전에 토끼가 먼저 죽는다. 토끼의 생사가 산소측정기 역할을 하는 셈이다. 광산에서는 카나리아가 잠수함의 토끼다.

"그래서 탄광회사는 카나리아를 갱도에 들여보냈습니까?"

"카나리아는 없었습니다."

"그러면 문조를……."

"없었습니다. 돈이 드니까요."

"그러면……."

"탄광회사는 아무 손해도 보고 싶어 하지 않았으니까요."

나는 침을 꿀꺽 삼켰다.

"그러면 뭘……."

"생명은 차고 넘치지 않습니까? 무너진 갱도를 비집고 들어가려면, 아무래도 몸집이 작은 쪽이 좋을 테고요."

게다가 마침 이 탄광에는 재산으로 잡히지 않는, 명부에 없는 작은 아이가 있었다. 탄광회사는 카나리아 대신 아이를 갱도로 들여보냈다. 물론 가스가 있는지 확인하기 위해서다. 아이가 들어간 곳은 수직갱이라 하여, 수직으로 파인 갱도였다. 유해가스의 존재를 확인하기 위해 들여보낸 것이므로 안전장치도 무엇도 없었다. 아이는 벌거벗은 채로 땅속 깊숙이, 깊숙이 들어갔다.

아이가 끝까지 내려갔다 올라오기를 모두가 숨죽여 기다렸다. 누구 하나 소리를 내지 않았건만, 어느 순간 굉음이 터졌다. 그리고 땅이 울리기 시작했다.

"불발탄이 폭발한 것이지요. 갱도 근처의 지면 여기저기서 땅이 갈라지며 불길이 솟아올랐습니다. 그러니 땅 밑에 가스가 나오고 있다는 것은 불 보듯 뻔한 일이었지요."

"그래서……."

"탄광회사는 아이가 올라오기를 기다리지 않고 진화 작업을 시작했습니다."

"진화 작업이라면 소화기 같은 걸 씁니까?"

"그 열악한 환경에서 그런 게 어디 있겠습니까. 애초에 소화기로 될 일도 아니고요. 그냥 물을 들이붓는 것이지요."

물론 그 시점에서 아이가 살아 있을 리는 만무했다. 갱도 특유의 뜨거운 지열과 가스 폭발의 열기가 더해져 내부는 분명 불지옥이 되었을 것이다. 그 증거로, 수직갱에 물을 들이붓자 마치 분수처럼 바로 하얗게 증기가 피어올랐다. 안쪽은 아마 시뻘겋게 달아올랐으리라. 하지만 진화 작업은 계속되었다. 석탄이 모두 연소하거나, 광산 전체로 번지는 일은 막아야 하니까.

"그렇게 난리를 피워댄 끝에 결국 불은 진화되었지요. 그러고 나서 며칠 후, 탄광회사는 카나리아를 공수해왔습니다."

수직갱에 내려갔다 온 카나리아는 건강해 보였다. 그리고 그 후로 며칠에 걸쳐 갱도 복구 작업이 진행되었다. 광부들은 통으로 삶아져서 갱도 밑에 깔려 있을 아이의 시체를 생각하며 자꾸만 눈물을 흘렸다고 한다.

"시체는…… 굉장히 끔찍한 모습이 되어 있었겠군요."

갱 속에서 푹 삶아진 시체, 본 적은 없지만 보고 싶지도 않다. 나는 뭔가 역한 것이 올라오는 기분이 들어 억지로 침을 꿀꺽 삼켰다. 남자는 음울한 표정으로 옥비녀만 매만지다가, 갑자기 히죽 웃었다.

"아뇨, 시체는 없었습니다."

"예?"

"시체는커녕 아무것도 없었습니다. 밑바닥까지 파낸 끝에 발견한 것은 이것뿐이었지요."

남자가 문제의 먹을 가리켰다.

"……먹."

"예."

수직갱 바닥에는 석탄과는 뭔가 다른 묘한 돌덩어리뿐이었다. 광부들은 이리저리 살펴본 끝에 그것이 다름 아닌 '먹'이라는 사실을 깨달았다. 이 먹은 대체 어디서 왔는가. 아이는 어디로 가고 먹만 남았는가. 광부들은 온갖 물음과 추측을 쏟아냈다. 수직갱에 비밀 통로가 있어서 아이는 그리로 도망간 것이다. 산신이 아이를 가엾이 여겨 데려간 것이다. 갈수록 온갖 신비주의적인 추측들만 늘어갔다. 그렇게 몇 가지 설이 오간 끝에, 한 가지 가설에 대부분의 광부가 동의했다.

"아이는 애초부터 없었다……라는 것이지요."

"그게 무슨 소리입니까?"

"애초에 그 아이는 이 먹이 화한 것, 혹은 먹이 사람들을 홀린 것이라는 설입니다. 오랫동안 묵은 먹이 신령을 띠게 되었다, 그런 흔한 전래동화 같은 이야기지요. 훈장의 지성과 인품에 반한 먹이 훈장을 따라 광산에 왔고, 훈장이 더 이상 공부를 할 수 없는 상황이 되어서도 본성을 이기지 못해 매일 먹 가는 시늉을 했다…… 짧게 요약하면 대충 이렇습니다."

"동화……라면 그리 나쁘지 않은 이야기이지만, 그걸 진짜로 믿었단 말입니까?"

남자는 눈을 가늘게 뜨고는 냉랭하게 대답했다. "믿는 척했겠지요."

"믿는 척이라니, 어째서 그런 연극을 한단 말입니까?"

"죄책감 때문 아니겠습니까?"

그러고 보면 확실히, 이 이야기에는 구멍이 있다. 아이가 카나리아 대신 갱도로 내려가는 것을 광부들은 막지 않았다. 막지 못했다고 할 수도 있겠지만, 어느 쪽이 되었든 결과적으로 그들이 아이를 죽게 놔두었다는 사실은 변하지 않는다. 선택할 수 있었든, 아니든 간에. 분명 그 사실이 찜찜했으리라. 온갖 자책으로 연결될 수 있는 죄책감을 해소하기 위해 필요한 것, 그것은 '본래부터 아이는 없었다'라는 가설뿐이었다. 그렇다면 이해가 간다.

그 후로 광부들이 어찌 되었는지 그 먹이 어디로 흘러가 이곳까지 오게 되었는지 남자는 더 말해주지 않았다. 다만, 전쟁에 끌려간 훈장은 결국 전선에서 죽었다고 한다. 포탄에 맞아서 형체도 못 알아볼 정도로. 기묘하게도, 그날은 아이가 카나리아 대신 갱도로 내려가던 날이었다.

"그런데……." 남자가 갑자기 목소리의 톤을 높이며 분위기를 전환했다. "먹이라는 것을 어찌 만드는지 아십니까?"

"그, 글쎄요."

"기본적으로는 탄소라고 말씀드렸잖습니까? 송진이나 기름 따위를 태워서 탄소를 만들고 아교에 섞어 뭉치는 겁니다."

"아, 예."

"그럼 아교란 것이 뭔지는 혹시 아십니까?"

"풀 같은 것 아닙니까?"

"젤라틴입니다. 젤리요."

"예? 그 젤리 말입니까? 물렁물렁한……."

"예. 그렇습니다. 사실 먹도 젤리나 다름없지요. 처음에 만들었을 때는 약간 막대 젤리나 양갱 같은 질감에 가깝습니다. 그것을 말려서 딱딱해지면 먹으로 쓸 수 있게 됩니다."

"허어."

"아교를 만드는 데는 대개 동물성 단백질을 사용합니다. 젤리를 만들 때랑 마찬가지로요. 소가죽이나 소뼈가 흔하게 들어갑니다만…… 푹 삶거나 중탕을 해서 젤라틴을 물에 녹여낸 다음, 다시 그것을 말려 고체로 만들어 보관하지요. 귀한 것은 민어의 부레나 당나귀 같은 것으로도 만들기도 한다고 합니다만, 어쨌든 단백질을 녹이면 되는 것이니까요."

가죽과 뼈…… 단백질을 녹인다. 나는 섬뜩한 기분에 사로잡혀 먹을 들여다보았다.

남자는 속삭이듯이 말했다. "구경이야 얼마든지 해도 상관없겠지만, 이걸로 글씨 같은 것이라도 썼다간 확실히 천벌을 받을 겁니다."

8장
왕을 피우는 씨앗

"보이는 곳에서는 하늘을 향해 활짝 웃고 있지만,
한편으로는 땅속을 파고들어 흙을 찢고
돌을 깨기도 하는 것이지요."

컨테이너 문 앞에 서자, 왠지 반갑다는 생각이 들었다. 꽤 오랜만에 찾아왔기 때문일 것이다. 안에 들어서자, 익숙한 풍경이 보였다. 주인 남자가 밤송이 같은 머리를 긁으며 나와 아는 체를 한다.

"이거, 이거. 오랜만이로군요."

"어디 멀리 다녀오셨나 봐요?"

남자는 웃음으로 대답을 대신하고는, 테이블 위에서 도장 크기의 작은 함을 집어들었다.

"이번에 먼 곳에서 구해온 물건입니다만, 여기 들어 있는 것이 아주 유서 깊고 사연 많은 물건이지요. 자, 보시죠. 무엇인지 아시겠습니까?"

나는 은근한 기대를 품은 채, 남자의 손이 함을 여는 모습을 바라보았다. 함 자체는 귀해 보여서 귀중품이 담겨 있을 법도 한데, 정작 안에는 붉은 천이 바닥에 깔려 있을 뿐 그 외에는 아무것도 없었다. 뭐지? 설마 보이지 않는 뭔가가 들어 있단 말인가. 그러고 보니 신선한 공기가 담긴 풍선, 혹은 소의 방귀를 담은 캔 따위가 유럽에서는 상품으로 나오기도 한다고 들었다. 그렇다면 이 남자가 다룰 만한 물건이라면 설마 조선시대의 공기 같은 것? 아니, 아니, 어쩐지 그건 함정 같다. 설마 벌거벗은 임금님 같은 함정인가? 그런 장난을 할까? 이 남자라면…… 할 것 같다!

"아무것도 안 보입니다만."

자신 없는 목소리로 대답하자, 남자는 의아한 표정으로 함을 들여다보더니, 살짝 흔들어 보였다. 확실히 보였다. 뭔가가 있긴 있다. 또르륵 굴러가는 뭔가. 하지만 까맣고 작은 저것이 뭔지는 도저히 알 수 없다. 아무리 봐도 뭉친 코딱지 내지는 쥐똥 같은 것으로밖에 보이지 않는다. 조선시대의 쥐똥…… 아니, 아무리 그래도 이건 아니지. 그렇다면……. 남자가 헛기침을 한다.

"쯧쯧, 나무아미타불."

나무아미타불…… 그러고 보니 이 남자는 예전에 중이었다고 했는데. 그, 그거다!

"서, 석가모니의 코딱지!"

"예?"

"……똥?"

"예에?"

"죄, 죄송합니다. 잘 모르겠습니다."

남자는 못마땅한 표정으로 나를 한참 쳐다보더니, 함을 탁 닫고는 말했다. "이것은 해인이라는 것입니다."

"해인?"

"예. 해인사의 그 해인이지요. 바다 해(海)에 도장 인(印)을 씁니다."

"바다의 도장."

"예. 용왕의 도장이라고 하지요. 옥새라고나 할까요? 실은 이것과 관련해서 재미있는 설화가 있습니다만."

옛날 해인사가 지어지기 전, 합천 가야산 깊은 산골에 늙은 부부가 단둘이 살고 있었다. 어느 날 강아지 한 마리가 그 집으로 흘러 들어왔는데, 부부는 크게 귀여워하며 강아지를 극진히 키웠다고 한다.

"서당개 3년이면 풍월을 읊는다고 하지 않습니까? 이 강아지도 키운 지 3년이 되자 말을 했다고 합니다."

"그, 서당개 3년은 그냥 비유하는 속담이 아닌가요?"

남자는 내 질문을 콧방귀로 날려버리고는 이야기를 계속했다.

3년째 되는 날, 말을 할 수 있게 된 강아지는 노부부에게 자초지종을 설명하기 시작했다. 그 자초지종이라는 것이 어마어마한 이야기였는데, 자기는 본래 동해 용왕의 딸이었다는 것이다.

"옛날이야기에 흔히 나오는 패턴이지요. 동해 용왕의 딸이라는 고귀한 신분이지만, 무슨 죄인지 몰라도 아무튼 그 신분으로도 용서받지 못할 어마어마한 죄를 짓는 바람에 벌을 받게 되었다는 겁니다. 그 벌이라는 것이 개가 되어 3년을 사는 것이었는데, 이제 3년을 꼬박 채웠으니 용궁으로 돌아갈 수 있게 되었다는 겁니다."

용왕의 딸, 그러니까 용녀는 용궁으로 돌아가기 전에 부부에게 감사 인사를 꼭 올리고 싶었다며, 그동안 잘 키워준 보답으로 중요한 정보를 이야기해주고 싶다고도 덧붙였다.

"그러면서 이런 이야기를 하지요. 아마 곧 용왕이 부부를 용궁으로 초대해 후하게 대접할 텐데, 갖고 싶은 것이 있느냐고 물어보면 '해인'이라고 답해야 한다는 겁니다."

며칠이 지나자 진짜로 부부는 용궁에 초대되었다. 용왕은 그들을 아주 후하게 대접했고, 용궁을 떠날 때가 되자 선물을 줄 테니 무엇이든 갖고 싶은 것을 고르라고까지 말했다. 그러자 부부는 용왕의 딸이 시킨 대로 해인을 요구했다. 용왕은 주저하며 다른 대안을 제시했지만, 부부는 완강히 해인을 요구했다. 결국 자신이 한 약속을 지킬 수밖에 없던 용왕은 해인을 건네고 만다.

"그러면서 이렇게 덧붙였다고 하지요. 해인은 용궁에서도 아주 중요한 물건이니, 잘 보관해두었다가 먼 훗날 절을 짓게 되면 후대에 공덕이 쌓일 것이다."

괴상한 이야기다. 용왕의 딸이 개가 되었다는 것도 그렇고, 용왕을 상대로 고집을 부리는 노부부도 그렇고. 하지만 옛날이야기라는 것이 대개 대충대충인 법이니, 그러려니 할 수도 있겠다.

"비슷한 다른 이야기들도 있는데 대부분 해인을 도깨비방망이처럼 묘사하지요. 해인을 두드리면 원하는 것은 뭐든 얻을 수 있었다고 합니다. 그래서 부부는 해인을 이용해 고생 없이 편히 살다가 수명이 다해갈 쯤 해서 절을 하나 짓습니다. 부부가 죽고 나서 해인은 그 절에서 보관하게 되었고, 절의 이름도 해인사가 되었다는 이야기입니다."

도깨비방망이라. 그건 굉장히 이상한 이야기다. 아까 본 그것이 코딱지가 아니라 할지라도, 방망이는 더욱더 아니다. 그걸로 뭘 두드린다는 건…….

"아니, 저 코딱지만 한 걸 어떻게 방망이처럼 쓴단 말입니까?"

남자는 피식 웃으며 대답했다. "이야기야 흘러흘러가면서 비슷한 것과 융합하는 것이니까요. 원하는 것을 이루어준다 하니 사람들은 도깨비방망이를 생각했을 테고, 거기서 두드린다는 표현이 나왔을 겁니다."

그렇다 해도 이상하다.

"그러면 그 해인이라는 것을 해인사 유적지에서 가져왔다는 겁니까?"

"아뇨아뇨, 그럴 리가요. 해인사는 멀쩡히 지금도 운영되고 있는 데다가, 문화재 아닙니까. 저도 그런 도굴 같은 짓은 하지 않습니다."

그러면 저 밖의 포클레인과 파헤쳐진 땅은 뭐란 말인가.

"그러면 어디서……."

남자는 잠시 팔짱을 끼고 궁리하는 시늉을 했다. 아무래도 어디서부터 설명해야 할지 고민하는 모양이다. 그러더니…….

"그, 해인사 말고도 가야산에는 유명한 절이 하나 있었습니다만."

딴 얘기를 시작했다.

"사실 합천의 가야산은 아니고, 충남 예산의 가야산입니다. 서로 다르지만 이름만은 같은 산이지요. 거기에 가야사라고, 지금은 없지만 아주 큰 절이 있었습니다. 억불숭유 정책 때문에 조선에서 탄압받았던 해인사와는 달리, 한창때는 대접도 좋았고요. 광해군 때는 세자의 원당이 되기도 했지요."

나는 잠시 우물쭈물 망설이다가 물었다. "……저, 그런데 원당이 뭡니까?"

남자는 휘둥그레진 눈으로 잠시 나를 바라보더니, 혀를 끌끌 찼다.

"공부 좀 하셔야겠군요."

"아, 예."

조선시대 왕실 구성원들은 왕실의 안녕을 기원하기 위해 전국 각지의 사찰에 공식 기도처를 만들었다. 이를 원당이라고 부른다. 광해군 때 세자였던 '이지'의 원당이 바로 이 가야사였다. 훗날 인조반정으로 광해군이 실각하고 유배되면서 폐세자 이지도 귀양길에 올랐는데, 이지는 세자빈과 함께 유배지에서 탈출을 시도했다. 그 탈출이라는 것이 가히 스티븐 킹의 소설 《쇼생크 탈출》을 연상시켰는데, 가위와 인두로 26일간 땅을 파 땅굴을 만들었다는 것이다.

"잠깐만요, 그거 스포일러 아닙니까?"

외마디 비명을 지르는 나에게 남자는 눈을 흘기며 핀잔을 주었다.

"여기 우리 말고 또 누가 있다고 그럽니까?"

어쨌거나 그렇게 만든 땅굴의 길이가 30미터를 넘겼다고 한다. 그 땅굴을 통해 세자가 도망가려고 한 목적지도 이 가야사였다.

"그건 좀 이상하네요. 원당이라고 한들, 딱히 세자가 가야사에 살았던 것도 아니잖아요. 절의 스님들과 인연이 있는 것도 아닐 텐데 도망친 죄인을 숨겨줄 리 없잖습니까? 그래도 한때는 일국의 세자씩이나 되었으니 숨을 곳은 꽤 있었을 텐데요. 인조에게 반감을 가진 불만 세력에게 몸을 의탁한다던가."

"예. 실제로도 외부의 협력자가 몇 명 있었고 이미 내통을 한 상태였다고는 합니다만, 원래는 마니산으로 도망가려다가 갑자기 약속을 깨고 방향을 틀었다고 합니다. 아마도 도망을 치려다가 생각이 바뀌었겠지요."

"예? 생각이 바뀌었다니요? 숨기 위해서 가야사로 가려던 길이 아니……"

남자는 손을 휘휘 저으며 말을 막았다.

"그 이야기는 좀 미뤄두지요. 본래는 그 이야기를 하려던 게 아니니까요. 가야사 이야기를 꺼낸 것은 그곳에도 해인과 얽혀 있는 이야기가 있기 때문입니다."

"허어."

가야사가 해인과 얽히게 되는 것은 조선 말기의 일이다. 당시 아직 권력을 잡지 못했던, 훗날의 흥선대원군 이하응이 만인(萬印)이라는 지관을 만날 일이 있었다고 한다. 이 지관은 풍수와 역학에 있어서 굉장히 박식한 인물이었던 모양이다. 그렇기에 왕권을 거머쥐고자 하는 야심이 가득했던 이하응은, 아버지 남연군의 시체를 이장할 명당자리를 골라달라고 그에게 요구했다. 그러자 지관은 2대에 걸쳐 천자가 나올 자리와 만대에 걸쳐 영화를 누릴 자리 중 하나를 고르라고 했는데, 영원한 안녕보다는 확실한 왕권에 더 목말라 있던 이하응은 전자를 골랐다.

"그 자리가 바로 가야사였지요."

"그렇다면 설마!"

"예. 이하응은 가야사를 불태우고 그 자리로 아버지를 이장했습니다."

"그런 벌 받을 짓을……."

남자는 싱긋 웃더니 이야기를 계속했다.

"그건 그렇고 당시에 이 만인이라는 지관이 묘한 말을 했다는 이야기도 있습니다. 그 자리에 이장을 하면 후손은 2대에 걸쳐 천자가 나오지만 묻힌 사람은 수난을 겪을 것이다, 그런 이야기를 했다고 합니다."

"확실히 묘하긴 하네요. 죽은 사람이 수난을 겪는다는 게 무슨 말인지 잘 모르겠군요. 사후세계나 내세에서 고통받는다는 뜻일까요?"

남자는 천천히 고개를 저으며 대답했다. "뭐, 이야기에는 순서라는 것이 있으니, 거기에 대한 대답은 잠시 후로 좀 미뤄둡시다."

하여간 천자가 나올 거란 지관의 예언만큼은 그래도 맞아떨어져서, 이하응의 아들이 곧 왕위에 오르니 그가 바로 고종이다. 고종은 훗날 허울뿐이기는 해도 대한제국을 세워 황제를 자칭했으니, 최소한 명목상으로는 천자가 되긴 한 셈이다. 고종이 임금의 자리에 오르면서 이하응 역시 흥선대원군이 되어 실질적인 국가권력을 손에 쥐었다.

"그렇게 왕이나 다름없는 자리를 누리던 차에, 그 지관이 다시 찾아왔다고 합니다. 명당자리를 가르쳐준 보답을 받기 위해서 말이지요."

그런데 놀랍게도 지관이 요구한 것은 바로 그 해인사에 있는 팔만대장경 인출권이었다. 당시만 해도 팔만대장경은 외부인이 함부로 들여다볼 수 없는 보물이었지만, 흥선대원군의 힘을 빌리면 충분히 인출이 가능했기 때문이다. 흥선은 그 요구를 들어주었고, 지관은 해인사로 향했다.

"그러고 나서 어느 날 흥선은 꿈에서 어떤 계시를 받게 됩니다. 그 계시라는 것이 '살만인하지 않으면 국운이 쇄하리라'라는 것이었는데요."

"살만인, 죽일 살(殺) 자입니까? 그럼 만인이라는 지관을 죽여야 한다는 뜻이었겠군요."

"예. 누가 들어도 당연히 그렇게 해석하겠지요? 그런데……야사라는 게 다 대충이긴 합니다만, 이 계시를 흥선대원군은 대충 만인, 그러니까 만 명을 죽이라는 의미로 알아듣고 애꿎은 천주교 박해를 시작했다는 어처구니없는 이야기가 있습니다."

한반도의 천주교 박해 사건 중 가장 규모가 컸던 사건이 바로 흥선대원군의 집권 시기에 시작된 병인박해. 1866년부터 시작된 이 천주교 탄압의 과정에서 선교사와 평신도를 포함한 약 8,000명의 민간인이 처형당했다. 그들은 당시 '잠두봉'이라고 이름 불리던 한강변 언덕에서 참수형을 당하고 한강에 던져졌는데, 그 사건 이후 잠두봉은 절두산(切頭山), 즉 머리 자르는 산이라는 이름으로 불리게 된다.

어쨌거나 흥선이 애꿎은 천주교도들을 죽이고 있는 사이에, 만인은 해인사에서 해인을 훔쳐 달아나고 만다. 그가 어디로 도망갔고, 어떻게 해인을 사용했는지는 알 수 없으나 해인이 사라진 탓에 조선은 망국의 길로 접어들었다는 이야기다.

"그 후에 말이지요. 왜, 있잖습니까? 그 지관이 전에 흥선에게 덧붙였다는 말."

드디어 그 이야기로 넘어가나?

"가야사 자리로 이장하면 두 명의 천자가 나오지만, 묻힌 사람이 수난을 겪는다는 이야기 말이군요."

남자는 인자한 표정으로 고개를 끄덕였다.

"예, 그거요. 그 묻힌 사람이 수난을 겪는다는 예언도 맞아떨어지고 말았지요. 가야사 자리로 이장한 남연군묘는 나중에 외국인에 의한 도굴과 인질극이라는 수모를 겪게 됩니다. 이것이 바로 오페르트 도굴 사건이라고 불리는 사건입니다."

독일의 상인이자 학자 에른스트 오페르트가 도굴 사건을 벌인 것은 고종 5년의 일이었다. 당시 100여 명의 일행을 대동하고 상하이에서 출항해 구만포로 들어온 그는, 야음을 틈타 남연군의 묘를 도굴하기 시작했다.

"그래서 시체를 파냈나요?"

"아뇨, 파내지는 못했습니다. 그 당시에는 회곽묘라고 하여, 석회층을 만들어 그 안쪽에 관을 보관했으니까요. 왕족의 묘라면 더욱 그랬겠지요. 삽과 곡괭이로 그것을 어찌 뚫겠습니까?"

몇 시간 동안 삽질을 하다가 석회층에서 더 이상의 도굴을 포기한 오페르트 일당은 관청에 편지를 하나 보내는데, 우리가 석회층을 뚫을 도구가 없어서 그만둔 게 아니니 더 이상 욕을 보이기 싫다면 통상 교역을 수락하라는 내용이었다.

"그러니까 오페르트 일당의 주장이라는 것이 그런 겁니다. 애초에 경고만 하려 했던 것이고 진짜로 도굴하려고 한 것은 아니다, 정말 하려고 했으면 삽과 곡괭이를 든 소수의 인원으로 몇 시간만 작업을 하고 말았겠느냐, 뭐 그런······."

"어째 어디선가 들어본 것 같은 대사인데요?"

남자는 손사래를 쳤다.

"에이, 에이, 어딘가의 대통령 이야기를 하려는 거면 그만두시죠. 위험하게."

"여기 우리 둘밖에 더 있습니까?"

아까의 복수다! 이런 마음으로 회심의 미소를 지으며 반격했지만, 남자는 눈치채지 못한 듯 시큰둥한 표정만 짓고 있었다. 나는 체념의 한숨을 내쉬고 본론으로 돌아왔다.

"그렇다고는 해도 좀 어처구니가 없군요. 왕가의 시체를 인질로 국교를 요구하다니."

"예, 그렇지요. 더 어처구니가 없는 것은 오페르트가 독일의 정부나 군 관계자도 아니고, 그저 조선을 연구한 학자일 뿐이었다는 점입니다. 국교를 요구할 자격도 없을뿐더러 그래야 할 이유도 없었다고 봐야지요."

괴이한 점은 한두 가지가 아니었다. 국교를 요구하기 위해 도굴을 한다는 발상도 그렇지만, 오페르트가 상륙하자마자 다른 시도는 아무것도 생각하지 않고 다짜고짜 도굴부터 했다는 것이 더 이상하다.

"그 문제에 대해서는 여러 가지 해석이 있습니다만, 저는 사실 국교니 뭐니는 다 핑계일 뿐이고 도굴 자체가 목적이 아니었을까 생각하고 있습니다."

"예?"

남자가 히죽 웃는다. 또 저 표정. 괴이한 소리를 늘어놓기 시작할 때의 표정이다.

"그리고 실은, 석회층을 만나서 도굴을 포기한 것이 아니라 애초에 석회층 밑에는 볼일이 없었던 것이 아닌가."

석회층 밑에는 볼일이 없다니, 남연군 시신은 애초에 목표가 아니었다고? 그렇다면 석회층 위…… 무덤 표면 쪽에, 진짜 용건이 있었던 건 그쪽이라고? 도대체 무슨 영문인지 짐작도 가지 않았지만, 어쩐지 남자의 대답을 두근거리며 기다리게 되었다.

나는 조급하게 물었다. "……그게 무슨 소립니까?"

남자는 이리저리 궁리하더니, 손바닥을 탁 맞부딪치며 입을 열었다. "그 폐세자 이지 말입니다."

그 얘기를 다시 한다고……?

"폐세자는 무엇 때문에 생각이 바뀌었을까요? 마니산으로 도주하던 중에 무슨 생각을 했을까요? 아, 내가 어찌 이리되었는가, 참으로 비참하구나. 내가 왜 죄인이 되었는가. 나는 왕이 되었어야 하거늘, 반역으로 쫓기는 몸이 되다니…… 이 반역자 놈들!"

마지막에 무시무시한 얼굴로 소리를 치는 바람에 깜짝 놀랐다. 그런 내 얼굴을 히죽거리며 바라보더니, 남자는 말을 이었다.

"폐세자는, 다시 왕이 되기 위해 가야사로 몸을 돌린 것이 아닐까요?"

"무슨, 승병이라도 조직한다는 말입니까?"

남자는 고개를 한 번 천천히 젓고, 천장 쪽을 올려다보며 턱을 긁었다. 천천히 입이 열리고, 느릿하게 목소리가 튀어나온다.

"우담바라라는 꽃에 대해 아십니까?"

또 엉뚱한 게 튀어나왔다. 우담바라. 그 정도는 나도 안다. 어느 절이나 불상 따위에서 피었다며 이따금 화제가 되고는 하는 신비의 꽃. 그것이 왜 지금……

"우담화, 우발화, 우담발화라고도 하지요. 본래는 우담에서 피는 꽃이라는 뜻인데 말입니다. 이 우담이라는 것이 일종의 무화과나무입니다. 무화과나무, 한자로 어떻게 쓰는지 아십니까? 없을 무(無), 꽃 화(花)를 써서 무화과나무입니다. 꽃이 없는 나무라는 뜻이지요."

"아, 예."

"그런데 사실 꽃이 있기는 있습니다. 흔히 열매라고 생각하는 그 무화과가, 사실은 꽃이거든요. 어쨌거나 옛날 사람들은 그런 걸 몰랐으니 무화과엔 꽃이 없다고 생각했을 겁니다. 그런데, 꽃이 피지 않는 나무에 꽃이 핀다. 이 얼마나 놀랍고 상서로운 일입니까? 우담바라라는 말 자체가, 기독교로 치면 낙타가 바늘귀를 통과하는 것처럼 어렵다는 말과 비슷한 비유인 셈입니다."

그러더니 무슨 불경책 같은 것을 꺼내 펼쳐 보였다.

"이쪽을 한번 읽어보시죠."

아난아, 모든 부처님들께서 세상에 나오시면 저 우담바라 꽃도 함께 때맞추어 나타난다. 그 꽃은 금과 같이 청정하고 미묘한 빛을 띠고 있으며, 꽃이 피어나게 되면 특이한 향 내음이 일 유순(由旬) 안에 가득하다. 그 꽃의 밝은 빛은 능히 어둠을 부수어 마음으로 생각하는 이로 하여금 능히 청정함을 얻도록 하며, 병으로 인한 고통을 능히 그치도록 하며, 능히 밝게 비추어주고, 능히 해로운 냄새를 없애주고 능히 미묘한 향 내음을 베풀며, 지(地)·수(水)·화(火)·풍(風)의 4대(四大)가 넘치고 모자라는 것을 능히 그치도록 한다. 그 꽃은 또한 전륜왕(轉輪王)이 이르는 곳마다 모두 피어나는 것은 아니고, 오직 금륜왕(金輪王)에게만 응하여 나타날 뿐이니, 하물며 계율을 어긴 유정(有情)들이겠느냐? 오로지 부처님께서 세상에 나실 때만 이 꽃도 함께 나타난다.

"저, 읽어도 잘 모르겠는데요."

"쉽게 말하면 우담바라는 '모든 부처님'이 세상에 나올 때 피는 꽃이라는 겁니다. 그런데 이 우담바라가, 부처가 깨달음을 얻었을 때도 피지만 전륜성왕이 나타났을 때도 핀다고 하는 모양이더군요. 실은 이쪽이 원조 설화지만요."

"전륜……성왕이라고요?"

"예. 인도 신화에 나오는 위대한 왕입니다."

전륜성왕의 위상은 석가모니의 탄생 설화에서 언급된 것으로도 짐작해볼 수 있다. 룸비니 동산에서 싯다르타가 태어났을 때, 하늘에서 꽃비가 내렸다고 한다. 모든 선인이 그 탄생을 축복했고, 히말라야산맥의 대성자 아시타 선인은 싯다르타가 성장하면 전륜성왕이 되거나 부처가 될 것이라고 예언했다.

전륜성왕은 바퀴 위에 탄 왕이다. 무력에 의지하지 않고 바른 법으로 세계를 통치한다고 하는데, 달리 말하면 무력을 쓸 필요가 없을 정도로 강한 권력을 가진 왕이라는 뜻이기도 하다. 불교에서는 미래에 온다는 부처, 즉 미륵불과 동일시되기도 하는데 그만큼 강한 이미지의 지배자란 이야기다.

"전륜성왕에도 급이 있어서 금륜이니 동륜이니 하는 게 있습니다. 이 전륜성왕 신화는 한반도에도 오래전부터 자리를 잡은 신화이지요. 신라대의 진흥왕이 아들들의 이름을 금륜이니 동륜이니 하고 지은 역사도 있습니다. 신라를 전륜성왕이 통치하기를 바랐기 때문이죠. 자고로 옛사람들은 이름에는 힘이 있다고 믿었으니까요."

"신라시대부터……."

"불교가 한반도에 최초로 도래한 것이 가야국을 통해서였다는 이야기도 있으니, 어쩌면 가야국에서 전파가 시작된 것일지도 모르지요."

가야국, 가야, 가야산…… 설마.

"혹시 가야산이라는 것이."

"예, 맞습니다. 합천의 가야산은 본래 가야국의 땅이었지요."

합천의 가야산은 본래 가야의 땅. 하지만 그렇다면, 가야사는? 합천과는 너무 떨어져 있지 않은가?

남자는 또 책 한 권을 꺼내 획획 넘기더니, 한 페이지를 손가락으로 가리키며 말했다. "그런데 이 우담바라라는 것이 말입니다.

단순히 꽃이 피지 않는 곳에서 꽃이 핀다는 비유로만 쓰였던 게 아닙니다. 우담바라라는 존재 자체가 무화과와는 별도의, 실존하는 전설의 꽃 취급을 받았던 모양입니다. 여길 좀 보시지요."

    무열뇌대지(無熱惱大池)의 북쪽에 산이 있는데 이름은 오봉(五峯)이고, 그 산 위에 우담바라 꽃 숲이 있다.

"무열뇌대지라는 곳은 아누달지라고도 부릅니다. 아누달 용왕이 머무르면서 차갑고 맑은 물을 계속 흘려보내기 때문에 결코 마르지 않는다는 연못이지요. 인도에 실제로 있는 연못인 모양이더군요."
"그래서, 갑자기 웬 불법 강좌입니까?"
"아뇨아뇨, 불법은 중요하지 않습니다. 저는 꽃에 대해 이야기하고 있는 것이니까요."
    꽃? 아, 우담바라 말인가. 그렇다고 해도.
"꽃이라고 해도 그것이……."
    남자는 쉿 하고 입에 손가락을 가져가더니, 다시 함을 집어 열어 보였다.
"이것이 무엇으로 보입니까?"
"……?"
"꽃씨 같지 않습니까?"
"그러고 보니……."

"해인이라는 것은 결국, 우담바라의 씨앗이 아니었을까……
합니다."

"예에?"

나는 침을 꿀꺽 삼켰다. 남자는 어느새 진지한 얼굴이 되어 있었다.

"풍수지리라는 것은 본래, 그것이 맞든 맞지 않든, 논리적이든 아니든 간에, 엄연히 규칙이 있고 이론이 있습니다. 그런데 말이지요, 그 남연군묘, 그러니까 가야사가 있던 자리는 사실 풍수지리적으로 보았을 때 전혀 명당이 아니라더군요."

야사에 전해져 내려오는 것과 관계없이, 남연군의 묘는 명당이라고 부를 만한 곳과는 거리가 멀었다고 한다. 하지만 홍선대원군이 가산을 털어서 아버지의 시신을 그곳으로 이장한 것 또한 분명한 사실이다. 절에 불을 질러가면서까지.

"명당이 아니라면 대체 왜 매장한 지 한참 된 시신을 이장했단 말입니까?"

남자는 다시 히죽 웃었다.

"풍수지리적으로는 아니지만, 풍토는 좋았을지도 모릅니다."

풍토? 죽은 사람에게 그런 것이 필요한가? 의문에 싸인 내 표정은 아랑곳하지 않고, 남자는 손을 들어 세 손가락을 펼치더니 하나를 접었다.

"폐세자는 왜 가야산으로 가려고 했는가."

두 번째 손가락이 접혔다.

"대원군은 왜 가야산에 아버지를 이장했는가."

세 번째 손가락이 접혔다.

"오페르트는 무엇을 도굴하려고 했는가."

순간, 등줄기를 타고 한기가 달렸다. 설마, 그것이 모두 우담바라 때문이었다는 것인가.

"진흥왕의 이야기는 참 재미있지요. 이름을 금륜, 동륜이라 지으면 아들들이 전륜성왕이 될 것이라고 믿다니, 옛사람들의 주술이나 풍습에는 그런 것들이 참 많습니다. 기우제를 지내며 비를 피하는 시늉을 하거나, 제삿밥을 떠 옮겨서 마치 조상님이 떠먹은 것처럼 해놓거나. 결과를 만들어놓으면 원인이 일어날 거라고 믿는 풍습 말입니다. 그런 것으로 신을 눈속임하여 인과관계를 바꿔놓을 수 있다는 가당치 않은 생각을 한단 말이지요."

"무슨……."

"심지어 우담바라가 피면 전륜성왕이 나타날 거라고 믿거나."

우담바라가 피는 것은 전륜성왕이 나타났다는 증거. 따라서 우담바라를 어떻게든 피우면 전륜성왕이 나타난다, 더 나아가서는 전륜성왕이 될 수 있다…….

있을 법하다. 조선의 속신에서는 있을 법한 이야기다.

"애당초 만인이라는 자가 어쩌고 하는 이야기 말입니다. 옛날이야기가 본래 대충대충인 법이라고 말씀드리긴 했지만, 수상쩍은 부분이 한둘이 아니란 말입니다. 심지어 그 만인이라는 지관, 나중에는 아주 편리하게도 행방불명되어버리지요."

만인이 남연군 묘터를 잡아주었다는 이야기는 19세기의 문인 황현이 쓴 《매천야록》에서 비롯되었다. 황현은 1910년에 국권 피탈을 한탄하며 자결한 학자로, 조선 말의 문장가이자 조정 관리였던 이건창의 친구이기도 하다. 이건창은 어린 나이에 관직에 올랐던 터라 대원군과도 인연이 있다.

"황현은 만인이란 사람에 대한 이야기를 이건창에게 들었다고 하고 이건창은 대원군에게 직접 들었다고 합니다. 황현이나 이건창이나 대쪽 같은 학자로 역사에 남은 사람들이니 그 말에 틀림은 없겠지요. 그런데 말입니다. 고작 19세기에 실존했던 이 대단한 지관의 흔적이 이 《매천야록》을 제외하면 역사 어디에도 없단 말입니다. 이건 좀 이상하지 않습니까?"

"기록이 틀렸다는 말씀입니까?"

남자는 못마땅한 표정으로 고개를 젓고는 말을 이었다. "기록은 틀림없을 겁니다. 황현이 이건창에게 들었고, 이건창은 대원군에게 들었으며, 대원군은 틀림없이 그렇게 말했을 것입니다."

"그러면……."

"생각해보세요. 모두 말을 옮기고 들었을 뿐입니다. 실제로는, 만인이라는 사람을 직접 보았다는 사람은 조선 천하에 단 한 사람, 홍선대원군뿐이잖습니까?"

"그것이, 그렇게 되는군요."

홍선대원군이 이건창에게 거짓말을 했다는 이야기다. 이 남자는 그렇게 말하고 있는 것이다. 남자는 옥비녀를 검지와 엄지로 슬슬 매만지더니, 살짝 한숨을 토하고는 이야기를 다시 시작했다.

"그런데, 그 이야기에서 만인이라는 캐릭터를 지워버리면 이야기가 아주 말끔해집니다."

이야기에서 만인을 지운다……. 그 말을 듣고 곰곰이 생각해보았지만 어째 연결이 잘되지 않는다.

"그러면 해인을 훔쳐갔다거나, 살만인이라거나 하는 이야기가 이어지지 않습니다만."

남자는 히죽 웃으며 답했다. "만인이라는 인물은 그저, 흥선대원군의 구린 부분을 떼어 만든 캐릭터라고 생각하면 되지요."

흥선대원군의 구린 부분. 확실히 만인이라는 캐릭터를 지우고 흥선대원군을 집어넣으면 이야기가 깔끔해진다. 해인을 훔친 것도 흥선대원군, 천주교도들을 박해하기 시작한 것도 그저 흥선대원군의 필요에 의해서. 만인이 행방불명된 것은, 그런 사람은 원래 없었기 때문에…….

"이렇게 생각해봅시다. 해인사에서는 우담바라의 씨앗을 보관하고 있었다, 그런데 대원군이 그것을 훔쳐다가 가야사 자리에 아버지의 시신과 함께 묻었다, 남연군묘에 우담바라를 피워 대대로 전륜성왕이 태어나게 하기 위해서 말이죠. 어떻습니까?"

"하지만…… 왜 가야사입니까? 가야사가 우담바라를 피우기 좋은 풍토라는 증거라도 있습니까?"

"그야 가야사야말로 가야산의 중심이었으니까요." 남자는 말을 멈추고 잠시 생각하더니, 진지하게 물었다. "석가부처님이 깨달음을 얻은 곳이 어딘지 아십니까?"

"아, 아뇨."

"붓다가야라는 곳입니다."

"붓다……."

"그곳에는 산이 하나 있는데, 이름이 가야산이지요."

"가야!"

부처가 깨달음을 얻은 가야산. 그런가. 백제의 땅이었던 예산의 산에 가야산이란 이름이 붙은 것은 그 때문인가. 불도에 있어서 영험한 산. 우담바라를 피우기에 좋은 산.

"그뿐만이 아닙니다. 가야산의 원래 이름은 상왕산이었지요. 상왕이란 불가에서 '모든 부처'라는 뜻이기도 합니다."

아난아, 모든 부처님들께서 세상에 나오시면 저 우담바라 꽃도 함께 때맞추어 나타난다.

"가야산은 삼국시대 이래로 불교의 성지였습니다. 100개의 사찰과 30개의 미륵불이 있었지요. 원효대사가 해골 물을 마셨다는 곳도 이곳이고요."

확실히 그 정도면 영산이라 부를 만하다. 모든 부처의 품 안에 자리한 불교의 영산. 그런 땅이야말로 우담바라를 틔우기에 좋은 곳이라고 믿었다고 해도 크게 이상하지는 않다. 하지만 그렇다고 해도…….

"가야산에 있는 가야사라서, 무리하게 절을 태우고 꼭 거기에 심어야 했다는 말입니까?"

그러자 남자가 속삭이듯이 말했다. "실은 가야사가 아니었습니다."

"예에?"

"대원군이 거기에 이장하려던 이유는, 어떤 석탑이 거기에 있었기 때문입니다."

흥선대원군이 묏자리로 지정한 곳은 정확히 가야사 안에 5층 석탑이 서 있는 장소였다. 그 석탑을 들어내자 갖가지 귀한 물건이 나왔는데, 고려시대의 불상과 불경, 사리와 침향, 진주, 그리고 아주 귀한 중국 차인 용단승설 네 덩어리였다. 흥선대원군은 나중에 이 용단승설을 문인 이상적에게 한 덩이 선물했는데, 이상적은 크게 감격하여 《기용단승설(記龍團勝雪)》이라는 기록을 남기기도 했다.

"이상적은 이렇게 기록했습니다. 고려시대 고승들이 경전을 구하기 위해 송나라를 계속 왕래했는데, 이 당시에 이름난 차나 귀한 것을 사다가 석탑에 봉양했다고 말이지요. 고승들이 보물로써 치성을 드린 탑인 셈입니다."

오랜 치성을 드린, 고승들이 불도로 다져놓은 땅. 그 석탑이 있던 자리야말로 우담바라를 키우기에는 더없는 명당이었다. 그 시대의 믿음으로는 그럴싸하다. 풍수적으로 명당은 아니지만, 불성이 가득한 곳. 부처의 땅이다. 이치를 따지기 전에 근본적으로 영험한 곳이다.

"그렇다면, 살만인은 어찌 된 겁니까? 천주교도들을 박해한 것도 우담바라와 관련된 일이란 말입니까?"

"그야 오페르트 때문이지요."

"설마 오페르트 도굴 사건이……."

"예. 아마도 해인을 훔치려던 것이 아닐까요?"

오페르트가 남연군묘를 도굴할 때 협력했던 것이 조선의 천주교도들이었다. 오페르트는 이후 독일로 도망갔고, 대원군은 오페르트가 해인을 훔쳐갔다고 믿었다. 그래서 남은 잔당들을 찾아내기 위해 천주교를 들쑤셨다, 그런 이야기인가?

"그것은 정말, 믿기 힘든 이야기로군요."

아니…… 믿기 힘들고 어쩌고 하기 전에 잠깐, 계산이 맞지 않는다.

"오페르트 도굴 사건은 1868년이라고 하지 않았습니까? 병인박해가 시작된 건 1866년이고요. 원인이 되었다기엔 사건이 더 나중이잖아요?"

"예, '사건'이 된 건 그렇습니다만." 남자는 쩝 하고 입맛을 한 번 다시더니 말을 이었다. "실제로 오페르트가 한반도를 드나들기 시작한 건 1866년부터니까요. 어쩌면 그 전부터일지도 모르고 말입니다."

"그때부터 무덤을 건드려댔다, 그런 이야기입니까?"

"이러니저러니 해도 여기에 실물이 있으니까요."

남자는 함을 흔들어 보였다.

"설마하니 멀리서 구했다는 게……."

"성수기라 비행기표가 꽤 비싸더군요. 그래도 이 정도 귀한 것을 얻었으니 만족합니다."

기묘한 이야기다. 하지만 저것은 진품일 것이다. 왠지 그렇게 믿을 수밖에 없었다.

"그런데 여기엔 꽤 재미있는 뒷이야기가 있습니다."

"네?"

"묘 말입니다. 남연군묘라고 해서 남연군만 묻혀 있다고 생각하기 쉽지만 사실은 합장을 했거든요."

합장. 한 개의 봉분 속에 둘 이상의 시신을 매장하는 것을 말한다.

"합장이라면 누구와 합장을 했다는 겁니까?"

남자는 씩 웃으며 대답했다. "그야 남연군의 아내이자, 흥선대원군의 어머니인 여흥 민씨지요."

"여흥 민씨라면 명성황후의……."

"예. 특이하게도 흥선대원군은 어머니도, 부인도, 며느리도 여흥 민씨였습니다. 이것이 참 재미있는 일인데요. 예언대로 남연군의 후대에 천자가 두 사람, 그러니까 대한제국의 고종황제와 순종황제가 나기는 했지만, 동시에 여흥 민씨의 세도도 함께 시작되었으니까요."

남자는 그렇게 말하고 입을 다물었다. 마른 손가락이 옥비녀를 매만진다. 어쩐지 그 불길해 보이기만 하던 사백안이, 조금 쓸쓸해 보인다. 남자는 답답한 듯 한숨을 내쉬더니, 입을 열었다.

　"역사라는 것은, 그런 식으로 흐르게 마련입니다. 인간이 뭘 원하든, 인간과 언어의 논리가 아닌 제 나름의 이치에 따라서 말이지요."

　"아, 네에."

　"그런 생각이 듭니다. 어쩌면 인간의 이치라는 것은 그저 만물에 끌려다닐 뿐이고, 언어는 그 사실을 변명하기 위해 존재하는 것뿐인 건 아닐까. 이야기를 품은 물건들이 인간의 지성에 뿌리를 뻗어 마음대로 조종하고 있는 것은 아닌가."

　"솔직히 무슨 이야기인지 모르겠습니다."

　내 솔직한 말에 남자는 고개를 돌려 내 눈을 응시했다. 한참 그러다가 히죽 웃고 나서 "저도 모르겠습니다" 하고 말했다.

　나는 다시 문제의 해인을 들여다보았다. 두 명의 천자를 낳았다는 꽃. 우담바라. 그것이 진짜라면, 누구나 손에 넣고 싶을 것이다. 내 눈길이 불쾌했는지 남자는 상자를 휙 거두어 뚜껑을 닫아 버렸다.

　나는 조용히 남자에게 물었다. "팔 겁니까?"

　남자는 게슴츠레한 눈으로 내 얼굴을 찬찬히 살폈다. 마치 진심인지 아닌지 확인하려는 것처럼. 한참 그렇게 탐색하더니, 검지와 엄지로 턱을 긁으며 말했다.

"아뇨, 팔지 않습니다. 언젠가는 팔게 될지도 모르지만요."

그럴 거라고 생각했다. 비슷한 문답을 이미 여러 번 했으니까.

처음 이곳에 왔을 무렵, 나는 사람을 두려워하고 있었다. 사람의 눈이, 사람과의 관계가 두려워서 견딜 수 없었다. 그래서 이 공간이 마냥 편하게 느껴졌다. 사람 냄새라고는 티끌만큼도 나지 않았으니까. 무엇과도 접하지 않는 곳에 놓여 있는 컨테이너, 그리고 그 안에는 물건들, 온통 물건들뿐이다. 주인이 멀쩡히 있는 공간이었지만 주인은 신경 쓰이지 않았다. 이곳의 주인들은 물건들이고, 노인은 그것들을 보조하는 통역사 같은 느낌이었으니까. 여기에 있는 단 한 명의 타인은 오직 이것들이 하는 말을 통역해 줄 뿐, 내가 눈을 맞추는 것은 사람이 아니다. 물건들이다.

하지만 이곳을 드나들수록 조금씩 그 사실이 불편해지기 시작했다. 물건들이 주인이 되는 이 공간이. 이 남자는 어쩌면, 손님에게 물건을 팔기 위해서가 아니라 물건에게 손님을 팔기 위해 이 공간을 만든 것이 아닐까. 그렇기에 망설이고 있는 건 아닐까.

"……팔면, 꽃이라도 피울까 봐 두려운 건가요?"

괜한 심통으로 도발해보았지만, 남자는 무슨 생각을 하고 있는지 다 안다는 듯 빙긋이 웃어 보이고는 나직하게 말했다.

"사람의 눈에는 꽃밖에 보이지 않지만, 꽃이 핀다는 건 뿌리가 내렸다는 뜻이기도 합니다. 보이는 곳에서는 하늘을 향해 활짝 웃고 있지만, 한편으로는 땅속을 파고들어 흙을 찢고 돌을 깨기도 하는 것이지요."

사람은 자기가 물건의 주인이라고 생각하지만, 인간 사회에서의 소유권과 관계없이 물건이 주인을 바꾸기도 한다. 아무리 똑바로 걸으려 해도 돌부리를 통과해 걸어갈 수는 없다. 산은 오르거나 내릴 수밖에 없다. 물건과 관계를 맺은 것만으로, 약하든 강하든 상호작용은 끝없이 일어난다. 그런 상호작용을 인연이라고 부른다. 이 남자의 경우엔, 그걸 사랑이라고 부르는 것 같지만. 사랑은 얽히면서 또 다른 사랑을 불러낸다. 얽히고 얽히면서 가능성을 키워간다. 내 발길이 여기에 계속 닿는 것도 그것 때문이라고. 남자는 그렇게 말했다.

뿌리가 내렸기 때문에.

물건이 가야 할 곳을 찾아주어야 한다는 사명감이 있지만, 한편으로는 그것이 불러올 상호작용이 두려운 것이다.
그래서 이 컨테이너는 나를 삼켰다 뱉었다 하고 있는 것인가.
내가 사람과의 관계를 두려워하는 것과 마찬가지로, 이 남자는 물건들의 관계를 두려워하고 있다. 물건과 물건 간의 관계를, 물건과 사람 간의 관계를. 하지만 그건 아무래도 역시 과하다는 생각이 든다. 뭔가 있는 것이 아닌가. 뭔가 이 남자에게도 사연이 있는 것이 아닌가.
"뿌리가 내렸던…… 경험이 있는 건가요?"
주어를 굳이 말하지 않았지만, 이 남자는 자기 얘기라는 건 알아들었을 것이다.

남자는 생각에 잠긴 듯한 표정으로 나직하게 말을 흘렸다.

"……여름이었지요. 여름치고는 바람이 꽤 선선했던. 풍경 소리가 들리고……."

거기까지 말하고는 목탁을 한 번 바라보더니, 입을 닫았다.

하지만 내게도 살짝 어떤 풍경이 보인 것만 같았다. 선선하게 바람이 들어오는 대청마루, 옥비녀를 사이에 두고 앉아 있는 한 명의 스님과, 끝도 없이 한기를 뿜어내는 누군가가.

9장

끝없이 사랑하는 비녀

"사랑이라는 건, 무엇일까요?"

딸랑, 하고 바람이 풍경을 간지럽힌다. 여름치고는 선선한 바람이다. 출가 후 몇 번째 여름이던가.

서늘한 바람과 따뜻한 햇빛이 함께 깃드는 불당 마루에서, 나는 찻잔을 사이에 두고 노파와 마주 앉아 있었다. 평생이라고 말해도 무방할 것이다. 아주 어린 시절의 불분명한 기억들을 제외하면, 내 기억의 대부분은 이런 풍경 속에 있었다. 만났던 사람 대부분이 불자요, 기억하는 이야기라고는 대부분이 그들에게 들은 것이었다. 하지만 그 많은 만남 속에서도, 이토록 성실한 신도는 본 적이 없다. 일흔이 넘은 나이에 새삼스럽게 출가를 하겠다는 사람도 전에는 본 적이 없다.

"집안에서 물려받은 물건입니다만……."

그녀는 그렇게 말하며, 손가방에서 손수건으로 싼 작은 물건을 꺼내 마루에 내려놓았다.

"실은 이 물건에 사연이 있습니다."

쓸쓸해 보이는 속눈썹이 가지런히 아래를 향한다. 하지만 그 눈은, 어딘가 웃고 있는 것 같기도 하다.

나는 자세를 바로 하려 애쓰며 정중하게 물었다. "사연이라 하시면……."

노파의 눈이 고요하게 나를 향하고, 주름진 입술이 살짝 떨리듯이 열렸다.

"듣기로는, 인현왕후로부터 비롯된 것이라고 합니다."

나는 눈꺼풀이 살짝 꿈틀거리는 것을 느꼈다.

인현왕후. 1681년 숙종의 왕비로 입궐하여 1689년에 폐위되고, 1694년에 다시 왕비로 복위되었으나 병을 얻어 시름시름 앓다가 1701년에 사망한 사람이다. 본인 자신의 파란만장한 행적보다는 장희빈의 대척자로 더 유명한, 안쓰러운 인물이다. 역사에 이름은 남겼지만 300년 후의 인간에게 그 이름이 주는 느낌이라고는, '아, 그런 사람이 있었지' 하고 지나가는 수준이다. 하지만 그런 사람이 남긴 물건이 눈앞에 나타나는 건 임팩트가 다르다.

노파의 손이 천천히 손수건을 펴자, 푸른빛의 옥비녀가 드러났다. 나는 그것을 고개 숙여 들여다보았다. 과연 오래된 물건이다만, 그럼에도 바래지 않은 신비함이 있다. 깊이를 알 수 없는 푸른 빛깔이 눈동자처럼 빛나고, 금박을 씌운 산수유꽃 장식이 도도한 젊음을 뽐낸다.

"이것이 인현왕후가 쓰던 비녀란 말이지요?"

"예. 그 전설의 옥비녀입니다."

나는 잠시 멈칫하고 고개를 들어 물었다. "전설이라고요?"

"예. 전설이지요."

노파는 마치 수염이라도 가다듬는 양, 엄지와 검지로 턱을 살살 긁으며 이야기를 시작했다.

인현왕후의 사후에 두 차례 임금이 바뀌고, 영조가 왕위에 올랐다. 아들 사도세자를 뒤주에 가두어 죽인 것으로 유명한 그 영조다. 사도세자 이야기만큼 유명한 사연은 아니지만, 《조선왕조실록》에는 영조와 관련해 묘한 이야기가 실려 있다. 죽은 인현왕후와 관련된 이야기다.

영조는 아들에게 포악했던 것과 달리 어머니에겐 효심이 강한 아들이었다. 친모인 숙빈 최씨는 물론이고, 죽은 인현왕후에 대해서도 극진한 태도를 보였다. 어느 날 영조가 인현왕후의 생가에 갔는데, 민홍렬이라는 사람이 영조를 맞이했다. 인현왕후의 둘째 오빠의 증손주가 되는 사람이다. 여기까지라면 그저 평범한 왕가의 일상 스케치일 뿐이겠지만, 비녀 하나가 등장하면서 이야기는 미스터리로 치닫는다.

이날 민홍렬이 영조에게 옥비녀 하나를 올렸는데, 그러면서 말하길 그 옥비녀가 인현왕후의 것이라고 했다. 일찍이 인현왕후가 사용하던 물건이 대를 이어 물려진 결과 자기 대에까지 남았다는 것이다.

문제가 생긴 것은 그 일로부터 몇 년이 지나서였다. 당시 사헌부(司憲府)의 관리였던 이원이라는 자가 민홍렬과 그 아버지를 비판하는 상소를 올렸는데 그 상소에 민홍렬이 올린 옥비녀가 가짜라는 내용이 있었다.

> 영조 46년 5월 21일.
> 근년에 성상께서 인현 성모(仁顯聖母)의 탄강(誕降)하신 옛집에 거둥하셨을 때에, 지난날 장식(裝飾)으로 차셨던 패물을 내리신 일이 없는가를 하문하시니, 민홍렬이 곧 은비녀(銀釵)를 올리며 말하기를, '이는 성모께서 일찍이 사용하시던 것으로서 내려주신 것이라'고 하였습니다.(……) 민홍렬 집에는 애초에 나누어 보낸 비녀가 없었는데, 저 민홍렬이 올린 것은 과연 어떠한 물건입니까?

옥비녀를 은비녀라고 잘못 쓴 시점에서 상소를 올린 사람도 상황을 잘 알지 못하는 것이 드러나긴 했지만, 어쨌든 이 상소가 큰 소동을 불러일으켜 민홍렬과 그 아버지, 상소를 올린 이원, 이 상소에 관여된 신광집과 그 가족들 등, 수많은 사람이 형을 받거나 유배, 혹은 강등되었다. 사서에 남은 기록은 이것뿐이고 후에 그 옥비녀가 어찌 되었는지, 옥비녀가 진품이긴 했는지조차 알려져 있지 않다.

"그런데, 그 영조가 받은 옥비녀가 진품이었단 말입니까?"

"그것은 모르지요. 영조가 받은 것이 진품이었을 수도 있고, 혹은 인현왕후가 죽기 전에 인편을 통해 이것만 따로 생가로 보냈을지도 모르고요. 저는 후자일 거라 생각합니다."

"어째서 옥비녀만 따로 보냈단 말입니까?"

"인현왕후에게는 자식이 없었으니까요."

나는 잠시 입을 닫고 다음 말을 기다렸다.

노파는 인자한 눈빛으로 옥비녀를 응시하며 말을 이었다. "이 옥비녀는 어머니가 딸에게 물려주는, 그런 물건이었던 모양입니다."

나는 고개를 끄덕였다. 없지는 않다. 그런 전통을 가지고 있는 가계가. 하지만 이 이야기는 이상하다. 어머니가 딸에게 물려주었다면, 이 비녀가 여기에 있을 확률은 필연적으로……. 하지만 일단은 이야기를 들어보기로 했다.

"기록에는 남아 있지 않으리라 생각됩니다만, 이 비녀가 인현왕후로부터 비롯되었다는 이야기는 어디서 들으셨습니까?"

"어머니께서……."

"그렇다면 이 비녀도 어머니께 받으신 겁니까."

"그런 셈이지요."

이해가 가지 않는 이야기다. 말이 되지 않는다.

"혹시, 어머니가 인현왕후와 같은 여흥 민씨였던 것은."

노파는 웃으며 대답했다. "그럴 리가요. 그 시대에도 동성동본은 금혼이었다는 것을 아시지 않습니까."

그렇다. 동성동본 금혼이 제대로 폐지된 것은 21세기가 되어서의 일이다. 노파 본인이 여흥 민씨이니 민씨는 아버지 쪽일 것이다. 이것이 문제다. 이것이 도통 이해가 가지 않았던 이유다. 이 옥비녀가 여흥 민씨 가문에 대대로 전해 내려오는 것이라면 아무 문제가 없다. 하지만 어머니에게서 딸에게로 이어지는 것이라면, 성이 계속 바뀔 수밖에 없다. 인현왕후로부터 시작된 옥비녀가 아직까지 여흥 민씨에게 있을 수는 없다. 그런데도…… 아니, 지금 이 이야기를 해도 소용없다. 나는 다른 것을 묻기로 했다.

"어머니가 비녀를 물려주며 달리 하신 말씀은 없었습니까?"

"글쎄요." 노파는 고개를 갸웃거리며 말했다.

어쩐지 조바심이 났다. 자꾸만 비녀에 관심이 쏠린다. 이 옥비녀가 내 눈을 끌어당기고 있다.

나는 억지로 시선을 돌리며 서둘러 말했다. "예를 들어 건강을 기원한다던가, 아니면 시집갈 때 꼭 하라던가……."

"사랑받는 사람이 되거라……라던가요?"

움찔했다. 사랑받는 사람. 그 말이 어쩐지 불길하게 느껴졌다. 왠지 가슴속을 푹 하고 날카롭게 파고드는 것 같았다.

노파는 이야기를 계속했다. "산수유의 꽃말을 아시는지요."

산수유. 저것 말인가.

나는 옥비녀의 장식을 흘낏 보고는 머뭇거리며 대답했다. "아니요, 꽃말 같은 것은 저는……."

"불멸의 사랑이라 하더군요."

불멸의 사랑······.

또다시, 왠지 모를 스산한 충격이 느껴진다. 뭔가가 생각날 듯 말 듯하다. 하지만 역시 이상하다. 꽃말이라는 것은 서구의 풍습이다. 조선시대에 그런 것을 믿었을 리 없다.

"그래서······."

"예, 이 옥비녀에도 같은 사연이 전해진 모양입니다. 이것이 소유자에게, 한 가문에 영원히 변치 않는 사랑을 가져다준다고."

"그것을, 믿으셨습니까?"

"글쎄요." 노파는 잠시 생각하더니 입을 열었다. "하지만 지금은 믿습니다. 형태는 조금 다를지 몰라도."

"그렇다고 해도."

괴이한 일을 믿고 말고의 문제가 아니다. 사랑 같은 긍정적인 이미지를 믿기에는, 그 원주인의 내력이 심히 불길하지 않은가.

인현왕후는 불운의 상징 같은 인물이다. 장희빈에게 밀려나 숙종의 총애를 얻지 못했고 슬하에 자식도 없었다. 심지어 한때 폐비까지 되었다. 궁중에 돌아와서도 시름시름 앓다가 죽었다. 인현왕후의 죽음이 장희빈의 저주 때문이라 하여 장희빈도 사약을 받긴 했지만, 어쨌든 불멸의 사랑은커녕, 평범한 사랑을 받았다고 하기에도 어렵다. 그런데도······.

"인현왕후도······ 사랑을 받았다, 그런 의미로 말씀하시는 겁니까?"

"예. 불멸의 사랑을요."

대체 무슨 이야기를 하는 건가.

노파는 아랑곳하지 않고 계속 이야기했다.

"여전히 받고 있지 않습니까? 사람들에게."

"......!"

그런 뜻인가. 성녀. 인현왕후의 사후, 그녀는 성녀로서 대접받았다. 사망 당일에는 장안이 온통 우는 백성으로 가득했으며, 숙종은 사후에 관례를 깨고 인현왕후의 곁에 묻혔다고 한다. 비록 인현왕후에게 친자는 없었으나 경종, 영조대에 이르기까지의 두 임금이 죽은 인현왕후를 친모처럼 대하며 극진한 효심을 보였다고도 한다. 영조와 옥비녀의 인연도 그렇게 성립된 것이다.

인현왕후가 얼마나 현명했고 장희빈이 얼마나 악독했는가는 현대에 이르기까지 대중매체를 통해 계속 강조되어왔고, 그녀의 삶을 그린 책, 연극, 영화 따위가 여전히 계속 만들어지고 있다. 분명히 그것은, 불멸의 사랑이라고 할 수 있을지도 모르겠다.

"물론, 그만큼의 사랑을 누구나 받을 수 있을지는 모르는 일이지만요."

노파는 이야기를 계속했다. 인현왕후의 옥비녀가 정확히 어떤 정황으로 전해졌는지 모르나, 이후에 다시 나타난 것은 역시 민씨 가문에서였다.

여흥 민씨 중에서도 인현왕후의 할아버지 민광훈의 후손들을 삼방파라 부르는데, 이 삼방파의 후손이자 인현왕후 아버지 민유중의 5대손으로 민치병이라는 사람이 있었다. 민치병에게는 딸이 하나 있었는데, 딸의 이름은 알려져 있지 않으나 남양 홍씨 집안에 시집간 것만은 족보에 실려 있다. 시집가던 해에 민씨의 나이는 열두 살이었다. 조혼이 흔하던 시대라고는 하나, 신랑과의 나이 차가 꽤 있었다. 심지어 민씨의 새신랑은 민씨와 결혼 전에 들인 첩마저 있었다. 어린 나이에, 첩이 있는 남자에게 시집을 가 이 눈치 저 눈치를 보고 살기가 여간 힘든 일이 아니었을 것이다. 그래도 어떻게든 버텨내어 며느리 구실을 하다가, 16세 되던 해에 임신해서 이듬해에 사내아이를 낳았다.

보통은 며느리가 아들을 낳는 순간부터, 이러니저러니 해도 위세가 오르게 마련이다. 하지만 이 집안에서는 아이가 태어나자마자 시부모와 남편이 완전히 돌아서버렸다.

"어째서인가요?"

"피부가 온통 파란색이었다고 합니다. 옥처럼 말이지요."

분명히 그런 병이 있다고는 들어본 적이 있다. 체내에 은이 축적되어 피부가 파랗게 변하는 은피증이라는 증상도 있고, 메트헤모글로빈 혈증이라는, 대체로 선천적으로 생기는 증상도 있다. 물론 민씨의 아들이 왜 피부가 파랬는가는 이제 와서 알 수 없는 일이지만.

"그런데 피부만 그런 것이 아니었다고 합니다. 몸도 작고, 이가 도통 나지 않는 바람에, 먹을 나이가 되어서도 씹는 음식은 넘기지를 못하였지요. 몸에 털도 자라지 않았어요. 눈썹도, 잔털도 없이 옥처럼 매끈했지요. 그런데 희한하게도 머리카락만은 건강하게 자랐다고 합니다. 치렁치렁하게요."

푸른 피부에 작고 마른 몸. 눈썹도 잔털도 없는 얼굴, 그런 주제에 치렁치렁한 머리. 그 모양이 얼마나 불길하게 느껴졌을지 알 법도 하다. 마치 요괴 같다고 생각했을지도 모르는 일이다. 가족들은 아이를 불길하게 여겨 가까이 가려 하지 않았지만, 민씨만큼은 자신의 아이를 소중히 대했다. 그러다 보니 가족들은 점점 그녀의 근처에 오지 않게 되었고, 남편마저 첩의 방에 틀어박혔다.

"그렇다고는 해도, 아무리 아끼며 키운다 한들 말입니다. 제대로 먹지 못하는 아이가 건강할 리 없지요. 결국 네 살을 넘기지 못하고 죽고 말았답니다."

족보에는 올랐을지언정, 아이는 민씨만의 자식이나 마찬가지였다. 조부모도 아버지도 핏줄로 인정하지 않았기에, 민씨의 혼외자 취급을 받았다. 아들의 죽음 앞에서 민씨는 서럽게 울었지만, 가족들은 오히려 후련해하는 것 같았다. 아이의 시체만은 여전히 불결하게 여겼지만.

아이를 매장하는 것도 결국 민씨의 몫이었다. 민씨는 아이를 매장하며, 어머니가 전해준 옥비녀를 떠올렸다.

"그 시점에 이미 민씨의 수중에 옥비녀가 있었던 것이군요."

노파는 고개를 끄덕였다.

"예. 어머니가 딸에게, 불멸의 사랑을 받으라는 염원을 담아 건네준 옥비녀가 말이지요."

불멸의 사랑. 자식이 사랑받기를 바랐던 어머니의 마음은, 옥비녀와 함께 민씨에게 전해졌다. 어머니가 된 민씨의 마음에도 그 염원이 있었다. 아이가 생애에는 사랑받지 못했으되 저세상에서는 사랑받기를 바랐다. 미련이라고 해도 할 말 없을 감정이지만, 그 감정은 그야말로 불멸의 열기를 품에 안고 있었다. 그래서 그녀는 아이의 머리를 땋아올려 옥비녀를 조심스레 꽂고 매장했다.

"물론 옥비녀는 어머니가 딸에게 물려주는 것이지만, 그런 하잘것없는 규칙보다는 아들에 대한 마음이 사무쳤던 것이겠지요. 그런데 사연이야 애달픕니다만, 남이 보기에는 얼마나 괴이한 장면이었겠어요?"

나는 불편한 신음을 흘리며 고개를 끄덕였다.

푸른 피부의 사내아이 시체. 그 아이의 치렁치렁한 머리를 땋아 올려 옥비녀를 꽂아주는 어머니. 상상만으로도, 본능에서부터 혐오감을 끌어올리는 장면이다.

"한데 그것을 첩실이 몰래 보고 있었던 게지요. 게다가 그 괴이한 모양을 보고 못된 꿍꿍이를 떠올린 겝니다."

정부인이지만 사실상 집에서 군식구 취급당하는 민씨. 그 민씨를 내치고 정부인이 되고 싶은 욕망은 이미 오래전부터 첩의 가슴 깊은 곳에 자리 잡고 있었다. 그런 마음을 품고 기회만 엿보던 그녀에게 이것은 좋은 기회였다. 그도 그럴 것이, 몸이 파란 남자아이의 시체에 옥비녀를 꽂는 마나님이라니 그 얼마나 불경한

기이한 골동품 상점

장면인가. 주술이 죄가 되는 시대다. 민씨를 불길한 사술을 쓰는 자로 몰아 관아에 잡혀가게 하면, 홍씨 집안에서도 그녀를 내보낼 수밖에 없을 것이다.

이리저리 생각한 끝에 그럴싸한 꾀를 떠올린 첩은, 한달음에 현령에게 달려갔다. 그녀는 현령에게 자기가 본 것을 고하며, 있는 말 없는 말을 덧붙였다. 민씨가 평소에 사술을 쓰고 묘한 행동을 하더니 급기야는 불길한 외모의 아이를 낳았으며, 사내아이에게 여자나 쓰는 꽃비녀를 꽂아 묻었으니 이것은 누군가를 저주하려는 것이 틀림없다고 주장하였다. 물론 현령도 그 집안에 파란 아이가 태어난 사정이나 민씨의 태생 등에 대해서는 이미 잘 알고 있었던 바, 첩실이 하는 엉터리 같은 말을 곧이곧대로 듣지는 않았다. 평소였다면 오히려 첩을 꾸짖고 엄히 문초했을 것이다.

"평소와는 달랐다……는 말씀이십니까?"

"예…… 그것이, 그 해가 1815년쯤이었던 모양입니다."

"1815년이라 하시면…….''

"홍경래의 난이 끝난 지 3년 후이지요."

홍경래의 난. 1811년 말에 시작되어 1812년의 조선을 통째로 흔들었던 역사적 규모의 민란이다. 1월부터 5월까지 민군과 관군의 공방이 계속되었으며, 민군이 가산·박천·태천·정주·곽산·선천·용천·철산 등 8개 군을 장악하기까지 했던 대형 사건이었다. 아마도 조선왕조 500년을 통틀어 가장 성공에 가까웠던 민간 혁명이었을 것이다. 이 사건에 정부는 어지간히도 놀랐던 지, 진압이 끝난 이후 단순 참가자까지 1,917명을 단 하루에 효수하는 이례적인 조치를 취했다.

> 순조 12년 4월 27일.
> 생포한 남녀 2,938명 안에서 여자는 842명이고, 남자는 10세 이하가 224명이니, 다스리지 않는 데 부쳐 모두 풀어주었습니다. 그 외 1,917명은 (……) 모두 진 앞에서 효수하였습니다.

이후에도 한동안 '역모를 할지도 모르는 자들'에 대한 탄압과 감시는 계속되었다. 홍경래의 이름을 들먹이며 역심을 드러내거나 이에 영향을 받아 반역을 꿈꾸었다는 의심을 받으면 가차없이 처형되었다. 그런 분위기가 한동안 계속되었으니, 1815년이면 아직 조정의 놀란 가슴이 진정되었을 리 만무하다.

"남양 홍씨에는 당홍계와 토홍계가 있습니다만, 같은 남양 홍씨라고는 해도 실제로는 서로 관련이 없는 다른 집안이지요. 그런데 하필이면 민씨가 시집간 홍씨 집안이, 홍경래와 같은 남양 홍씨 당홍계였습니다. 물론 홍경래와는 아주 먼, 남이나 마찬가지인 관계지만 그래도 혈통과 가문을 중시하던 시대 아닙니까? 아무렇게나 걸어도 걸리기 딱 좋은 상황이었지요."

그러니 이미 그 역적의 친척에 대한 기괴한 고발이 들어온 이상, 현령의 입장에서는 쉽게 무시할 수 없는 일이었다. 아무리 엉터리 같은 한심한 고발이라 해도 말이다. 현령이 무시한다 해도, 첩실이 그것을 받아들이지 못하고 더 상부에 고발할 가능성이 있었기 때문이다.

"홍경래의 홍 자만 엮여도 아주 소스라치게 기겁을 하는, 충성심 경쟁이 난무하던 시기였습니다. 만약 상급심에서 그 엉터리 같은 고발을 그대로 받아들이기라도 해봐요. 상급심에서 사건을 다룬 끝에 홍씨의 집안에서 일어나는 이상한 조짐을 역모의 증거로 엮기라도 한다면 무슨 일이 일어나겠어요? 역모에 대한 최초의 고발을 무시한 현령은 어찌 되겠습니까. 아주 잘해야 파면이고, 자칫하면 역적을 감쌌다고 하여 멸문의 화를 입을지도 모르는 일 아니겠어요?"

일이 그렇게 되다 보니 현령은 아예 선수를 쳐서 상부에 보고를 올리게 되는데, 이 보고가 처음 홍씨 첩의 고발 내용을 아득하게 뛰어넘는 무시무시한 내용이었다.

홍씨의 집안에서 옥과 같이 파란색의 몸을 가진 아이를 주술로써 낳은 다음, 그 아이가 죽게 하여 머리에 비녀를 꽂고 땅에 묻었다는 이야기가 있습니다. 확인해보니 과연 사실인지라, 이것은 분명 사술을 부리는 것이라 보았습니다. 주술과 역술에 대해 학식이 있는 유명한 점술가를 찾아 물어본 바, 그 해석이 가히 경악할 지경입니다. 옥과 같이 파란 몸은 곧 옥체(玉體), 주상전하를 뜻하는 것이며, 옥체에 여자의 비녀를 꽂고 땅에 묻는 행위는 음기를 가하는 일이라, 이는 곧 주상전하의 몸을 음하게 하여 후사가 끊기게 하려는 사술이 틀림없습니다.

이런 보고가 올라갔으니 사달이 나도 보통 사달이 난 것이 아니었다. 첩실의 작은 꾀가 만들어낸 이 사건은, 마을 현령 정도가 아니라 의금부가 파견되는 큰 사건이 되고 말았다. 홍씨 집안의 모든 식솔이 관아에 끌려가 문초를 당했고, 처음 고발을 했던 첩실조차도 예외는 아니었다. 하지만 정작 문제의 민씨는 관아에 끌려가지 않았다.

"어째서입니까?"

"그 해에, 남연군이 들어섰기 때문입니다."

남연군은 순조 시대의 왕족이다. 본래 출생 당시에는 왕족이 아니었으나, 1815년에 선왕 정조의 이복동생인 은신군의 양자로 들어가면서 왕족이 되었다. 양아버지인 은신군도 은신군이거니와, 양어머니는 당시에 잘 나가던 남양 홍씨 토홍계였던 데다 족보상 추사 김정희의 이모이기도 했다. 지금에야 추사 김정희 하면 서예가로만 알지만, 그 당시 김정희는 벼슬이 병조참판까지 오르고 세자의 글 선생을 맡기도 한 세도가였다. 그러니 남연군은 은신군의 양자로 들어가는 순간, 엄청난 인맥을 얻게 된 셈이다. 그런데 이 남연군의 부인이 또 여흥 민씨였다.

"홍씨 집안에 들어간 민씨와 마찬가지로, 여흥 민씨 삼방파였지요."

"왕실에 집안 사람이 생긴 셈이로군요."

"예, 묘한 일이지요. 비녀가 민씨 집안을 부르는 것인지, 민씨 집안이 비녀를 부르는 것인지."

현령은 그야말로 골치 아픈 상황에 빠지고 말았다. 덜컥 고발하고 일을 벌여놓기는 했는데, 그사이에 정작 중요한 피의자가 갑자기 왕족의 친척이 된 것이다. 서슬 퍼렇게 군사를 데리고 내려왔던 의금부도 슬금슬금 발을 빼기 시작했다. 왕명을 받드는 것이 의금부의 본령이니만큼 왕가의 친척이 엮이는 사건은 곤란했던 것이다.

물론 현령이야말로 발을 빼고 싶은 마음이 굴뚝 같았다. 하지만 그렇다고 하여 역모와 사술을 빌미로 고발을 해놓고 그걸 또 없었던 일로 했다간, 되레 역적으로 몰려 처벌될 것이 뻔한 일이었다. 이러지도 저러지도 못하던 현령은 중요한 피의자는 내팽개쳐두고 그 가족들만 계속 불러내어 참고인 조사만 하며 강태공처럼 세월을 보냈다.

"현령은 한동안 고민만 하며 시간을 보냈지요. 아무리 생각해도 답이 없더랍니다. 민씨를 죄인으로 몰아도, 그 가족인 홍씨를 죄인으로 몰아도 이건 어떻게 보복을 당할지 모르는 일이니까요. 그런데 그렇게 생각을 거듭하다 보니, 사건 관계자 중에 홍씨도 민씨도 아닌 사람이 있다는 데에 생각이 미치죠."

"첩실 말이군요."

"예. 역모와 사술을 꾸민 것은 첩실이 한 일이고, 민씨나 홍씨는 그것을 몰랐다고 하면 좀 억지스럽긴 해도 평화롭게 해결될 일이었지요. 그러면 민씨 집안에게 원한을 살 일도 없고, 역적도 처벌할 수 있고요."

그날로 현령은 첩실에게 수없이 매를 때리며 자백을 강요했다. 첩실이 굴하지 않자, 참고인 조사를 구실로 이웃 사람들을 죄 압송하여 매로 문초를 했다. 결국 견디다 못한 이웃들이 자백하길, 첩실이 죽은 아이의 무덤을 파내어 머리에 옥비녀를 꽂는 것을 목격하였다고 했다. 어떤 이는 아이의 몸이 파란 것은 첩실이 아이의 식사에 몰래 비소를 넣었기 때문이라고 자백했으며, 어떤 이는 아이가 죽은 것도 첩실의 소행이라고 했다. 어떤 이는 그 첩실이 밤중에 정한수를 떠놓고 홍경래 장군님의 승리를 기원하며 치성드리는 것을 보았다고 했다. 어떤 이는 그 옥비녀는 본래 첩실의 것이며, 첩실이 그 집안에 처음 들어설 때 이미 가지고 있었다고 증언했다. 매가 가해질수록 이웃들의 증언은 더욱 창의적이고 구체적으로 변해갔으며, 결국 이런 증언들을 토대로 첩실에게 죄가 씌워졌다. 사술로 왕가에 저주를 걸려 했다는 죄목이.

"사술로 왕가를 해하려 했으니 첩실은 결국 처형되었습니다만, 홍씨 가문에는 위해가 없었습니다. 범인이 정실이 아니라 첩실이었기 때문이기도 하고, 남연군의 세도가 보통이 아니었기 때문이기도 했겠지요."

"그런……."

온몸에 소름이 돋았다. 첩이 사술을 부렸다는 이유로 처형당했다니, 똑같지 않은가. 인현왕후와 장희빈의 케이스와.

"그 후로 홍씨 집안에서는 완전히 힘의 관계가 뒤바뀌고 말았지요. 남편도 시부모도 며느리를 상전 대하듯이 모셨다고 합니다. 며느리 덕에 살아남기도 했으려니와, 역적의 가문에 왕족의 인척이 들어앉았으니 더욱 그럴 수밖에요. 홍씨 집안도 그 위광 덕에 현령 같은 적당한 벼슬을 하면서 그럭저럭 먹고살 수 있었다고 합니다."

과연 그럴싸하다. 첩실에게 밀려 군식구처럼 살던 민씨가 옥비녀 덕분에 집안의 중심이 되었다. 하지만 그것을 '사랑을 받았다'라고 표현할 수 있을까? 어질어질하다. 자꾸만 비녀 쪽으로 눈이 간다. 나는 겨우 정신을 차리고 다시 물었다.

"그러면, 그 옥비녀는 무덤 속에 있어야 하지 않습니까?"

노파는 고개를 저으며 말했다. "주술도구로서 묻은 옥비녀를 그냥 둘 리 없지요. 그것은 무덤에서 발굴하여 증거물로 압수되었습니다. 원래 주인인 민씨 입장에서도, 일이 그렇게 정리되었는데 이제 와서 '그 비녀는 내 것이오' 할 수는 없는 일이었겠죠."

"압수되었다면……"

"예. 조사를 명목으로 의금부에서 가져간 모양입니다. 의금부는 당시의 공안기관 같은 곳이었으니까요."

그 후로 옥비녀는 한동안 의금부 구석에서 잠들어 있었다. 그리고 옥비녀가 다시 세상에 나올 때까지 왕이 두 번 바뀌었다.

순조가 사망하고, 철종이 사망하고, 1854년에 남연군의 손자인 고종이 즉위했다. 그때부터는 한동안 임금의 아비인 흥선대원군의 시대가 이어졌다.

"그 흥선대원군의 부인이 바로 여흥부대부인, 민씨입니다."

또다. 또 여흥 민씨. 아니, 단순히 여흥 민씨인 게 아니라…….

"여흥 민씨 삼방파, 민유중의 6대손이지요."

정신이 아찔하다.

"그, 여흥부대부인이 어찌 되었단 말입니까?"

"흥선대원군이 한번 실각하였다가, 임오군란 때 잠시 다시 집권한 것은 알고 계시지요?"

나는 고개를 끄덕였다. 임오군란. 1882년에 일어난 구식 군대의 군사 반란이다. 이 정변을 일으킨 무리들이 흥선대원군을 청했고, 흥선대원군이 이에 응하면서 다시 권좌를 차지했다.

"그래서, 권좌를 차지한 뒤에……."

"아니요, 실은 권좌를 차지하던 도중입니다."

반군이 가장 먼저 노린 것은 포도청과 의금부였다. 의금부를 점령하고 헤집던 중에, 한 병사가 옥비녀를 발견했다. 그 비녀의 자태가 곱고 영롱하여, 귀한 사람이 아니면 감히 쓸 수 없을 것 같았다. 부대장이 그 비녀를 입수하고는, 귀인에게 바쳤다.

"그 귀인이 여흥부대부인이군요."

"예에. 물론 여흥부대부인은, 예의 그 사건에 대해 시어머니에게 들어 알고 있었습니다. 그렇기에 그 비녀가 어떤 곡절로 의금부에 있게 된 비녀인지도 잘 알았지요. 어떤 주술에 쓰였던, 양기를 누르고 음기를 더하는 비녀라고 말입니다."

"그랬군요."

"한편 여흥부대부인의 입장에서는 시국이 돌아가는 상황이 참으로 심란하기 짝이 없었지요."

그 시기는 사실상 여흥 민씨의 천하였다. 고종의 왕비인 명성황후도 여흥 민씨요, 세자빈인 순명효황후도 여흥 민씨였다. 임오군란이 일어난 원인은 급료의 체납과 군량 횡령 등 극심해진 비리와 그로 인한 병사들의 빈곤이었는데, 이런 부조리의 꼭대기에 있는 것은 당연히 여흥 민씨일 수밖에 없었다. 병사들은 자신들을 구렁텅이로 내몬 사람이 누구인지 모르지 않았.

그들이 가장 증오했던 두 사람은 여흥부대부인의 동생이기도 한 민겸호와, 명성황후였다. 그러니 의금부와 포도청을 치고 나면, 당연히 다음 화살은 민씨 일가에게 돌아갈 수밖에 없는 것이다. 여흥부대부인의 입장에서는 남편이 다시 권력을 찾는 것까지는 좋은 일이겠으나, 그 대가로 친정이 박살 나게 생겼으니 이만저만 심란한 것이 아니었다. 심지어는 남편조차 내심 그런 흉사가 일어나기를 바라고 있었다. 남편의 가장 큰 적은 다름 아닌 바로 명성황후였기 때문이다.

의금부를 박살 낸 다음 날, 반군은 끝끝내 궁궐에 입성했다. 그들은 민씨 일파를 단 하나도 놓치지 않겠다고 으르렁거렸는데, 그중에서도 최우선 살해 대상은 말할 것도 없이 민씨 권력의 상징적 정점, 명성황후였다.

"반군이 궁에 입성하던 날에 흥선대원군도 부인과 함께 입궐했습니다. 각자 자기 가마를 타고 왔지요. 여흥부대부인은 심란한 마음으로 가마에 타고 있었습니다. 한편 명성황후도, 민씨 일족도 이 상황에서 반군의 눈에 띄었다가는 자기 목숨이 어찌 될지 뻔히 알고 있었어요."

민겸호는 내시로 변장하고, 명성황후는 궁녀로 변장해 탈출을 시도했다. 하지만 민겸호는 금세 병사들에게 붙잡혀 흥선대원군의 묵인하에 처참하게 죽임을 당했다. 여흥부대부인은 자신의 동생이 살해당하는 것을 가마 안에서 그저 보고 있을 수밖에 없었다. 그나마 다행스럽게도, 명성황후를 제일 먼저 발견한 이는 여흥부대부인이었다.

"여흥부대부인은 궁녀로 변장한 명성황후를 자기 가마에 숨겨주었습니다. 물론 명성황후가 살아나가면 흥선대원군에게 큰 화근이 될 거라는 사실을 몰랐을 리는 없습니다만, 인정을 우선한 것이지요. 그 후에도 반군이 가로막는 등 여러 곡절이 있었지만 결국 명성황후는 무사히 궁궐에서 탈출할 수 있었고……."

"……."

"그때 비녀를 넘겨준 모양입니다."

"여흥부대부인이, 명성황후에게 말입니까?"

"예. 양기를 누르고 음기를 가하는 물건, 여자가 남자를 이기는 물건을 준 셈이지요."

"아무리 그래도 어떻게 그런."

노파는 쓴웃음을 지었다.

"여흥부대부인은 가톨릭 신자였습니다. 양기니 음기니, 비녀의 주술이니 뭐니 하는 걸 진심으로 믿었을 리 없지요. 하지만 명성황후는 무속을 믿는 사람이었으니, 적어도 마음의 위로는 되리라 생각했을 겁니다. 물론 그 비녀는 여흥부대부인이 생각한 것과도, 명성황후가 생각한 것과도 많이 다른 물건이었지만요."

분명 그렇다. 비녀에 담긴 것은 양기를 누르는 음기가 아니라, 불멸의 사랑.

"하지만 그때는 탈출했다 해도, 결국은……."

"예. 탈출해서 정권을 되찾았지만, 12년 후에 일본인들의 습격을 받아 처참하게 살해당했지요."

"참으로 허망하군요."

"그렇지도 않습니다."

"예?"

"사랑받게 되지 않았습니까? 침탈자의 손에 죽음으로써 국권을 상징하는 성모가 되었지 않습니까?"

인현왕후와 마찬가지로, 성모가 된 명성황후. 몸이 부르르 떨렸다. 이것 또한 사랑, 이라고 말할 셈인가.

노파는 잔잔하게 웃으며 말을 이었다. "만약, 임오군란 때 죽었더라면, 정당하게 분노한 사람들에게 살해당했다면 사후에 그런 사랑을 받을 수 있었을까요?"

확실히 그렇다. 명성황후는 역사적으로 평가가 갈리는 인물이다. 하지만 대중적으로는 그렇지도 않다. 심지어는 현대에 이르기까지, 국모로서 숭상해야 한다는 어떤 암묵적인 약속이 있다고 보아도 무방할 정도다. 분명 그것은 그의 죽음이 찬탈당한 국권을 상징하기 때문이다. 임오군란 때 죽었다면, 그런 상징은 결코 될 수 없었을 것이 분명하다.

"운이 한참 좋아봤자, 마리 앙투아네트 정도의 신세겠지요."

"그렇군요."

명성황후의 사후에 그의 패물도 정리되었다. 그것들은 본래라면 관습에 따라 다음 왕비에게 넘어가야 했겠으나, 고종은 새 왕비를 들이지 않았기에 후궁의 가장 높은 사람인 순헌황귀비 엄씨에게 넘어갔다. 옥비녀도 거기에 함께 들어 있었다.

"민씨가 아니었군요."

"예, 명성황후에게는 딸이 없었으니까요."

"딸이 없다……."

뭔가 위화감이 느껴진다. 아니, 기시감이라고 해야 할까.

"정확히 말하면 처음부터 없었던 것은 아닙니다. 4남 1녀를 낳았으나 순종을 제외하고 나머지 넷은 태어난 그해에 죽고 말았지요."

생각해보면 괴이한 일이다. 옥비녀의 주인 중 누구도 딸 가진 사람이 없었다. 어머니가 딸에게 물려주는 물건이라는 전제가 아예 성립이 되지 않는다. 위화감은 이것뿐만이 아니다. 곤혹스러운 내 감정과는 반대로, 노파는 여전히 잔잔한 목소리로 이야기를 이어나갔다.

"순헌황귀비에게는 아들이 하나 있었는데, 이 아들이 바로 영친왕입니다."

을사조약으로부터 2년이 지난 1907년. 사실상 국권을 모두 상실하고 순종이 허울뿐인 마지막 황제로 즉위했을 때, 영친왕도 황태자로 즉위했다. 하지만 얼마 되지 않아, 영친왕은 유학이라는 명분으로 일본에 끌려갔다. 철저한 일본식 교육을 받게 해서, 몸은 조선인이나 정신적 뿌리가 일본인인 황태자로 만들기 위해서였다.

"영친왕의 유학이 결정되자 순헌황귀비는 애가 탔지요. 그래서 아들이 끌려가기 전에 얼른 결혼시켜서 황태자비를 만들어야겠다는 생각을 합니다. 본래 황태자비를 맞을 때는 여러 집안의 규수들 중 후보를 뽑은 뒤 2차, 3차 심사를 하는 것이 관례입니다. 간택과 재간택이라 부르고, 실제로도 그런 간택 절차가 진행되던 중이었지요. 하지만 순헌황귀비는 그런 절차를 다 지키다가는 아들이 혼인도 하지 못한 채 일본으로 끌려갈지 모른다는 걸 알고 있었습니다. 후사가 명확하지 않은 황태자가 미혼 상태로 자리를 비우면, 왕실의 적통도 불분명해지겠지요. 그러니 왕실을 생각해서든 아들을 생각해서든, 물불을 가릴 처지가 아니었습니다. 그래서 결국 날치기 결혼을 감행하려 들기에 이릅니다."

"날치기요?"

"예. 순헌황귀비는 이 시점에서 황태자비로 삼기에 가장 적절한 가문을 마음에 담아두고 있었지요. 그래서 빠른 결혼 성사를 위해 절차를 모두 무시하고 그 유력한 집안에 혼담과 함께 예물을 미리 보내버립니다. 일단은 결혼을 기정사실로 만드는 것이 중요하니, 과감하게 결정하고 빠르게 행동한 것입니다. 그런데 그 예물이란 것이 말이지요, 급하게 준비한 예물이다 보니 새로 들인 것뿐 아니라 귀비가 본래 가지고 있던 패물 따위도 섞여 있었습니다."

"패물!"

노파는 고개를 끄덕이며 말했다. "예. 그 옥비녀도 함께 있었습니다."

"그렇다면, 혹시 그 유력한 집안이라는 게 설마……."

"여흥 민씨 집안입니다. 상대는 민갑완이라는 열 살짜리 규수였지요."

또 민씨인가. 어질어질하다. 이야기가 돌고 돈다. 위화감이 끝도 없이 커진다.

노파는 이야기를 계속했다. "결국 영친왕은 민갑완과 약혼을 하고 일본으로 유학을 떠나게 됩니다."

"하지만 영친왕은, 제가 아는 바로는 그 결혼은 성사되지 않은 것으로 알고 있습니다만."

"예. 일본인과 정략결혼을 하게 되었고, 일방적으로 파혼당한 민갑완은 평생 독신으로 살았다고 전해지지요."

"옥비녀만 민씨에게 다시 돌아간 셈이군요."

"그렇습니다."

"그러면 그 이후에 옥비녀는 어떻게 되었습니까?"

"글쎄요."

"예?"

노파는 다시 턱을 긁적였다. 저 행위에 무슨 의미라도 있는 것인가?

"옥비녀가 민갑완에게 건네졌는지, 아니면 그 집안에 그대로 남았는지까지는 잘 모르겠습니다만 1937년에 이르러서는 제 어머니에게 맡겨졌습니다."

"1937년이라 하시면."

"중일전쟁이 일어난 시기지요."

중일전쟁이 발발하면서 일제의 군수물자 조달을 위한 긴축정책이 실시되었다. 금, 백금부터 시작해 귀금속과 보석류 등 장신구를 제한하는 법이 속속 만들어졌다. 1940년에 이르러서는 아예 강제공출까지 시작되었다.

"어머니는 대단한 집안의 규수도 아니었고, 부자도 아니었습니다. 그렇다 보니 강제공출의 대상을 찾는 감시망에서 다소 자유로웠지요. 그래서……."

"그래서."

"아마도 강제공출이 시작되기 직전에, 그 전에 피신을 간 것이 아닐까."

노파는 주어를 말하지 않았지만, 나는 그 피신의 주체가 옥비녀라는 것을 알 수 있었다. 최소한, 노파가 그렇게 믿고 있다는 것은 확실했다. 피신이라니. 마치 사람에 대해 이야기하는 것처럼.

"1945년에 해방이 되고, 혼란한 세상 속에서 어머니는 민씨 집안을 찾아 1947년까지 헤매 다녔다고 합니다."

"그건 어째서인가요?"

"그야 물론, 민씨 집안의 남자와 결혼해 딸을 낳기 위해서죠."

흠칫, 하고 떨렸다. 대체 무슨 소리를 하고 있는 것인가. 이 사람은. 아니, 무슨 소리인지는 알고 있다. 아까부터 그 위화감의 정체, 있을 수 없는 문제들의 빠진 고리, 상상하면, 알 수 있다. 받아들일 수가 없을 뿐이다. 자연스럽게 눈이 옥비녀로, 아니, 그 산수유 장식으로 향했다.

'꽃가루.'

꽃은 혼자서 생식하지 않는다. 꿀벌이나 나비 같은 곤충의 도움이 필요하다. 날아다니는 곤충들에게 달콤한 꿀을 내어주고, 그 대신 꽃가루를 묻혀 멀리멀리 날려보낸다.

불멸의 사랑이라는 꿀.
이 옥비녀는 그런 식으로,
이 무슨 끝없이 불경스러운…….

아니, 이야기가 먼저다. 어쩐지 그런 생각이 든다. 이야기를 더 들어야 할 것 같다. 들어야만 한다. 나는 침을 꿀꺽 삼키고 입을 열었다.

"그래서…… 결국 낳으셨군요."

"예. 다섯 번째에 겨우 말이죠."

"다섯 번째요?"

"제 위로 넷은, 한 살을 넘기지 못했으니까요. 하지만 저를 낳았을 때, 어머니는 확신하셨던 모양입니다. 이 아이는 오래 살 거라고. 그리고 실제로 이 나이까지 살아왔지요."

위화감이 점점 강해진다.

"그렇다면 혹시, 어머님께서는……."

"돌아가셨습니다. 저를 낳고 곧바로요. 하지만 그리 힘든 죽음은 아니었나 봅니다. 아버지의 말로는, 마치 뭔가 사명을 달성했다는 듯이 편안한 표정으로 돌아가셨다더군요."

도저히 참을 수가 없다. 이 이야기의 정체가 무엇인지는 이미 눈치채고 있었지만, 아니 물론, 거짓이라는 생각은 들지 않는다. 하지만 물어보지 않을 수 없다.

"어머니에게서 옥비녀를 물려받으셨다고 했지요?"

"예."

"그리고 비녀의 곡절에 대해서도 어머니에게 들으신 거라고 했지요?"

"예."

"그게 대체 언제입니까?"

"예?"

"어머니에게 그 이야기를 들은 것이 대체, 언제였느냐는 말입니다."

노파는 고개를 기울이며 생각에 잠겼다. 그러고는 입을 열었다.

"글쎄요……."

가만히 생각하면 당치도 않은 이야기다. 자기가 태어나자마자 죽은 어머니에게 이토록 긴 이야기를 들었다는 것은. 게다가 이미 여흥부대부인에게 옥비녀가 넘어간 시점에서 옥비녀의 진짜 사연은 실전(失傳)되었을 것이다. 한데 이 노파는 들었다고 한다. 어머니에게, 인현왕후 시절부터의 긴 이야기를.

노파는 어렵게 다시 입을 열었다. "……때때로?"

반쯤은, 예상했던 대답이다. 하지만 그럼에도 그 말을 듣는 순간 몸에 소름이 돋는 것을 어찌할 수 없었다.

나는 조심스럽게 물었다. "혹시, 지금도 듣고 계십니까?"

노파는 내 질문의 뜻을 이해한 듯, 빙그레 웃으며 말했다. "글쎄요."

얼버무리듯이 말했지만, 긍정한 것이나 마찬가지다. 나는 다른 질문을 하기로 했다.

"그래서, 받으셨습니까? 그 불멸의 사랑을."

"예. 받았지요."

물어보려는데, 입술이 떨린다.

"그, 딸을…… 낳으셨습니까?"

노파는 고개를 저으며 답했다. "아뇨. 저는 평생 독신으로 살았습니다."

"어째서……."

"이제 충분하니까요."

노파의 말을 이해할 수 없었다. 충분하다니, 무엇이? 노파는 그런 내 눈을 지긋이 들여다보았다. 늙었지만 맑고, 단호한 눈동자가 내 눈 안으로 파고 들어오는 느낌이다.

"스님."

"……예."

"사랑이라는 건 무엇일까요?"

"……."

"사랑이라는 것은, 받는 것입니까?"

"……!"

노파의 눈빛이 다시 잔잔하게 잦아들었다.

"말씀드린 것처럼, 그렇게 생각했었습니다. 불멸의 사랑이라는 것은 그런 의미라고요. 죽은 후에도 끊임없이 사랑받는 것, 그것이 다라고 생각했습니다."

"그것이 아니었다, 그런 말씀입니까?"

"예. 그것이 아니라, 사랑 그 자체가 불멸하는 것……."

마른 입술을 침으로 적시고, 나는 옥비녀를 향해 덜덜 떨리는 손을 가져갔다. 손끝이 비녀에 닿는 순간, 뼈가 시릴 듯한 한기에 소스라치며 손을 뗐다. 왜 손을 가져다댔는지, 무엇을 확인하려 했는지 스스로도 알 수 없었다.

노파의 손이 비녀를 향했다. 주름지고 앙상한 손가락이 아무렇지 않게 비녀를 집어든다. 그리고 다른 손가락으로 비녀의 한가운데를 가리킨다.

"여기에, 덕지덕지 묻어 있는 것이지요. 사랑이."

손가락에서 느꼈던 한기가 몸 전체로 퍼지는 것만 같은 기분. 서늘한 기운이 혈관을 따라 흐르고, 몸이 덜덜 떨린다.

"그 사랑이라 함은……."

"예."

"어머니의……."

"예."

"어머니들의……."

"예. 죽지 않는 사랑이지요."

신체가 죽어도 죽지 않는 사랑. 비녀가 거쳐간 주인들의 사랑이 계속해서 쌓이는…… 아니다, 아니다! 보통 사람이라면 그것을 사랑이라고 말하지 않을 것이다. 그것은 저주다. 저주에 가깝다.

"사랑이라는 것은 본디 저주에 가깝지요."

"그런……."

노파는 다시 비녀의 한쪽 끝을 가리킨다.

"이쯤에, 죽은 아들이 사랑받기를 바라는 어머니의 사랑이 묻어 있습니다."

그리고 다시 한쪽을 가리킨다.

기이한 골동품 상점　321

"이쯤에, 다음 세대의 딸을 만나고 싶어 하는 어머니의 사랑이 묻어 있습니다."

"······."

"이쯤에, 딸이 이 사랑을 알게 되길 원하는 어머니의 사랑이 묻어 있습니다. 아주 덕지덕지 묻어 있지요. 불멸의 사랑이 말입니다."

노파의 강렬한 눈빛이 뱀처럼 나를 쏘아보았다. 나는 그녀에게 잡아먹힐 것만 같은 기운을 느끼며 그대로 얼어 있었다. 5분 정도를 그렇게 있었을까. 마치 억겁의 시간을 견딘 것만 같다. 노파의 눈길이 스르르 아래로 내려가고, 그 손이 비녀를 바닥에 내려놓았다. 그제야 어깨에서 힘이 빠지고, 풀썩 아래로 주저앉았다. 등을 흠뻑 적신 식은땀이 느껴진다. 사랑, 불멸의 사랑. 누구도 그렇게 표현하지 않는다. 그것은, 사랑보다는 차라리 업에 가깝다. 사라지지 않는 업이 계속해서 쌓이는, 주박에 가깝다.

나는 조심스레 입을 열었다. "그래서, 그 때문입니까. 출가를 결심하신 것은······."

"예에."

"업, 아니 그 사랑을 해소하기 위해······."

노파는 고개를 저으며 부정했다. "해소, 같은 것은 생각하지 않습니다. 그저, 더 쌓고 싶지 않은 것이지요."

"아아."

"그리고 사랑은, 받기만 하는 것이 아니지 않습니까?"

노파는 마치 공양을 하듯 경건한 자세로, 그리고 사랑이 담긴 눈으로 옥비녀를 내려다보고 있었다.

풍경이 바람에 부딪히는 소리가, 아득하게 들려온다. 바람이 풍경 소리를 싣고 내 귀로 달려든다.

아니, 이것은 정말 풍경 소리일까. 무언가 조금 복잡한…….

그리움?

……들리기 시작했다. 귀가 아파온다.

에필로그

달이 밝다. 어제만큼은 아니지만.

대보름에는 귀밝이술을 마시고, 팥시루떡을 찌고, 부럼을 깨는 법이다. 그러면 팥을 싫어하는 귀신이 부럼 소리에 놀라 멀리 달아난다고 한다.

부럼은 준비하지 않았다. 대신에 대두로 만든 노란 시루떡을 접시에 담아두었다. 그리고 어제 사두었던 향기 좋은 술 한 병, 선향도 넉넉하게 준비해두었다. 이것으로 첫 손님을 맞을 준비는 끝난 셈이다.

목탁이 돌아온 것은 일주일 전쯤이었다. 그녀에게 이것을 주고 떠난 게 여름에서 가을 사이였으니, 그녀도 출가한 후 두 철을 보내지 못하고 세상을 떠난 셈이다. 속세를 떠나면서 명도 덜어놓고 간 것인가. 해야 할 역할을 다 했기 때문이라고 생각한다면,

어쩐지 야박하다.

반면에 나로 말할 것 같으면, 어쩐지 다해가던 생명이 다시 돋아나는 느낌이다. 물론 번쩍거리던 중머리에 까칠까칠하게 머리털이 돋아나기 시작하는 것 때문에 느끼는 기분에 지나지 않을지도 모르지만.

대보름의 밤은 짧기만 하다. 12시가 넘어가는 순간, 더 이상 정월대보름이라고 부를 수 없다. 다음 날이 되어버리기 때문이다. 이미 새벽 2시가 머지않았다. 북동쪽을 향한 컨테이너 문은 활짝 열어두었으니 귀인을 모시기에 모자람이 없으리라.

매년 대보름 다음 날, 그러니까 음력 1월 16일은 귀신날이라 부른다. 귀신이 드는 날이라는 것이다. 이날은 남자건 여자건 바깥일을 삼가고 문을 꼭꼭 닫아 귀신이 들지 않기만을 기원한다.

향을 피우고, 자리에 앉았다.

새벽 2시, 술잔에 보름달이 떴구나.

또 풍경 소리가 들려온다.

나는 고개를 문 쪽으로 돌리고, 아직은 어색한 접객 미소를 띄우며 손님에게 말을 건넸다.

"오셨군요."

참고문헌

- 자료는 주로 다음의 저작물을 참고했습니다.

강명관, 《열녀의 탄생》, 돌베개, 2009

김탁, 《조선의 예언사》, 북코리아, 2016

김태곤, 《한국무가집 3》, 집문당, 1992

나라키 스에자네, 《조선의 미신과 풍속》, 김용의·김희영 옮김, 민속원, 2010

성현, 《용재총화》, 김남이·류화정·신재식·엄형섭·오상욱·장미나·전지원·최선길·류재민·이정혜연 옮김, 휴머니스트, 2015

심재우, 《조선후기 국가권력과 범죄 통제: 〈심리록〉 연구》, 태학사, 2009

어숙권, 《패관잡기》, 박은정·이홍식 옮김, 민속원, 2024

임석재, 《함경도 망묵굿(한국의 굿 8)》, 열화당, 1985

조수삼, 《추재기이》, 허경진 옮김, 서해문집, 2008

조수삼, 《추재기이》, 안대회 옮김, 한겨레출판, 2010

황현, 《매천야록》, 허경진 옮김, 서해문집, 2006

국사편찬위원회, 〈조선왕조실록〉, https://sillok.history.go.kr/

동국대학교 불교학술원, 〈대승보요의론〉, https://kabc.dongguk.edu/

한국고전번역원, 〈동양고전종합DB〉, https://db.cyberseodang.or.kr/

한국학중앙연구원, 〈한국민족문화대백과사전〉, https://encykorea.aks.ac.kr/

- 작중 《조선왕조실록》의 인용은 국사편찬위원회의 번역문을 그대로 싣되, 본문을 이해하는 데 필요하지 않은 부분은 말줄임표 등으로 생략 처리했습니다.
- 작중에 등장하는 우담화와 관련된 불경의 내용은 《대승보요의론》에 실린 것으로서 동국대학교 불교학술원의 번역 내용을 그대로 따랐습니다.
- 《추재기이》에 나오는 〈백조요〉의 가사 중 '까치 작(鵲)' 자는 한겨레출판 판본과 서해문집 판본 양쪽 모두 참새로 번역되어 있으나, 여기에서는 〈동그랑땡〉 노래의 순서에 맞춰 까치로 해석했습니다.
- 이외에도, 해석과 고증에 오류가 있다면 참고문헌과 관계없이 작가의 책임임을 밝혀둡니다.

기이한 골동품 상점

2025년 11월 26일 초판 1쇄 발행

지은이 허아른
펴낸이 이원주

콘텐츠개발실 정혜경, 홍윤선 **디자인** 윤민지
마케팅 양근모, 권금숙, 양봉호 **온라인홍보팀** 신하은, 현나래, 최혜빈
디자인실 진미나, 정은예 **디지털콘텐츠팀** 최은정 **해외기획팀** 우정민, 배혜림, 정혜인
경영지원실 강신우, 김현우, 이윤재 **제작실** 이진영
펴낸곳 팩토리나인 **출판신고** 2006년 9월 25일 제406-2006-000210호
주소 서울시 마포구 월드컵북로 396 누리꿈스퀘어 비즈니스타워 18층
전화 02-6712-9800 **팩스** 02-6712-9810 **이메일** info@smpk.kr

ⓒ 허아른 (저작권자와 맺은 특약에 따라 검인을 생략합니다)
ISBN 979-11-24070-07-9 (03810)

- 이 책은 저작권법에 따라 보호받는 저작물이므로 무단전재와 무단복제를 금지하며, 이 책 내용의 전부 또는 일부를 이용하려면 반드시 저작권자와 (주)쌤앤파커스의 서면동의를 받아야 합니다.
- 잘못된 책은 구입하신 서점에서 바꿔드립니다.
- 책값은 뒤표지에 있습니다.
- 팩토리나인은 (주)쌤앤파커스의 브랜드입니다.

쌤앤파커스(Sam&Parkers)는 독자 여러분의 책에 관한 아이디어와 원고 투고를 설레는 마음으로 기다리고 있습니다. 책으로 엮기를 원하는 아이디어가 있으신 분은 이메일 book@smpk.kr로 간단한 개요와 취지, 연락처 등을 보내주세요. 머뭇거리지 말고 문을 두드리세요. 길이 열립니다.